최 다 원

詩·書·畵

全集

후기

1973년 봄 붓을 잡고 붓과 함께 생활 해온 시간들은 올해로 52주년
가만히 눈을 감고 추억속으로 돌아가 보면
그저 행복했던 순간만 은은히 다가온다.
때론 슬플 때도 있었고 암담할 때도 있었으며 절망했던 순간도 있었지만
그런 순간들은 어디론가 다 묻혀 버리고
희망적이고 소망하며 살아온 순간들이 모두 행복만으로 점철된듯 하다
그림을 그리고 시를 적고 서예를 쓰면서
시선이 닿는 곳 눈에 보이는 모두는 시의 모티브를 내포하고 있고
다가오는 사물과 자연은 그림의 소재로 내게 왔다.
생각해 보면 언제나 가슴 설레이고 두근거렸다.
그림 그리다 잠들고 시를 쓰다 깨는 아침
잠속에서도 심필로 붓은 움직이고 시상은 언제나 맴돌았다.
새벽이 부려놓은 아침이면 오늘 하루엔 무엇이 들었을까?
기대 반 설렘 반 실눈사이로 관조하는 하루는
상큼하고 밝아 이끌려 가기에 충분한 요소들을 내포하고 있었다.
바람을 바르는 뜨락의 나뭇잎도 베랜다 나무위로 무심코 날아드는 참새도
모두 시의 소재이고 폐부를 채우고도 남는
따스한 정을 물고 있어서 같은 하루는 한 번도 없었다.

오늘은 무엇을 그릴까?
무엇이 나의 감각 렌즈에 잡혀 나올까?
때론 망원렌즈로 때론 현미경으로 사물과 일상을 들여다 보며
잡혀 나올지도 모를 시의 소재 찾기에 언제나 눈동자를 동그랗게 확장했다.
수시로 케션 마크와 느낌표로 다가왔던 시간은 치열한 내 안의 몸부림이었다.
이제
반세기의 삶을 묶어 전집으로 엮으려 하니
그저 감사하고 고맙고 사알짝 눈시울이 젖어온다.
부족하지만 10권의 시화집을 출간했고 10권의 교재를 엮었다.
치열했던 삶 고뇌하던 어제는 어디론가 자취를 감추고
감사한 사람들과 고마운 친구들과 그리고 동행하는 후학들이 찡하고 다가와 미소 짓는다.

2

이 세상 인연 아닌 것이 어디 있으랴
"스쳐 가면 우연이요 스며들면 사랑"이라고
폐부로 스며든 사랑이 나를 키운 팔 할 일 것이다.
"생을 지탱하는 기둥은 사랑"이라고 했던가?
붓을 사랑하고 먹을 사랑한 일생
그림을 사랑하고 서예를 사랑하고 시를 사랑한 삶
내 가슴은 그저 따스한 사랑이 깃을 치고
그 힘으로 발효하며 나이를 더하여 간다.
앞으로도 더욱 익혀갈 사랑이 그윽하게 숙성하길 기원해 본다.
더불어 이웃도 사랑하고 후학들도 사랑하고 동행하는 모두를 사랑하고 싶다.

석도 선생님은
"일 획은 만법이며 만 법은 일 획이다"라고 했다.
그 일 획을 얻어 보려고 그 감각을 느껴 보려고
氣에 도달해 보고 싶어서 무던히 노력하고 애써 보았지만
갈 길은 멀고 그곳은 아직도 먼 곳에서 별처럼 반짝인다.
살아있는 필획은 서예와 문인화에 가장 根本의 이치로 기본을 형성하기에 말이다.
서예와 그림에 기본 요소인 氣는
"가르치는 것도 아니요. 배우는 것도 아니어서
오랜 연습 끝에 주어지는 하늘에 선물"이라 했다.
氣를 선물 받고 싶어서 무던히 애쓸 때
손가락 감각이 무디어져 젓가락이 주루르 흘러내리던 시절과
첫 개인전인 하와이전 때 100여 점의 작품을 밤낮없이 매진하다
목과 근육이 마비되고 침으로 경직된 혈관을 뚫어
길을 내주던 시절도 다 추억이며 과정이라고 세월은 귀띔하며 도닥여 주었다.

사람은 행복해지고 싶어 하고 행복은 평생의 과제라 한다.
행복은 마음의 상태이며 자신이 짖는 거라고 하지만
행복엔 지표가 있다.
"생존이 25% 관계가 25% 성장이 50%"라고 한다.

오늘도 내일도 붓을 들고
그림을 그리고 행초서를 쓰고 시를 적고 초상화를 그리는 것은
행복해지고 싶고 행복하고 싶고 또 그곳에서 행복의 부스러기가 발효되기 때문이다.
오늘도 만나 동행하는 동료들과 후학들이 나의 행복이다.
행복의 요소인 그곳에서 파생된 미소와 소통과 대화와 성장으로
무한한 엔도르핀과 다이돌핀으로 온몸을 휘감으며
슬며시 입가에 미소 짓기를 소망해 본다.

시는
쓰는 것이 아니라 찾는 것이라 했다.
혼자 가면 거기 존재하던 시가
여럿이 왁자지껄 가면 어디론가 자취를 감추고 사라져 버린다.
그래서 고독은 시의 산실 아니 예술의 산실이다.
시는 형상이 없는 그림이요.
그림은 형상이 있는 시다.
"신은 자연을 창조하고
사람은 예술을 창조한다"라고 했다.
홀로 관조하고 홀로 생각하고 홀로 고요하면
거기 존재하는 시를 찾게 되는 것 그것이 시인이다.
철저히 혼자여야 보이는 시
고독하고 외로워야 보이는 시
내면 깊숙이 생성하는 시를 퍼 올려
적절한 문장 꼭 맞는 단어의 나열이 시라 했다.

"문인화를 뼈만 남은 회화"라 한다면
시는 "뼈로 형성된 문학"이다.
밤하늘의 별빛도 달빛도 구름도
혼자 觀하면 순간 내 감각의 거미줄에 모티브가 잡혀 시로 승화되기도 한다.

일상 속에서 길어 올린 시 작업 중에 잡혀 나온 시
나의 시는 수필 시다.
생활 속에서 건져 올린 모티브를 시의 형식으로 엮은 수필 시가 주류를 이룬다.
작업중과 작가 활동에서 길어 올린
오롯이 부릅뜬 시선과 감각의 거미줄에 걸려 나온 시다.

약 그림 450여 점 시 500여 편을 엮어 전집으로 묶는 작업
선별하는 과정마저 고뇌해야 했다.
그림들도 저마다 자기를 상재해 달라고 애교부리며 매달리고
시들도 윙크로 통사정하며 치마꼬리를 잡는다.
그동안 서예작품과 그림 작품이 약 2000여 점 시 또한 약 2000여 편
수록되지 못하고 낙오된 작품들에게 미안한 마음마저 든다.
한편 한편 고뇌하며 사랑으로 어루만진 작품들
심장 깊숙이에서 아린 선혈이 흐른다.

화가의 길은 외롭다
화가는 세 가지가 화가 나서
"안 풀려서
안 알아줘서
안 팔려서"
화가 나는 게 화가라고 했다.
외롭고 고독한 예술의 산실 외로움을 발효하여 음미하고 확장으로 승화해야 한다.
두 딸아이가 힘든 화가의 길을 간다.
큰아이는 동양화로 대학강의와 작품활동을 하고
작은 아이는 웹툰으로 연재하며 고독속에서 산다.
나의 딸아이들이 덜 외롭고 덜 고독하기를 간절히 바래본다.

학록당 주인 **최 다 원**

평화가 머물도록

뱃속엔 밥을 줄이고
머릿속엔 생각을 줄이고
마음속엔 욕심을 줄이며
입속에 말을 줄이고
손에는 일을 줄이고
대화엔 시비를 줄이고
일상엔 송사를 줄이라고 했다
선현들은
모두 줄이고
모두 덜어냄이 삶의 지혜라고
그것이 마음에 평화를 머물게 하는
지름길이라고 했으나
가장 어려움이 줄임 아니던가
하나라도 더 소유하고 싶어 하고
더 이름을 얻고 싶어 하며
더 많은 권력을 탐함이
인간의 본능이라면 과언일까
모든 만물들이 스스로 덜어내는 들녘에서
마음에 채울 평화를 안아보며
가을을 만지고 있다

6

평화

68×70cm / 화선지에 수묵담채 / 2009

강변
70×70cm / 화선지에 수묵담채 / 2006

사랑

사랑이 무엇이냐고
사랑은 어디 있느냐고
묻지 마라
사랑이 궁금한가
사랑이란
사랑으로만 알 수 있다
누군가를 진실로 사랑해 보라
마음을 다해 사랑해 보라
그러면
사랑을 알게 될 것이다

노을 속에서
31×32cm / 화선지에 수묵담채

노을

산도 들도
강물도
다 태웠다
이제
당신 가슴만 남았다

양반들

네거리에서
서로 먼저 가려고 해서였을까
택시와 승용차가 접촉했다
서로에게 책임을 전가하려는 두 사람은
아니 이 양반이
아니 저 양반이
요즈음도 양반이
넘쳐나는 우리나라
큰소리가 난무해도
양반이라 높여 주는
저 양반들……

산다는 것은

산다는 것은
새로운 일이 생겨나는 일
생겨난 일들을 분석하고
싸매고 헤집어 보는 일

산다는 것은
새로운 경험과 새로운 생각과
새로운 결론에 도달하는 일
오늘이 가고 또 오늘이 오는 일
날마다 밀고 당기지만
새로운 오늘을 고대하는 일

산다는 것은
오늘이 모여 만드는 인생
날마다 다가오는 오늘이 모여
오늘을 만들어 가는 오늘인 것
서론도 본론도 결론도 오늘인 것
오늘은 또 오늘을 데려 오는 일

강변
70×70cm / 화선지에 수묵담채 / 2007

등대
40×37cm / 화선지에 수묵담채

등대

깜박 깜박 껌뻑이는 눈동자다
정맥의 똑딱 똑딱이는 맥박이다
출렁이는 바다의 혈관이며
돌아오라는 간절한 애원이다
오랜동안 떠났던 귀향의 만남이고
손꼽아 애태운 기다림의 해후로
밤새워 도닥이며 잠 못드는 그리움이다
애처러운 눈물의 옥구슬이며
까아만 절망을 가르며 생성하는 생명이다
빛이여 생명이여
출렁이는 파도에게 눈동자를 겨누며 사랑한다고
외발로 선 등대가 관절에 힘을 준다
어제의 서운함도 잊고
그제의 미움도 원망도 잊으라고
사랑만 하자고
사랑이란 말 속에는
모두를 안고 모두를 잊게 한다며
가슴을 열고 애원의 메세지를 일렁이는 파도에 보낼 때
서둘러 나온 별 몇 개가 바다로 뛰어들었다

노을
30×30cm / 화선지에 수묵담채

노을

이삭 줍는 사람들과 만종 등의
명화를 남긴 밀레는
그림을 그리는 데는
삼일이 걸리고
그림을 파는 데는 삼년이 걸린다고 했다

산과 들과 강물도 붉게 물들여
아직 마르지 않은
한 폭의 수채화
하루의 시간으로 곱게 그려진 명화는
삼년은 너무 긴 시간이라며
서서히 거두어들인다

우리들 이야기
120×50cm / 화선지에 수묵담채 / 2008

아름다운 세상

경인미술관 개인 전시장
오프닝 준비가 한창이다
전시장 가장자리 쪽에서 단걸음에 다가온 서예가 지인은
촉촉한 눈망울로 주시하며
반갑다고 보고 싶었다고 얼마만이냐고 손을 꼭 잡았다
일 년 반 전에 죽었다가 두어 달 전에 살아났다고
세상을 등지고 투병하던 시간들은
보고픈 사람들이 너무 많아 아려 오더라고
이제 다시 태어난 세상은
은빛 금빛으로 빛나는 보석이며
매우 찬란하더라고
희망과 꿈으로 다시 펼쳐진 세상은
너무나 아름다워 잠자는 시간마저
눈을 뜨고 싶다고 했다
모처럼 전시장에 와서 반가운 얼굴들을 대하니
기쁨이 한가득 넘실댄다고……

선인장

뜨락 빨간 벽돌 위에 올려둔
선인장을 심어둔 화분에
밤사이 작은 거미가
거미줄을 촘촘히 쳐 놓았다
선인장이 철갑을 두른 듯 답답할 것 같아
손가락으로 무심코 걷어내는데
선인장은 자기를 도와주려는 줄도 모르고
예리한 잔가시 하나를 뽑아 나의 손가락을 찔렀다
손가락을 겨냥해 아무리 들여다봐도 가시는 보이지 않고
세포를 세워 조심스레 만져 보면
미세한 통증만 간간히 전달해 왔다
보이지도 않는 작은 가시가 이토록 아픔을 유발하다니
그래 혹
나의 입술을 무심히 빠져나와
누군가의 가슴에 가시로 박혀
통증을 유발하고 있을지도 모를 말
말을 매우 조심해야 할 것 같은 생각이 들었다

경로석

지하철 경로석에 나란히 앉은
노인들이 왜 사느냐
무엇 때문에 사느냐 의
질문으로 서로 선문답을 하며
무료함을 달래고 있다

산다는 것은 존재가치다
삶을 의미가치에 두지 말고
존재가치에 의미를 두면 어떨까
그러나 희망이 있는 존재가치와
희망이 없는 존재가치가 있을 것이다

희망이 있는 존재가치란
누가 만들어 주는 것이 아니라
자기 스스로 만들어야 한다
희망이 존재하고 있는 한 삶은
존재가치에서 의미가치로 존재할 것이기에
목숨이 있는 한 존재가치에 의미를 두고 싶다

여름날 오후
69×69cm / 화선지에 수묵담채

철원 그곳에는

어제의 몰아치던 바람이 잠시 멈추고
하향 시샘하던 일기가 급상승한 토요일
햇살마저 눈부셔 보랏빛이었다
보드라운 산소 알갱이를 허파 가득 채우고
철새들 낙원인 철원으로 향했다
비상시 유용될 육중한 바리케이드가
줄타기의 명수 곡예사처럼 버티고
믿음직한 대한의 아들로 중무장한 군인들이 의무를 다하는 철원

지평선처럼 넓은 평야는 아지랑이를 피워 올리지만
야트막한 야산들은 수많은 지뢰를 물고 있다고 했다
곡창지대의 철원 평야를 빼앗기고 눈물지었다는
김일성의 한숨소리가 백마고지의
휘날리는 깃발 아래 연기처럼 사라졌고
열사들의 매타작이 환청으로 휘감긴 노동 당사
곳곳의 총탄 자국이 그날의 치열함을 대변하고
뼈만 앙상한 노동당사도 역사 속으로 관절을 접는다
절경의 궁예도성 근처에서 삼겹살은 몸을 뒤집고
현무암 구멍마다 서리서리 한 서린
태봉국 궁예의 이루지 못한 꿈의 조각들이 널부러졌다

고석정 동굴은 임꺽정의 아지트
의적의 변신은 꺽지라는 물고기를 낳았고
못다 한 한들이 정수리 가득 몇 그루의 소나무를 키운다
너무 맑으면 고독하다 하였거늘
면경지수 맑은 한탄강물은 의적의 외로움을 알까
남겨진 이삭을 줍는 분주한 기러기 떼
시베리아 장도의 그 먼 길 내년의 만남을 기약하며
그들의 무사귀환 안녕을 빌어본다
외인 침입에 촉각을 모으는 철새 떼 하늘 높이 날아오르고
재두루미 날개 짓에 무심코 올려다본 하늘엔
한 점의 구름도 선회하지 않았다

철책 제방을 지키는 온유한 총부리
듬직한 어깨에 돌리멘 우리들의 아들이여

가을
68×69cm / 화선지에 수묵담채

북쪽에서 흘러드는 맑은 물 가득 담긴 한가로운 저수지 가장자리에
고요로운 물들은 산 그림자 담은 채 말이 없고
원앙 가족은 누구의 방해도 받지 않고 휴일 한때를 즐긴다
날카로운 부리와 부릅뜬 눈매 외투처럼 추켜 입은 깃털의
독수리를 보고 나의 그림에 옮겨 그리고 싶었지만
따듯한 날씨 덕에 전날 시베리아로 서둘러 출발하고
남겨진 흔적을 따라 질긴 미련만 발길을 잡는다
죽은 고기만 먹는 독수리를 위해
죽은 돼지와 죽은 소를 내주는 농부들
독수리가 남긴 이삭을 줍는 까마귀와
그들의 안녕과 건강을 도모하는 환경단체
모두가 공생 공존하자는 아름다운 보시의 고운 마음 씀이 아닐까
더불어 사는 사회 함께 사는 지구
공유하고픈 사랑이 넘실대고 있는 철원이었다

나의 트레이드

줄긋기를 하다가 기역자를 쓰고
기본을 익히는 회원에게
잘 하네요 참 잘했어요! 라고 했다
아니 선생님 뭘 아직 잘하겠어요!

잘 했다는 말은 격려일 수도 있고
정확한 운필을 한다는 말일 수도 있어
이제 시작한 사람에게 어깨를 두드리며 보내는 격려이다
열심히 가 보라는 보드라운 채찍일 수도
꼭 이루어 보라는 깊은 뜻이 담긴 위로 일 수도 있다
그 사람이 처한 현재를 이른 말이지
아주 우수하다는 뜻은 아니다

칭찬은 무에서 유를 창조하게 하고
칭찬은 마음에 흡족을 불러와
힘든 역경마저도 즐거움으로
확대 전환시키는 마력이 있기 때문이다

잘 했어요
그 한마디가 씨가 되고
깊이 박힐 소망의 뿌리 근원이 될 수도 있으며
어려운 예술가의 길
험난한 창작의 길에
나침판과 노가 되고 목적을 달성함에
북극성의 역할을 수행할 수도 있기에
오늘도 잘 했어요!는
칭찬을 아끼지 않는
나의 트레이드가 되길 희망한다

온유란

온유란
이해하려는 것이고
용서하는 것이며
감사하는 것이다

온유란 비워 내는 것이고 참아 내는 것이다
그로부터 생성된 여러 낀들은
주변을 和하게 하고 가까운 사람들과
대인관계를 원만하게 하며
가정과 자녀에게도 모범이 될 것이고
또한 과거와 현재와 미래를 편안케 할 것이다

온유란 나의 의지를 양보하고
상대방의 뜻을 존중하는 것이다
가장 성숙한 자세가 무언가
그건 상대방에게 자유의지를 선물하는 거다

온유한 사람에겐 무한 지혜와
무한 능력이 흘러드는 것이라고
행복이란 쟁취가 아니라
일상에서 파생된 결과물이기 때문에
온유하다는 것은 팔복 중의 하나를 지닌 것으로써
오늘 하루를 온유로 행복하고 싶다

노을

31×32cm / 화선지에 수묵담채

항구의 초가을
70×70cm / 화선지에 수묵담채 / 2011

속초 앞바다 파도와 바위2

너와 나는 운명인가
우리 만남은 숙명인가

어제도 부딪쳤고
오늘도 다뤘으며
내일도 겨룰 것이다

기어오르고 또 덤벼보고
밀쳐내고 떠밀어보며
입술 가득 거품을 물 때

깜짝 놀린 갈매기 떼
날개를 퍼덕이며
중재의 열변을 토한다

오늘도

오늘도
자…… 알
속았다

바람나겠네

죽잎 사이
지나가던 바람에
잎들은 수다스럽고

햇살 한 움큼 삼킨
매화 꽃잎이
향기를 내지르면

충혈된 내 가슴
두근두근
봄바람 들겠네

우리들 세상
31×32cm / 화선지에 수묵담채

21

건강검진

엑스레이가 가슴을 뚫어보고
초음파의 손들이 복부를 더듬더듬거렸으며
갑상선을 어루만지며 오르락내리락했다
입속의 이들을 하나 둘 헤아렸으며
눈동자를 들여다보고 귓속을 간질이고
뇌실을 낱낱이 헤집어 보았으며
이리 저리 가슴을 눌러보며 꿰뚫어 보던 날카로운 빛
영특하고 지혜로운 기계의 손가락들이
나의 안 아니 내부를 구석구석 헤집어 보고 뒤적였다

뒤집고 돌리고 다시 모로 좌로 우로 내장 속을 파헤친다
관절과 뼛속을 훑어보았으며
지방과 근육의 무게와 양을 재고
혹시 모를 바이러스와 혈압을 측정했다
워낙 기계들의 성능이 우수하여
모두를 끌어 내고 잡아 내기에

그저 더 가지고 싶고 더 크고 싶고 더 누리고 싶은
나를 차지한 욕심과 욕망의 짐승들이 잡혀 나올까
손에 땀을 쥐고 숨죽였는데
아……
그들은 어디로 숨었을까

고향 70×70cm / 화선지에 수묵담채 / 2008

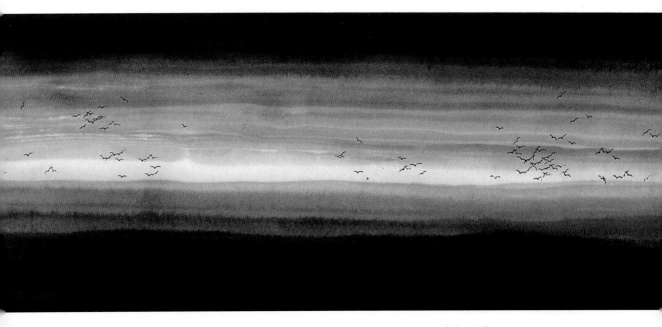

가을 유산
120×50cm / 화선지에 수묵담채 / 2008

만나야 한다

노자는
남들이 비웃지 않으면
道라 할 수 없다고 하였다

예술은 같을 수가 없다
같으면 이미 예술의 범주를 벗어 났다
더더욱 창작은
남들이 하지 않는 장르
남들이 쓰지 않는 재료
남들이 시도하지 않았던 기법

그곳에 있을 것이다

어디에 있을까
그 새로운 예술
찾아야 한다
꺼내야 한다
만나야만 한다

고향의 밤하늘

아 아……
저리도 많은 별들이
나만 바라봐

이백이 머물던 곳
70×60cm / 화선지에 수묵담채 / 2007

그리움

무소유란 아무것도 갖지 않는 것이 아니다
불필요한 것은 모두 버리고
최소한의 것만 소유한 것을 말한다

비움이란 소망을 갖지 않는 것이 아니다
끝도 없는 욕망은 잘라 버리고
희망을 안고 꿈만 이루고자 함을 말한다

사랑한다는 것은 받는 것도 주는 것도 아니다
심장 깊숙이 깊숙이 담겨 있어
언제나 어느 곳에서나 맴도는 그림자의 이름이다

잊는다는 것은 가슴 가득한 당신을 빼내는 것이 아니다
애틋한 그리움 하나만 남겨두고
기다림의 고통에서 이제 벗어나고자 함이다

노을
30×30cm / 화선지에 수묵담채

시가 뭐길래

사랑을 하면 엔도르핀이 생성하고
마냥 즐거워 모두가 희망으로 가득하며
암세포마저 분열하기에 가장 좋은 약이라 했다
사랑은 시인에게 약일까 병일까
시인들이 모여 문학지 발송 작업 후
회식자리에 둘러앉았다
E시인은 사랑을 안 하니 시가 안 써진다고 하고
S시인은 사랑보다는 시를 위한 사랑을 하고 싶다고 했다
D시인은 달콤한 사랑 후 이별이 시의 산실이라고
이별 후 한 달이 가장 절절하다고도 했다
가슴 저린 이별을 갈망하는 시인들
시……
시가 뭐길래

저쪽에다……

매화가 흐드러진 섬진강가에
줄 지어선 봄도 밀고 차들을 밀어
어렵게 당도한 화개장터를 돌아 보니
있을 건 다 있고 없을 건 없었다
좌판에 모여 들어 엿치기를 한판하고
여인의 교태스런 호객 행위 재담에 한바탕 웃어 젖히며
조영남의 노래비에 시선을 모았다가
조형과 운필이 멋드러진 누각 현판 글씨에 감탄을 남겨 두고
야외 테이블 가득 올갱이 무침과 빙어 튀김 파전과 탁주가 한상 차려졌다
서예가들은 빙 둘러 앉아 즐거움을 꺼내 담소를 나누며
몇 순배 돌고 돌아 취기가 오를 즈음
한 쪽을 정리하고 휘호 준비를 했다
빙 둘러 모여든 화개장터 장꾼 사이에서
한 사람씩 붓을 들고 일필휘지하니
붓은 먹을 만나고
먹은 화선지를 만나고
화선지는 시선을 만나 가슴과 가슴으로 스몄다
옛날의 선비 모습 재현 아닌가
섬진강가에 흐드러진 매화는 글로 표현되고
나의 그림에 들어 앉아 발그레 꽃을 피운 매화
화개장터 모습과 봄의 정경은
비호처럼 날던 먹으로 화선지에 남겨지고
너른 광장에 열을 지어 미소로 펼쳐졌다
행인들의 발걸음을 하나둘씩 모아 두고
영호남 화합을 은근히 불러올 즈음
다가온 음식점 주인

저쪽에다 펼치시면 안 돼요?

내일로 가는 길목
46×70cm / 화선지에 수묵담채 / 2022

지금도 고향엔
70×70cm / 화선지에 수묵담채 / 2008

그 후

당신이 두고 간 마음
손안에 넣어 만지작거리면
뿌드득 뿌드득 부러지는 소리

삼경의 동해 바다

오징어
저 불빛은 생명불이야

어부
이 불빛은 생명불이다

파도

을왕리 바닷가에
까치발로 밀려오는 파도를 보라
모래톱을 쓰다듬고 돌아가는 파도를 보라
온 힘을 다해 기어오르려
함성을 지르며 달려왔건만
할 말이 많아도 성냄이 하늘을 찔러도
입술 가득 거품을 물고 왔다가
슬그머니 돌아가는 파도를 보라

그래
삶이란 그런 것이다
도전이란 그런 것이다
성장한다는 것은 저토록 힘든 일이다
기어오르고 또 기어오르고
손톱에 피가 맺혀도 정상은 아직 먼 곳에 있다
흔들리며 흔들거리며 그렇게 오늘을 견디는 일이다
밀려오고 밀려가면서도
한 가지 소망을 심장에 새겨 넣는 일이다
쓰다듬고 보듬고 스스로를 격려하는 일이다
그래 핥아라 쓰다듬어라 장애는 보듬어라
둥글어지게 보드라워지도록 그리고 껴안아라

모세혈관을 파고드는 갈등의 너울 아래
부서지고 일어서고 쓰러지더라도
품은 꿈 하나에만 생을 걸며 하얀 거품을 지우는 일이다
파란 소망만을 품에 안고 넘실대는 일이 생인 것을
이룬다는 것은 함성을 지르며
발끝으로 서는 곡예인 것을
실핏줄 세워 정열을 다 바치고
인내의 고통을 감내해야 하는 것인 것을

파도
57×67cm / 화선지에 수묵담채

파도 2

발끝으로 서지 않으면 파도이겠는가!
부서지지 않으면 파도가 아니고
밀려오지 않으면 파도라 하겠는가!
기어오르고 기어오르다
거품만 남기고 밀려가는 파도
슬픈 사람이 보면 파도는 울고
즐거운 사람이 보면 파도는 춤을 추고
실연한 사람이 보면 알싸한 그리움이 일렁이는 파도
하나둘씩 별들이 눈동자를 키우고
소슬바람이 바다 위를 더듬더듬 오는데
저 너른 동해 바다에 그 사람 모습이
미소로 환하게 웃네!

속초 앞 파도와 바위

얼마나 사모하면 저리도 달려올까
얼만큼 사랑하면 저토록 쓰다듬을까
함성으로 달려와 사랑한다고 사랑한다고
가슴에 엎드려 입술 가득 거품을 문다

장맛비

밤새워 소낙비가 장대처럼 내렸다
선잠을 깨우던 시원스런 빗소리는
아름다운 선율로 다가와
가슴을 풀어 주고
더위를 가져가고
번개를 데려와 폭죽처럼 하늘을 가를 듯 번쩍인다
그림을 그릴 수 없는 雨요일의 한가로움
헤이즐넛 향기를 입안 가득 채우고 음미하며
밀린 독서를 모처럼 즐기겠다
며칠 전 집 전체에 방수공사를 했으니
빗물이 들어오진 않을 것이고
틈새를 노려 스며들던 화실 외벽마저
코킹으로 모두 발랐으며
화단 가득 심어둔 꽃들이
타던 목을 축이겠구나 생각하고
회심의 미소를
안면 가득 담아 보던 순간
장맛비에 둑이 무너져
살던 집들이 잠기고
하우스가 무너지고
우사와 축사가 쓰러져 모두 달아나 버렸다는
기사가 생각이 나서 순간 가슴이
뜨끔했다

지금은 경계경보가 발령 중인 우기인데
빗소리를 가슴에 담고 시나 쓰려고
안간힘을 쓰다니

꿈

그림 공부하는 회원들과
점심 식사 후
"선생님
이제 한다고 해 보겠다는 것이 늦었지요" 한다

모든 것은
지금도 안 늦어
늦었다고 할 때가 이른 거라고 생각해
이제부터 해도 돼
앞에 간 사람에 맞추지 말고
자기 위치에 맞추면 간단해
자기를 아는 것
그것이 중요하고
우리에게 주어진 삶의 존재 가치에
의미 가치를 부여해 보자고
각오와 열정과 노력
그리고 일 프로의 영감으로 점철시켜 보면 어떨까
노력하지 않는 자에게
영감은 부여되지 않아
부단히 앞으로 가려는 노력이 중요해
노력 없는 결과는 없고
꿈 없는 결실은 없어
하면 돼……
인생은 과정이야!

노을2

30×30cm / 화선지에 수묵담채

짝사랑

그리움이 넘치면 증오가 되고
그리움이 차오르면 눈물이 나며
그리움이 북받치면 가슴이 마구 뛰었다

보고픔은 마침내 서러움으로 변모하고
서러움은 야속함을 더해 갔다
야속함은 미움의 등뼈를 형성해 키를 키워
먼 하늘에 가물가물한 모습을 애써 외면해 본다

그리움으로 두근거리는 외침에
외로움도 덩달아 몸집을 자꾸만 부풀렸으며
숙연한 고독마저 데려와
어디론가 방랑의 발걸음을 재촉했다

봄꽃들은 흐드러지고
산들거리는 새순들이 싱그러운 가운데
보랏빛 햇살마저 맑고 투명하지만
그대여 그대여를 입속에서 수없이 되뇌어도
아무것도 어느 것도 감지하지 못하고
그저 먼 곳에 머문 백치
그대는 정녕 백치여라

사랑

별들도
새들도
바람마저
모두 잠든 삼경
오직
그대에게 가는
길 하나 열었다

가을 호수
75×70cm / 화선지에 수묵담채 / 2006

가을날의 오후
70×70cm / 화선지에 수묵담채 / 2005

가을

이제 무성히 푸르던 잎들도
곱게 물들고 낙엽이 되려합니다
새순의 봄을 준비하려고
뿌리로 가려합니다
들녘을 지나 강을 건너온 스산한 가을 바람은
쓸쓸함을 동반해 누군가를 그리워하게 합니다
어느덧 시선은 머언 하늘가에 머물고
올해의 스쳐간 인연들이 다가옵니다
가만히 돌아보면 수많은 인연들이 필름을 풀지만
기억에 각인된 인연이란 많지 않습니다

모두가 소중한 인연들
그저 옷깃을 바람처럼 스쳐 갔어도
나를 키운 팔할은 인연입니다
간 것은 오고 온 것은 다시 돌아가는
윤회를 절감하게 하는
한강변 가을 가운데에서
한줄기 바람이 몇 가닥 머리칼을 희롱합니다

평화가 머문 곳
70×68cm / 화선지에 수묵담채 / 2015

단풍처럼

빨갛게 물든
단풍처럼

나도

당신에게
물들고 싶다

가을 아침

은빛 가을 햇살이 포근히
나의 뜨락을 곁눈질한다
소슬바람 한줄기 배회하던 발걸음을 잠시 멈추면
나의 젖은 마음을 꺼내
흰구름 가득 널어본다
찢겨진 고독이 펄럭이고
남루한 한가로움이 실눈을 뜨면
건조해진 외로움이 슬며시 옷깃을 여민다
야위어진 미련 한줄기가 눈물을 삼키고
못이 된 그리움만 심장 언저리에서 가쁜 숨을 몰아쉰다
웅크렸던 오기가 굽은 허리를 펼 때
저만치 다가온 실낱같은 희망이
발목을 잡는 고요로운 가을 아침

무소유

무소유는 자유라고
텅 비우면 충만하고
어차피 버리고 떠날 것들 미리 버리자고
몸소 행하시던 법정스님
많이 가지면 번뇌하고
더 갖고 싶어 괴로운 거라고
마지막 수의 마저
마다한 수행자는
무소유로 자유로웠고

비웠기에 채웠으며
버렸기에 남겨졌다
버려야 한다
비워야 한다
깨어야 한다
수행자가 남긴 발자취는
길을 내고 길을 닦고
가슴에 새겨졌다

숲속에
70×70cm / 화선지에 수묵담채

고향마을
69×55cm / 화선지에 수묵담채 / 2015

고향

포만한 그리움을 안고 고향에 갔네
어머니도 뵙고 싶고 어린시절 동무들도 그리며
고속도로를 밀고 또 밀고 갔네
산도 변하고 천도 바뀌고
퇴색한 추억들은 시선을 건네는 곳마다 산재했는데
두견이 우는 산비탈에 누우신 어머니는 말이 없고
벗들 소식은 오리무중인데
여전히 산을 채운 진달래는 빙그레 미소짓고
애달픈 장끼의 구애 목청은 고향산을 울렸네

하루에도 몇 번이나 달려오던 곳
어머니 앞에 술 한잔을 부어
두 손으로 받쳐 올리며
보고 싶었습니다 그리워서 왔습니다
어머니 음성이 들리는듯
나지막히 부르시는듯
액체가 고이고 가늘게 전율하며 저려왔네

어머니 영상이 고요히 필름을 풀었네

순리

고통 없는 인생이 어디 있으랴
아픔 없는 삶이 어디 있으랴
괴로움은 즐거움의 또 다른 모습이고
즐거움은 괴로움을 몰래 잉태하고 있는 것을

사랑하는 오늘도 내일의 이별을 내포하고
풍요의 오늘도 빈곤의 내일이 숨어 있으며
없다가도 있고 있다가도 사라지지만
이 또한
지나가고 또
돌아와 줄 것을

내일이란 또 다른 오늘이 낳을
즐거움과 행복과 고통과 괴로움도 다 지녀
다가오고 또
지나가 주리니
오늘은 내일의 앞에 서서
역사를 창조하는 것이거늘

너무 즐거워하지도 말고
너무 괴로워하지도 말며
너무 슬퍼하지도 말고
너무 사랑하지도 말아야 하거늘

내려놓고 비우고 현실을 직시하고
다만
슬기로운 지혜로 오늘을 살아내야 하거늘
지혜로운 삶이란
순리를 받아들이고 순리에 순종하는 것 일 것을
봄을 지나 가을이 오고
가을 지나 또 겨울에 당도하듯이
모두를 자연에 맡기면
자연스럽게 지나가 줄 것을……

만추
70×68cm / 화선지에 수묵담채

가을 고독

파도가 밀려가고 밀려왔다가 내지른 비명을 귓가에 흘리며
심호흡을 크게 하고 바닷물이 남겨놓은 젖은 모래톱을 걷고 싶다
가을비가 촉촉이 내리는 빗속을 우산을 받지 않고 걷고 싶으며
타오르던 단풍 한 잎 두 잎 떨어지는 스산한 산길도 걷고 싶고
부러지고 넘어지고 들풀들이 마음대로 구성한 오솔길도 걷고 싶다
인연의 끈을 놓은 플라타너스 잎사귀 바람 따라 끌려가는 메마른 보도 위도 걷고 싶으며
우수수 떨어지는 노란 은행나무 아래서는 잠시 멈추어
하늘을 보고 어둠이 내린 대지 언덕에 앉아
강아지풀의 흔들리는 꼬리를 물끄러미 바라보다가 걷고도 싶다
노을이 붉게 물든 산하 아래서 마음도 태우고 눈빛도 태우고 꿈도 태우며 걷는다면
아마 고독이란 놈이 질려서 멀리 가버릴지도 모를 일이다

산나물 뜯던 날

옹기종기 모여 앉아
쑥덕거리던 쑥잎이 벌벌 떨고
서너 잎을 단 어린 취나물이 치를 떤다
고개 숙인 고사리는 주먹을 불끈 쥐고
다래순 연두 잎이 나를 달랜다

질경이는 납작 허리를 낮추고
돌나물은 돌 틈을 비집고 있다
미나리는 슬며시 발을 담그고
산 두릅은 가시를 바짝 세웠다
달래는 달라고 할까봐 꽃망울을 서둘러 맺고
머위는 둥근 잎을 흔들며 손사래를 친다

그래
살아간다는 것은
그런 것 인지도 모를 일
낮추고 살피며
늘 가슴 조이는 일인 것을

우린 무슨 인연일까
너를 움켜잡은 나의 손가락도
가늘게 떨린단다

월정사

마음을 곧게 하라고
뜻을 굽히지 말라고
한 점 부끄러움 없이 살라고 타이르는
쭉뻗은 전나무들이 도열한
천년의 숲길을 오른다

맑은 마음을 보이라고
좀더 낮아져야 한다고
머리 숙여 겸손해야 한다며
계곡을 따라 흐르는 냇물은 청정한데

마음을 비우라고
욕심을 버리라고
월정사 부처님은
지긋이 눈을 감고 미소로 말하셨다

평화
70×70cm / 화선지에 수묵담채 / 2012

지천명에 이르러

그림과 서예를 공부하는 회원들이
수업을 마친 후 회식자리에 둘러앉았다
자연스레 옮겨간 화제는 누구는 젊어 보이고
누구는 나이 들어 보인다는 이야기를 화제로 올리며
서로의 얼굴들을 관찰하기에 이르렀다
젊어 보인다는 말은 누가 들어도 기분 좋은 말이다
허리가 휘어진 할머니도 젊어지셨다고 하면 만면에 미소를 담아내지 않는가
실제의 나이들을 들먹이며
나이보다 더 들어 보인다는 말들은 해서는 안 되는 이야기가 아닐까
말하는 사람은 무심히 하지만
듣는 당사자는 썩 기분 좋은 말은 아닐 것이다
담장 가득 피어오른 장미도 십여 일을 견디지 못하는데
그 젊음이란 것도 머무는 한때가 아니던가
서로 기분 좋은 대화를 즐기는 것이 정신건강에 유익하며
지켜야 할 에티켓 아닐까

깊이 생각해보면
젊어 보인다는 말도 그리 유쾌한 말은 아닐 것이다
내면의 무게는 밖으로 표출되어 사람을 노숙하게 할 수도 있어
그만큼 무게가 실리지 못했음의 간접적 표현일 수도 있기 때문이다
조금 젊어 보이고 조금 나이들어 보임이
인생에 큰 비중은 아닐것이다
이제 나이를 헤아리는 만큼의 눈가에 잔주름도 늘어간다
젊은 시절엔 무심했던 화제들이 귀에 거슬린 핵심으로 거론되어
상대방 마음마저 다칠 수 있음을 상기해야 한다
이제 중년을 넘어 지천명에 이르렀으니 외모는 평준화된 것이 아닐까
외모를 보기보다는 사람을 그릇으로 보면 어떨까

예의가 있는지도 보고
상대방을 얼마나 배려하는지도 보고
무엇을 담으려 노력했는지도 헤아려 보게 된다
몸이라는 그릇 속에 무엇이 담겨있는지
삶의 질을 헤아려 사는지를 보게 된다
그동안 가꾸어온 눈동자와 말씨들이 숨을 쉬는지
자신의 말과 행동은 얼마나 일치하는지
조금 젊어 보이기보다는
무게가 느껴지는 사람으로 가득한 사회가
이루어 지기를 염원하며
나 자신
돌아보고 또 돌아다 본 하루가 저물어 간다

노을3
31×32cm / 화선지에 수묵담채

나의 살던 고향

꼬불꼬불 마을로 들어간 가을속의 오솔길을 따라가면
꿈속에서마저 그리던 나의 고향이 숨 쉰다
붉게 태우고 다시 떨어져 엎드린 낙엽은
알맹이가 사라진 빈 밤송이 껍질을 이불로 덮고
이슬에 젖은 채 옛적처럼 엎드려 있다
더러 부러지고 더러는 휘어지며 미풍 따라 흔들리는 갈대 건너
넝마 한 벌에 일그러진 고독을 등에 진
허수아비의 외다리 관절 사이로
메뚜기와 방아깨비 사마귀의 눈동자마저 그 옛날 그대로였다
일급수로 흐르는 청정한 계곡 사이로 실버들이 너울너울 춤을 추고
미꾸라지 송사리 모래무치와 가재와
유난히 눈이 큰 개구리의 잔뜩 움츠린 모습도 그대로였다
우짖는 산까치와 산새들의 낭낭한 오페라도 그대로였으며
몇가닥 철사에 의지한 삐딱한 시멘트굴뚝에
하얀 저녁연기 머리 푼 채 하늘로 피어오르고
가지 끝에 남겨진 까치밥 홍시가
주인을 그리는 모습도 한 폭의 수채화로 그대로였다
고요한 정적 속에 산하를 지키시는 어머니는 그저 침묵하고
산허리에 머물다 가는 떠돌이 흰 구름도 그대로인데
최신형 농기구에 밀려난
農牛의 지친 노동 뒤 한가로운 되새김은 어디 갔을까
고무줄 넘고 넘던 그 소녀는 서리를 머리에 인 채
촉촉한 눈가에 돋아난 이슬을 슬그머니 찍어내지만
인걸은 가고 추억만 남긴 나의 고향은
낡은 그리움의 필름을 푼다

나를 기다리는 고향
69×55cm / 화선지에 수묵담채 / 2014

붓과 술

천안의 노 서화가는
붓을 잡고 있으면 술이 생각나고
술을 한잔하면 붓을 잡고 싶다고
술과 붓은 아주 친밀한 관계이니
그들 사이를 몸이 부서져라
날마다 이어준다고……

어젯밤

내 가슴에 사는 이여
언제나 출렁이며 동행중인 이여
어느 곳에서나 등 뒤에 머물며
다소곳이 침묵하는 그대

바람 따라 고요히 흔들리며
적요로울 때면 내 혈관을 순회하며
슬프도록 보고 싶어 저리게 하고
또 모자라
어젯밤 꿈속에 찾아온 이여

밤새 휴식을 취했어도
눈꺼풀이 버거워지고
밤새 그렸어도 채워지지 못한 그리움으로
가슴 가장자리를 차지하고선

날마다 애태워도 남겨진 마음은
바닥이 보이지 않는 블랙홀인 것을
어제와 오늘 그리고 내일분의 간절함이
가슴 언저리에 머물러
또 그리운 나의 사랑하는 임이여

봄날 밤

예쁜 아내는 삼년 행복하고
착한 아내는 평생 행복하며
지혜로운 아내는 삼대가 행복하다고 했다

잘생긴 남편은 일년 행복하고
돈 많은 남편은 십년 행복하며
마음이 따듯한 남편은 평생 행복하다고도 했다

남산 위로 떠오르는 보름달을 향해
지혜로운 며느리와
마음이 따듯한 사윗감을 소망해보는
고요한 봄날 밤 하얀 목련이 다투어 입술을 연다

별이 빛나는 밤에
74×68cm / 화선지에 수묵담채 / 2015

별밭

노을이
산과 들과 사랑하던 그 시간
비행기 한 대가 하늘밭을 간다
둔덕의 이랑마다 씨앗을 뿌리더니
별들 눈부시게 싹을 틔운다

개심사에서

개심사에 서둘러 도착한 가을은
해맑은 얼굴로 두 눈을 글썽이다가
꼭 다문 입술로 말없이 바라보다가
뒤척이며 소곤소곤 속삭이다가
가만히 다가와 가슴 언저리를 훑고 있다
고요히 지켜보던 소슬바람이
낙엽 하나를 허공으로 날리자
파란 하늘은 새파랗게 질리더니
흰 구름 몇 점 데려와 흩어 놓았다

그윽한 부처님 미소 아래 두 무릎 굽히고
목탁을 두드리는 스님의 구성진 독경 소리에
수줍은 단풍잎은 바알간 두 손을 합장했다
잘 익은 감들이 주렁주렁 결실을 매달고
세월을 간직한 배룡나무가 연못에 티끌진 세상을 씻어낼 때
서리맞은 국화꽃들이 애잔한 미소를 짓고
그윽히 피어오른 연차 향기가 디긋자 경내를 채웠다

개심사를 수호하던 산까치가 따라오며
인생이란 인연이며
인연이란 모든 생의 구성요소라고
마음을 열라 하더니
가슴을 비우라하고
서로 이해하고 포용하며
다 내려놓고 가라했다

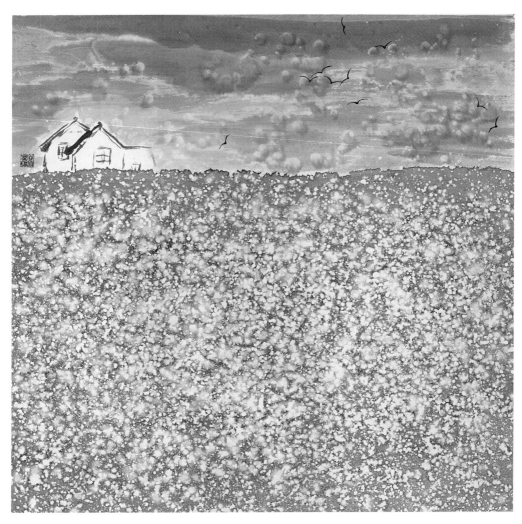

메밀꽃 필 무렵
70×70cm / 화선지에 수묵담채

모두

산다는 것은 행복입니다
할일이 있다는 것은 정열입니다
내일이 있다는 것은 희망이며
소망을 품었다는 것은 꿈이 있다는 것입니다
그림을 그리는 것은 그리움의 또 다른 표현이며
모두를 사랑한다는 것은 가슴 벅찬 전율의 설렘입니다

당신은 알지 못합니다

내가 얼마만큼 당신을 사랑하는지 당신은 알지 못합니다
그림을 그리다 먹물 묻힌 붓 한 자루 잠시 놓아두고
보고 싶고 그리워 슬프도록 북받쳐 오르는 감정을
누르고 또 누르고 혈관이 수축하는 통증의 아픔이 있음을
당신은 알지 못합니다

내가 얼마만큼 당신을 그리워하는지 당신은 알지 못합니다
햇살이 화창하고 실바람이 화실 창으로 슬며시 스며들 때
너무나 그리워 머리가 띵 해오고 초점이 흐려져
사물을 분간키마저 어려운 한 낮 판단이 흐려지고 책 속의 활자가
뭉뚱그려져 보이는 순간이 있음을 당신은 알지 못합니다

내가 얼마만큼 당신을 기다리는지 당신은 알지 못합니다
당신을 그리며 기다리다 차라리 미움이 생성하여
모두 놓아버리고 이 구속에서 벗어나 자유를 갈구하고픈
순간마저 생성함을 당신은 알지 못합니다

내가 당신을 얼마나 보고 싶어 하는지 당신은 알지 못합니다
보고 또 보고 생각하고 또 생각하다 머리를 흔들어 떨어버리려 해도
또 다시 보고 싶어져 침을 꿀꺽 삼키며 내지른 외마디
보고 싶다는 저린 절규를 당신은 알지 못합니다

내가 당신을 얼마만큼 좋아하는지 당신은 알지 못합니다
당신의 일상이 영화 속의 필름처럼 언제나 차지한 뇌실 가득
눈썹 끝에 매달린 피로가 다가올 하루를 예견해도 또 다시
찾아 나서고야 마는 습관을 당신은 알지 못합니다

내가 당신을 얼마만큼 사랑하는지 당신은 알지 못합니다
사랑한다는 말로는 표현이 불가능하고
보고 싶다고 두 눈을 감아 버려도 슬며시 이슬이 맺혀지며
가슴에 꼭 안아보아도 허허로운 당신이
원망마저 서러운 이 마음을 당신은 알지 못합니다

지금은 감지하지 못하므로 애태우는 갈증만 더해 갈지라도
언젠가는 느낌으로 혹은 마음을 담은 텔레파시가 도달하겠지요
혹여 느끼지 못하고 그대로 추억으로 남겨질지라도

사랑
70×52cm / 화선지에 수묵담채 / 2015

모두는 운명이라 여기며 아름다운 마음을 고이 간직함도
당신을 사랑하는 나의 숙명이라 여깁니다

먼 훗날 아주 오래 세월이 흐른 뒤 서로의 기억에서 멀어지고 잊혀도
퇴색한 일기장엔 그대는 영원히 나의 사랑이고
반짝이던 별이었으며 희망으로 모든 뇌세포를 일깨웠고
예술혼의 감각을 자극해 그림을 그리게 하였음은
소중한 인연의 결과임을 자인하며
내가 얼마만큼 고마워하는지 당신은 알지 못합니다

성산포 소견
70×70cm / 화선지에 수묵담채

감사한 마음

분주하던 하루 위에 어느덧 어둠이 내리고
베게 위에서 조금씩 풀리는 오늘의 일상이 실눈을 뜬다
미명이 열리던 아침의 꼬리를 붙잡고 가만히 따라가면
또 다른 꼬리가 말을 걸어오고
더듬더듬 한 바퀴를 휘 돌아 제 자리에 당도하면
그저 입속으로 되뇐다
간장으로부터 올라온 말 한마디는
모두모두 고맙고 감사합니다!

이 한마디엔
원망도 없고 미움도 없으며 서운한 마음도 또한 부족함도 없다
知足이면 可樂이라 했던가
그저 뭉클한 知足의 행복이 세포 사이에 돋아나
가슴이 따스해지고 혈관이 확장되는 사이
포근한 꿈속으로 인도 되며
눈시울엔 촉촉한 이슬이 슬며시 돋아난다

감사합니다!

난타

둥둥
두드려라
두드려야 열리리라
삶도 두드리고
인생도 두드리고
슬퍼도 두드리고
기뻐도 두드려라
꿈도 소망도 목표도 다 두드리고
친구의 가슴도
애인의 심장도 두드려야 열린단다

보아라!
초침이 아침을 두드리고 하루를 열듯이
빗방울도 나뭇잎을 세차게 두드리고
울려 퍼지던 종소리도 숲을 두드린다
실바람도 나래를 펴 산소알갱이를 두드리고
햇살도 지나가던 구름을 두드린다
두드리지 않고 어찌 열리기를 기다릴까
그래
오늘도 두드리고
내일도 두드리자
행복은 두드리는 자에게만 모두 열린다

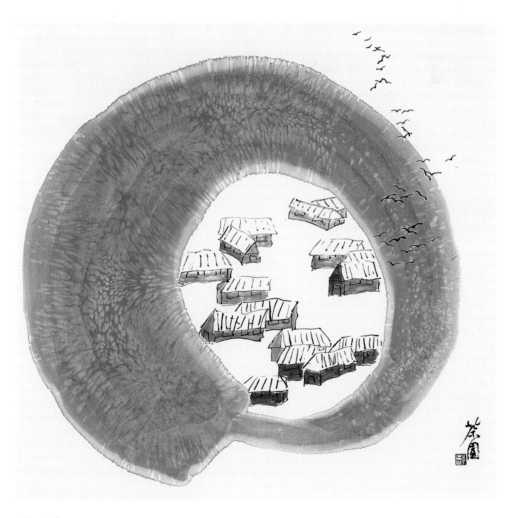

꿈 속에
70×70cm / 화선지에 수묵담채

그 어느 날
70×68cm / 화선지에 수묵담채 / 2015

북한산 승가사에서

꼭 다문 입술과
그렁한 두 눈동자
합장한 고운 손으로
법당의 촛불을 밝히는 비구니
숨결마저 숨죽인 발걸음도 고요하다

두 무릎을 굽혀 경배를 드리는 저 모습

곱게 밀어낸 뇌실 가득 무엇을 채웠을까
먹물 가사 속 앙상한 가슴 무엇을 비웠을까
오늘도 모아든 그녀의 소원은 무엇일까

행진
69×66cm / 화선지에 수묵담채

당신은

당신은 혹시
자꾸만 보고파서
두 눈을 차라리 감아본 적 있습니까

그대도 혹
너무도 그리워서
심장이 아파본 적은 있습니까

종일토록 때로는
수시로 떠 올라서
뼈마디가 저려본 적도 있습니까

온통 무심한 봄꽃들은
나를 보며 웃는데
어느새 고인 눈물 슬며시
훔처본 적 있습니까

비에 젖은 설악에서

붉게 물들지 않으면 사랑이라 말하지 마라
모두 태우지 못하면 사랑이라 명하지 마라
흔들리지 않으면 사랑이라 이름하지 마라
젖지 않고 어찌 사랑이 성숙하며
애태우지 않고 어찌 사랑을 키우리
사랑은 최선을 다하는 것이고
사랑은 양보하는 것이며
사랑은 늘 함께하는 거라나
동해의 파도도 밀려와 모래 위에 부서지고
소리 낮은 이슬비도 타는 단풍을 식힌다
내설악 봉우리마다 구름도 내려오고
명상의 시간 법문들이 나래를 활짝 펴
고요한 심장 속으로 슬며시 기어든다
계곡마다 물줄기도 서로 안고 흘러내릴 때
낙엽을 가득 안은 오솔길도 모서리를 돌아가고
꼬리를 편 독경소리도 가파른 절벽을 기어오른다
그래 사랑은 둘이서 하는 거고
사랑은 언제나 함께해야 한다고 했다

설악의 가을
60×50cm / 화선지에 수묵담채 / 2007

설악산에서

불타 오른 설악산에
불질러진 사랑을 데려왔다
불타지 않은 것이 어찌 사랑이랴
타거라 타올라라 활활
아름다운 사랑은 그런 것이다

설악산 단풍

산도 타고
하늘도 타고
나의 가슴도 탄다

가을 정취
70×70cm / 화선지에 수묵담채 / 2015

가을 기도

이 가을엔 외롭게 하소서
외로움은 고독이라 고독은 사색으로 가는 길임을 깨달아
자신을 돌아보고 또 반성하며
다가온 마음들을 역지사지로 헤아릴 수 있도록
외롭게 하소서

이 가을엔 결실하게 하소서
작열하던 여름날 공급된 햇살 속에서 발효된 비타민과
주렁주렁 매달린 열매 가득 담긴 진한 당분처럼
나 또한 시며 그림이며 수작으로 결실하게 하소서

이 가을에 벗 하나 보내 주소서
먼 하늘 철새들의 비상 아래
흔들리는 억새들의 춤사위에 편승하며
손톱만한 조각달 사이 흐르는 구름이 가슴으로 담겨 흐를 때
시를 논하고 인생을 논하며
한 잔의 차를 혀 속에 가두고 나눌 벗 하나 보내 주소서

이 가을엔 어딘가 떠나가게 하소서
변화된 자연의 오묘한 색감과 누런 황금 풍요의 들녘과
한아름 낳아 매단 호박들의 모습에서
새로이 발견한 오늘의 현실을 직시하고
기다리고 기다리며 노력하고 달려간다면
크게 크게 웃음 지을 그날을 분명 예견하게 하소서

이 가을엔 사랑하게 하소서
저 붉은 단풍잎처럼 상기된 마음 하나 둘 곳 몰라
헤매이던 때를 이제 멀리하고 온전히 길을 내어
영혼과 영혼이 만나 하나가 되고
마음과 마음이 일치하여 소통되는
그런 인연으로 아름다운 사랑하게 하소서

도봉산 소견
180×140cm / 화선지에 수묵담채 / 2012

사랑

사람이 좋은 것엔 이유가 없다
그냥 웃는 모습이 좋고
보고 있으면 마냥 좋고
생각하면 더욱 좋다
떠오를 때
그려질 때
생각날 때 따듯해 오는 사람
자꾸 만나고 싶은 사람
함께 있고 이야기 하고 싶은 사람

그 사람

개화산

개화산 중턱에
누가 만들어 놓았을까
두 평 남짓한 작은 동굴
가을비마저 내려
온 산이 습기로 축축하지만
일렬횡대로 밤새워 서서
제 몸을 태우는 수십 개의 촛불들

간절한 소망은 무엇일까
저 촛불에 담은 절실한 염원은 무엇일까
두 무릎과 두 손 모은 기원은 무엇일까

무심한 야생화가 흐드러졌다

폭포
68×69cm
화선지에 수묵담채 / 2015

가을은

가을은 빗소리를 따라 나의 창을 노크하고
모두가 잠든 고요한 밤 뒤척이게 하더니
나의 가슴에 고독을 풀어놓았다

가을은 흔들리는 갈대를 데려오고
고요하던 강물을 몸부림치게 한 후
넓은 하늘 가득 철새를 데려왔다

가을은 인연의 끈을 놓은 낙엽을 흩어 놓은 채
부치지도 못할 가을편지를 밤 새워 쓰게 하고
먼 산 끝으로 초점 잃은 시선을 가져갔다

가을은 각혈하던 풀벌레의 목청을 잠기게 하며
저 빈 들에 울먹이는 허수아비를 홀로 두고
쓸쓸함을 남긴 채 찬바람을 따라 가려한다

가을은 가녀린 구절초의 쓸쓸함 만 남겨 놓은 채
돌아오지 않을 추억을 엮어 떠날 채비를 하고
대롱을 타고 슬며시 기어오르는 외로움을 마신다

가을은 가느다란 모세혈관을 전율하게 하며
목멘 그리움으로 가슴 저리게 하더니
간장 가득 애절한 사랑만 남기고 가려한다

가을은 코발트 빛 하늘을 붉게 붉게 물들이고
노을처럼 타고 있는 심장 속에서
실오라기 같은 미련의 끝을 꼬옥 잡고

가을은 가을은 가려한다

백두산 천지

얼마나 그리워했던가
그 얼마나 사모했던가
많은 시간을 그려보고 또 그려보았던 백두산
부푼 가슴을 안고 벼르고 벼르던 우리나라 민족의 명산 백두산 천지를 담으러간다
종일 끌고 다니던 시간들을 정지시키고 빽빽한 일정들을 한쪽으로 잠시 미뤄놓고
망중한 달랑 하나만 손에 든 채 우린 여장을 챙기고 떠난다

지금은 장마철이지만 비는 그치겠지 구름도 물러나 주겠지
설마의 요행만 믿고 즐겁고 가벼운 발걸음에 기대와 희망으로 간다
길 양옆으로 보무도 당당하게 빼어난 몸매의 소나무와
맑은 표정의 자작나무가 속눈썹을 치켜뜨고 도열한 백두산 가는 길
싱그럽고 울창한 자작나무는 어제 내린 빗물에 깨끗이 씻어
해맑은 표정으로 손을 흔들며 반긴다
맑게 갠 사이사이를 비집은 햇살이 나뭇잎사귀를 어루만지고
마중 나온 야생화가 그렁그렁한 눈동자로 간간히 윙크한다
굽이굽이 산길을 돌고 돌아가는 길 버스 엔진이 힘겨워 둔탁한 신음을 내 지른다

조금 늦게 도착한 매표소엔 인산인해의 인파 위에
운필과 조형이 아름다운 (長白山) 행서체 간판에 잠시 매료되고 일행은 셔틀버스에 올랐다
순간 올려다본 백두산은 고개를 무리하게 젖혀야 눈 안에 들어올 만큼
웅장하고 높은 곳에 위치해 그 위용만으로도 벌써 압도되었다
해발 2744미터 정상엔 여름철에도 온도가 급격히 하강한다는
가이드의 안내에 따라 겉옷과 설레임을 준비하고
삼십 여분 오르막을 달려 오른 후 또다시 9인승 봉고로 갈아탔다

구불구불 구부러진 백두산 오르는 도로 저 길을 쭉 따라가면 천지가 있다
깎아지른 경사로와 S자 도로를 취한 듯 비틀거리며 힘겹게 오르는 봉고는
핸들이 좌우로 꺾일 때마다 몸의 중심은 이리저리 쏠리지만 애써 다시 중심을 잡았다
눈앞에 펼쳐지는 높고 드넓은 위용에 우리 모두 한입으로 감탄사를 토해내며
이 광경을 하나라도 놓칠세라 분주히 동공을 확장하며 눈동자를 굴린다
겨우 땅에 바짝 붙어 피어 있는 온갖 야생화들 모진 환경 탓일까
잎도 줄이고 줄기도 낮추고 애써 미소 짓는 애잔한 꽃잎들이
바람과 함께 눕고 바람 따라 흔들리며 모진 한파를 견디고 있다

백두산 정상 가까이 오를수록 탄성은 합창이 되고
탄식 같은 감탄사는 폐부 저 밑 쓸개에서 올라온다

처음 보는 경치와 새로운 풍경 이채로운 체험은 오늘을 놀라움과 감탄으로
즐거움과 환희로 또 숨 가쁜 격정으로 승화시켜 발효를 거듭하고 있었다
모두 이 절경들에게 영혼을 빼앗겨 하늘의 변화도 잊은 채 우린 정상에 도착하고
떨리는 가슴을 데리고 천지를 향해 스텝 바이 스텝으로 발걸음을 내딛었지만
저 멀리서 눈치 보며 배회하던 먹구름이 어느새 이곳에 도착해
천지는 온통 뿌연 안개로 드리워져 있었다

하늘과 하나 된 천지 거대한 구름기둥으로 하늘과 맞닿아
한치 앞도 분간키 어려운 미로에 갇힌 천지다
그토록 기원하고 밤새 염원하고 두 손 모아 머리 조아려 기도했건만
안개를 꼭 껴안고 갇혀 버린 천지에 말문은 꽉 막히고 혈압은 상승하여
우린 그저 우두커니 장승이 되어 낙심할 때 눈가에 촉촉한 액체가 슬며시 고여 왔다
무심한 시간은 덧없이 흐르지만 그저 암벽 사이를 이리저리 배회하며
천 번 만 번 마음으로 그려 이미 가슴에 화인처럼 각인된
천지 사진을 슬며시 데려와 오버랩이라도 시켜본다

눈가 가득 생성한 촉촉한 실망은 점점 몸집을 키우고
발밑에 구르는 돌가루만 바스락바스락 신음하며 몸을 뒤집는다
제발 보여 달라고 내지른 외마디 독백은 세찬 바람 속에 메아리로 돌아오고
오리무중 천지는 표피 가득 오돌토돌 솟아오른 안타까움을 무시해버리고
간절했던 기원을 다 떼먹어 작은 돌멩이를 집어 살며시 던져본
돌멩이마저 집어삼키곤 그저 침묵으로 일관했다

철모르는 세찬 바람은 꼭꼭 눌러쓴 모자를 무자비하게 가져가려 하고
머리카락을 마구 희롱하더니 옷깃을 잡아끌고 우비를 찢어 구멍을 내버리곤
어서 내려가고 다음 기회에 다시 오란다
발뒤꿈치에 끈질기게 매달리는 아쉬움과 허전함 그리고 실망이 등뼈를 타고
자꾸 몸집을 불리며 키를 키울 때 뭉클하며 늑골을 지나 올라온 이 덩어리는 무엇일까

하늘과 맞닿은 천지는 말이 없고
세포마다 가늘게 전율하는 절규를 천지로 보냈건만
돌아오는 건 모진 바람 속에 삼켜진 메아리뿐
차마 떼어지지 않는 발걸음을 돌렸다
다음을 기약하며……

금강산 소견
70×50cm / 화선지에 수묵담채 / 2006

금강산 후기

네발로 기어올랐던
만물상 코스 하산 후
달콤하고
새콤한
옥수수술 한잔
갈증이 만연한 식도를 넘긴다
십오 퍼센트 알코올이
혈관을 순회할 때
일만 이천 봉우리가 아련한 필름을 풀고
적송을 지나온 솔바람 한줄기
구슬같은 땀이 흐르는 이마 위에 당도할 때
북녀의 청순한 미소가
손님
한잔 더 드시라요

금강산3

화장기 없는 맑은 피부와
이슬 닮은 그윽한 눈동자
미소 머금은 금강산 북녀의 입술은

입만 열면 통일통일
리턴으로 흐르네

반갑습네다
또 오시라요
통일되어 만납세다

우리의 소원과 같았어라
우리의 염원과 같았어라
그때가 언제쯤일까

금강산4

만물상을 오를 때는 네발로 기라했다
만물상을 감상할 때는 돌아서서 보라했다
일만 이천 봉우리마다
사연을 담은 절경은
필설로는 무기력하고
간장 깊숙이 담으련다
벅차오는 가슴으로 빠르게 순회하는 혈액들
외마디 절규가 허공에 수를 놓고
몇만 년을 기다려 준
기암괴석 동물들이 동작을 멈추고
우리의 금강산을 굳건히 지키고 있었다

금강산5

선녀를 꼬드겨
고운 살결 어루만지며 유유자적하던
상팔담의 연두 빛 물들이
천길 구룡폭포에서 곤두박질로 부셔졌던 물들이

미세한 움직임의 물그림자마저
거울처럼 선명한
옥류동 계곡에 다시 모였다

난간에 기대선
서슬 퍼런 붉은 완장의
거만한 눈빛을 뒤로한 채

청옥처럼 넘실대는
비취빛 계곡엔
흰 구름 몇 점과 파란 하늘이 가득 담겼다

*상팔담:선녀와 나뭇꾼의 전설 발원지

새벽 두시 반

얼마만큼 잤을까
고요만이 초침을 재촉하는 어둠 속에서
지금은 몇 시일까 가늠하다가
팔을 뻗어 핸드폰의 폴더를 밀어본다
새벽 두시 반

아 아직은 많이 남은 밤이다
조금 후면 새벽닭이 목을 늘리고
새 아침을 알리는 시간이구나
조금 더 자야 하는데의 부담감이
붙여놓은 눈꺼풀을 밀어내지 못해
이리저리 위치를 바꿔 몸을 뒤척여 본다

개인전이 코 앞으로 다가와 있어
머릿속에 우글거리는 그림들
새들이 다가와 우짖고
동물들이 뛰어오는 몸짓을 하며
하늘거리는 장미꽃 잎과
침묵하는 산들과 자연의 숭고한 몸짓들이
때론 고통이요 때론 번뇌요
때로는 전율하는 행복인 것을

그려야 하는 그림들 아니
그리고픈 영상이 줄 서서 밀려온다
그리다 놓아둔 그림들이 보푸라기처럼 일어나고
아쉬웠던 일상들이 허리 잘린 채 부분으로 다가와선
지혈되지 못한 생채기를 어루만진다
이 생각 저 생각이 다투어 밀려와
못내 이불을 박차고 일어나 창가에 기대어 본다

머얼리 하얀 새벽달을 응시하다가
컴을 열어 글들을 꺼내 뇌실에 구겨 넣어 보지만
눈은 침침해 주변을 겉돌고 마는 싯구의 활자 활자들
멀리서 컹컹 개 짖는 소리가 정적을 깨고
쓰레기 수거차 색다른 소음으로 또 새벽을 연다

어제는 아쉽고 내일은 늘 기대에 차 있지만
그러나 어김없이 오늘은 그저 오늘에 그칠 뿐
새로움의 오늘은 아직 멀기만 한데
무심한 초침은 근면하게 똑닥이고
희미해가는 가로등만 외발로 서서 꾸벅꾸벅 졸고 있다

자연
57×43cm / 화선지에 수묵담채 / 2014

물처럼

산의 심장을 빠져나온 맑은 계곡물이
내장을 드러내고 웃으며 간다
낙엽 한 잎을 머리에 이고
햇살을 안은 채 간다
막아선 장애물은 비껴서 돌아
잠시 사색에 잠기기도 하고
버들치를 어루만지기도 하다가
서두르지도 않고
멈추지도 않고
다투지도 않고
경쟁하지도 않으며
그저 웃으며 웃으며
바다로 간다
나도 저렇게 살고 싶다

단풍나무 아래서

저토록
바알갛게 나를 물들이던
그 사람 있었지

해금강 소견
70×50cm / 화선지에 수묵담채 / 2008

모기

헌혈하라는 메시지를 피해
돌아서 왔다고
무차별 헌혈해 간
너의 입술 흔적

주문만 받겠습니다

詩 강의 후
점심을 먹기 위해
추어탕 집에 아홉 명의 여인들이 둘러 앉았다
홀 안은 매우 복잡하고 어수선했다
여기 미인들 추어탕 아홉요
서빙하던 주인 남자는
슬쩍 둘러 본 후
빙그레 입술 반만 미소를 달고

"주문만 받겠습니다."

운길산에서

운길산 모서리에 엄지발가락을 곧추세운 수종사가
제비처럼 가파른 절벽에 붙어 가쁜 숨을 고르고
구수한 명상의 법문들이 꼬리를 물고 슬며시 기어오르며
가을 햇살 속에 익은 설록차 향기가 경내를 가득 메워 순회하고
새로 분칠한 오색단청이 흐뭇한 미소를 흘린다

운길산에는 흰점 박은 두견새 한 쌍이
높다란 나뭇가지 사이를 넘나들며 사랑을 나누고
오백여 년 은행나무가 귀띔한다
일상의 일들을 참아 이겨내며
비가 오면 비를 맞고 눈이 오면 눈을 맞고
밤이면 별들의 속삭임에 귀를 모으며 생이란 그렇게 견디는 거라나

운길산에는 푸르른 松柏사이 빠알간 단풍나무가
바알간 미소로 미풍을 부여잡아 고운 손을 흔들고
숨을 턱까지 밀어올린 사람들이 하나둘씩 숨어들어
단풍 숲은 열심히 그들을 감추고 있었다

운길산에는 저 멀리 산들을 등에 진 두물머리가 고고히 흐르며
모든 것을 받아들이고 모두를 감싸 안으며
보아도 못 본 척 알고도 모르는 척
스스로 비워내고 걸러내며 서두르지 말라 타이르고
그래도 햇살 아래 반짝이는 거라나

새로이 얻은 삶

두어 달 전
폐암 선고를 받고
수술을 받은 모 서예가
병상에서 툴툴 털고 일어나 인사동 모임에 나왔다

그의 얼굴엔 미소가 번졌고
입술에선 말 말이 실타래처럼 쏟아져 나온다
병상에서 지난날을 생각하니 후회로움이 남더라고
할 일들이 산더미처럼 산재했으며
못다 한 일들이 아쉬움을 안은 채 줄을 서고
해야 할 일들이 꼬리를 물었다고 했다

그 무엇보다 사랑을 하고 싶고
사랑을 주고 싶고 사랑을 나누고 싶었다고
고마웠던 사람과 갚아야 할 사랑의 빚들이 다투어 다가와
견딜 수 없더라고
감사하며 감격하며 칭찬하며 살기로 했다고 했다
남은 세월은 큰 소리로 마음껏 목청껏 웃으며
나누고 베풀며 즐거움을 힘껏 나눌 거라고 했다

먼저 말을 걸고
먼저 손을 내밀고
먼저 미소를 바르고
먼저 지갑을 열어
먼저 먼저를 생활신조로 삼겠노라고 도 했다

즐거움을 창조하고
진실을 담아내며
소중한 시간들을 음미하겠노라고
더 더 더를 심장에 심어 두고
아름다운 세상을 무지개로 입겠노라고도 했다

잇몸을 드러내고 수줍게 웃으며
새로이 태어난 세상
새로이 각오한 세상
새로이 음미할 세상을
하나 하나 더듬으며 다짐하고 있었다

추억을 싣고
69×64cm / 화선지에 수묵담채 / 2015

폐허가 된 부대를 보고

체인으로 칭칭 동여맨 굳게 닫친 철문사이로
빛바랜 추억들이 새싹처럼 돋아난다
곤한 잠을 흔들어 깨우던 기상나팔 소리 들려오고
일조점호 목청이 철책을 넘어왔다
취사장 구수함이 허기를 돋우고
짬밥 그릇 수 헤아림이 국방부 시계던가
바짝 군기 들던 집총 제식 훈련과 각개전투 훈련이여
구령 소리도 드높은 구보 행렬 줄을 서고
내무반 우정들이 호쾌한 웃음을 데리고 왔다

총검술 기합 소리가 연병장을 떠돌고
주머니 가득하던 맛동산이 바스락 바스락
운동장 한구석엔 녹슨 농구대가 긴 하품을 하고
짧은 치마에 긴 머리 짤랑대던 미스 김의 면회소엔
이름 모를 잡초들만 키를 키우며
얼기설기 매여진 거미줄이 다 차지했다
보초병 하품 소리가 검은 하늘을 가르고
몰래 피운 담배 연기가 반딧불처럼 반짝이며
고향의 그립던 어머니 적셔진 눈시울이 어린다

젊은 장교들의 이글대는 가슴마다 마구 불 지르던
립스틱 짙게 바른 대폿집 마담 관능의 몸짓이 손을 내밀고
함부로 흘리던 헤픈 웃음이 허공에 흩어진다
꽁꽁 묶여진 철문이여 열리거라
굳게 맹서했던 전우들은 지금 다 어디에서 살고 있을까
지난날의 일기장은 깨알같이 빼곡한 사연들을 넘기고
돌아갈 수 없는 옛 시절은 심장 속에서 가늘게 파닥이는데
목청껏 외치던 〈진짜 사나이〉선율만 메아리로 맴돈다

백령도 소견
140×200cm / 화선지에 먹 / 2012

사인암
68×70cm / 화선지에 수묵담채

고독

사람은 누구나
혼자라는 것은 인정하면서
외로움을 확인하곤 벌벌 떤다
창밖의 나뭇가지도
외로워 벌벌 떨고
클랙슨도 외로워 허공을 향해 외치며
피어오르던 연기도 벌벌떨며
서녘 하늘에 하얗게 질려있는 손톱 달도
외로워 벌벌 떤다

그래
사람은 누구나 외롭고 고독하다
외로운 가슴에 별들이 살고
맑은 냇물이 흐르며
고독한 가슴에 눈물이 산다
눈물은 영혼이 품어 올린 영롱한 진주
진주를 가슴에 품어본 사람만이
변하지 않을 진실을 낳는다

주례사

주례사는
사랑은 자기중심적이고
사랑은 매우 이기적이며
사랑은 줄 때도 있지만 받으려 한다고 했다

사랑은 때론 힘들게 해
밤새워 뒤척이며 울게도 하고
저린 고통으로 아프게도 하며
어쩌면 불완전하지만
가슴 설레며 잠 못 들게 하는 사랑은
삶을 아름답고 행복하게 한다고 했다

이 세상에 가장 소중한 것은 사랑이라고
이해하고 용서하고 인내하고 관용하며
꼭 간직해야 하는 것이 사랑이라고
오직 사랑으로 살라고

행복을 창조하는 지름길은
서운했던 일을 가슴에서 지워버리고
좋았던 일만 기억하는 것이라고
오늘 서약으로 태어난 부부에게
주례는 열변으로 당부했다

선돌 소견
70×100cm / 화선지에 수묵담채 / 2012

오늘을 보내면서

오늘을 살면서
그리운 사람이 있다는 것은 가슴 뛰는 일이다
여백이 머물러 잠시 숨을 고를 때
그려보며 젖어보고 음미하는 시간은
일곱 빛깔 무지개처럼 황홀함을 가져오기 때문이다

오늘을 지나면서
보고픈 사람이 있다는 것은 가슴 벅찬 일이다
해가 기울 무렵 또 별이 하나둘씩 모습을 드러낼 때와
어젯밤처럼 환한 보름달이 대해 같은 하늘을 차지할 때
보고픈 사람이 있다는 것은 내일의 희망을 불러오기 때문이다

오늘을 회상하면서
사랑하는 사람이 있다는 것은 두근거리게 행복한 일이다
베게 위에 하루를 눕히고
일상의 하루치 필름을 풀어보는 시간은
사랑하는 사람이 슬며시 행복한 미소를 안겨주기 때문이다

오늘을 보내면서
지켜봐 주는 사람이 있다는 것은 아직 꿈이 존재한다는 것이다
누군가를 떠올리며 그림을 그리고
누군가를 그리며 시를 씀은 목적과 과정이 선명하여
더욱 열정으로 한판 붓과의 씨름을 가늠할 수 있기 때문이다

향수
70×54cm / 화선지에 수묵담채

백령도 소견
140×180cm / 화선지에 먹 / 2011

나의 사랑

내 안에 사랑이 오늘은 화안하구나!
때로는 시무룩하고
간간히 투정을 부리기도 하는 나의 사랑
몹시 애태워 외롭게 하기도 하고
가끔은 슬프게도 하며
너무나 그리워 종일토록 우울하게도 해
매우 신경이 쓰이게 할 때도 있지만
언제나 즐거운 기쁨을 주고
따스한 풍요를 선물하는 내안의 사랑
고요할 때면 슬며시 미소를 지어 보이고
심장을 두근거리게 하며
나의 모두를 차지한 사랑이여
항상 위로와 힘이 되기에
오늘도 모카골드 커피 향에 나의 마음 실어놓고
가만히 꺼내보는 내 안의 사랑

사랑

당신과 마주쳤을 때
눈이 멀었습니다

당신 손안에 나의 손이 겹쳤을 때
심장은 마구 뛰었답니다

긴 밤을
하얗게 새우며
열병을 앓는 밤은 활활 타오릅니다

시 그것은

며칠 전 문인화를 그리는 작가의 전화를 받았다
서로 안부를 묻고
일련의 일상과 소식을 나눈 뒤 그는
그런데 "시가 돈이 되나요"

해머로 한 대 얻어맞은 듯 멍한 상태가 되었다
그림도 돈이 되고
시도 돈이 된다면
아마도 이 세상은 나에게 유토피아를 방불할 것이다
평생을 붓 한 자루 움켜쥐고 그림을 그리고
서예를 쓰고 시를 지어왔기 때문이다

서예와 그림을 일러 처음엔 손으로 쓰다가
다음엔 머리로 쓰다가
그다음은 가슴으로 쓴다고 했다
그러나 시는 가슴도 머리도 아닌
심장을 녹여 쓴다고 했다
시인의 심장을 들여다보거나 꺼내본다면
아마도 누더기로 너덜너덜 하지 않을까

사람이 걸어가야 하는 길은
첫째는 덕을 세우고 둘째는 공을 세우고 셋째는 학파를 세워
그것을 저술해야 한다는 말이 있다
아마도 흔적 내지는 후대에게 남김이 아닌가
시를 쓰고 시집을 엮어냄도 그 차원이 아닌가

시인은 시인의 몫이 있다고 했다
아름다움을 노래하고 감춰진 것 숨겨진 것들을 꺼내오고
이 세상을 맑게 밝게 깨끗해지도록
어두운 곳과 더러운 곳 꼬여진 부분들을 꼬집어
정화해야 할 의무가 있다고 했다
며칠이 지난 지금도 뇌리가 맑지 않은 것은 왜일까

슬프다

오늘 첫눈이 왔다
매년 첫눈이 오면
호들갑스럽게 전화해서
첫눈이 온다는 둥
보고 싶다는 둥
분위기 있는 카페에서
모카골드 향기로 입속을 적시자는 둥
통기타 소리가 그립다는 둥
감상에 젖던 친구가
오늘은 전화도 없다
잊은 걸까
무뎌진 걸까
다 시들해져서
눈이 오든지 말던지
이제 나이가 들었는가
왠지 슬프다

폭설

더러운 세상이며
오염된 세상이라고
거짓된 세상은 덮어야 한다고
하늘은 새하얀 눈을 내린다
맑게 살라고
눈부시게 살아보라고
덮어두고 용서하라며
폭설은 모두를 감싸 안았다

눈 오시는 날
70×137cm / 화선지에 수묵담채

어느 겨울날에 생긴 일

며칠 전
한강을 결빙하고 상륙해온 추위가 서울을 꽁꽁 얼리고
날카로운 칼 한 자루 서슬 퍼런 칼날이 서서히 남하를 서두르던 날
여명의 아침 햇살이 구름 사이에 가려 잔뜩 찌푸린 회색빛 아침이었다
서둘러 출근하는 분주한 발걸음들이 추위 속에서 자신도 모르게 빨라지는
나의 화실 앞 현관
지난밤 사이 누군가가 종이로 만든 쇼핑백을 두고 갔다
순간 야릇한 예감이 번개처럼 스치고
허리를 굽혀 얼른 쇼핑백을 뒤적이는 순간
하얀 털이 복슬복슬한 강아지 한 마리 겁에 질린 슬픈 눈빛과 마주쳤다
그래도 강아지의 몸을 수건으로 둘러 주고
도망가지 못하게 백 윗부분을 묶어둔 것을 보면
강아지의 무사를 기원하며 누군가가 나의 화실 아니 나에게 버린 것이다
불쌍하다며 눈물을 글썽이는 딸아이들과 거실로 데려와 꺼내주니
온몸을 바들바들 떨면서 왼쪽 발을 약간 절뚝이는 것이었다
그래 네가 이것 때문에 버림을 받았구나
살을 에이는 추위 속에서 얼마나 절망하고 불안하며 추웠겠느냐

우유를 살짝 데워 허기를 달래주고 온수를 받아 정성껏 샴푸를 해준 다음
드라이로 하얀 털을 손질하며 구석구석 말려주는 사이
불안과 공포에서 빠져나왔다고 생각한 강아지는
꼬리를 흔들기도 하고 거실을 뛰어다니기도 하며
무릎 위로 올라와 동그란 두 눈을 깜박이며 재롱을 부린다
불편하던 다리는 온데간데없고 눈처럼 흰 털에 맑은 눈동자만 초롱초롱했다
더울 만큼 난방이 잘된 거실에서 온갖 치장을 하고
따스한 손길의 사랑을 온몸으로 받고 사는 강아지들도 헤아릴 수 없이 많건만
너의 운명이란 태어날 때부터 뭔가 어긋나 있었구나
안타까운 마음이 자꾸 눈가에 맺히고 돌기처럼 돋아난 모공을 수축하고 있었다

요즈음은 마당이 있는 집들이 드문 편이여서 몇 집에 전화해 보았지만
모두 사양해 적당히 키워 줄 곳을 찾지 못했다
아무것도 모른 채 거실을 뛰어다니는 복실이를 바라보니
심장 가장자리에서 올라온 측은함이 식도를 타고 역류 한다
할 수 없이 딸아이들과 애완견 센터를 찾아
적당한 분양자를 물색해 달라하고 센터에서 내민 의뢰서에 사인을 했다

상큼한 샴푸 냄새가 가득한 복실이를 품 안에서
떼어 내 간호사의 손안에 넘겨주고
하나둘 눈송이를 던지는 가로를 지나 집으로
향한 발걸음은 천근처럼 무겁고 쓸쓸했다
다음날
복실이의 안부가 궁금해 애완견 센터
유리창 앞에 발걸음을 멈추고
안쪽을 기웃거려 살펴보니 아무것도 모른 채
새로 사귄 친구들과 어울려 즐겁게 놀고 있었다

지금쯤 복실이는 누구 집에서 살고 있을까
복실이의 안녕과 행복을 간절히 기원해본다

고향 이야기
70×170cm / 화선지에 수묵담채

83

오늘

오늘도
그대를 그리는 일과
그대를 생각하는 일과
그대를 사랑하는 일이
나를 맞이해 주리니
이 얼마나 즐겁고
평안하고 행복한 일인가
얼마나 가슴 벅찬 환희란 말인가

살아가는 일은 즐겁고
살아지는 시간은 행복하며
살아가고픈 희망으로 점철되어
서쪽으로 넘어간 태양은
햇살 가득한 내일로
또다시 떠오르리니

그대여
들녘의 싱그러운 바람으로
새로운 희망이 파란 새싹을 밀어 올리리니
내일은 꿈이며 사랑이리
누구 가슴인들 이만하며
누구 가슴인들 이토록 따스하며
누구 가슴인들 이토록 이글대리

*그대여
그대는 단백질 풍부한 영양소이며
그대는 잘 익은 과실 속 늘 푸른 비타민이며
그대는 엔도르핀 풍성히 샘솟는 에스트로겐이여라

* 글과 그림 (그대여)

84

겨울이야기
60×180cm / 화선지에 수묵담채

달팽이

안테나를 높이 세우고
낮은 포복으로 아스팔트 위를
배밀이 하는 발밑의 달팽이
어디서 와서
어디를 가는 중인지
잘못 접어든 행로를 짐작이나 할까
안테나를 이리저리 휘저으며
키를 높여 보지만
성능은 오작동이었구나!

달팽이야
앞을 보거라
목적지 행로를 점검하거라
여기는 매우 위험하단다
곳곳에 블랙홀 같은 위험이 도사리고
무수한 발길이 오고 간단다

이제
모두 놓아라 그리고
네 것만 추구하거라
빨리 가려는 지름길 욕심은 버리거라
네가 평안할 곳은 여기가 아니란다
안테나를 다시 점검해
부디 차질을 피하거라
가만히 너를 들어 포근한 풀숲으로 옮겨주련다

폭설

백 년 만에 내린 폭설은
보이는 것을 모두 덮었다
아니 덮어야 하는 일들이 많은가 보다

서운한 일도 덮고
아쉬운 일도 덮고
누구의 잘못도 덮고
전부 이해하고 용서하고 덮어두라고
그저 덮어놓고 덮어두라며
모두 덮었다

그래 덮자
이 세상 이해 못 할 일이 무엇일까
용서 못 할 일이 어딧을까
덮자 머리카락이라도 보이면 끌어다 덮고
그저 고요하라고 했다

새로이 시작하자
새해에 새로운 마음으로 새로워지라고
하얀 눈 위에 햇살이 눈부시다

고궁
70×170cm / 화선지에 수묵담채

너무 추워요

삼십 여도로 수은주를 끌어 올리던 삼복
전주에서 내소사를 운행하던
버스에 앉은 할머니 한 분이
운전수 양반 에어컨이 너무 추워요 했다
버스 운전사는

"할머니 바깥에 난로 하나 펴 놨어요"

겨울 나무

고독이 심장 속으로 스미고
고통이 등뼈를 타고 흐르며
몇 방울 수액마저 가져 가려고
바람은 세차게 깃 속으로 스며듭니다
기다리기엔 너무나 먼 봄
닿을 듯 닿을 듯 닿지 않는 햇빛
봄은 너무 멀리 머물고
육질 사이 수분이 고갈되려합니다
작년에 신축한 까치 가족의 보금자리
텅빈 채 하늘로 문을 열어 두고
행여나 돌아올까 하늘을 봅니다만
흰구름만 몇 점 머리 위를 선회하고
봄은 저만치 너무 멉니다

겨울
70×60cm / 화선지에 수묵담채 / 2005

장마

우르릉 쾅
운다 하늘이 운다
하늘이 소리를 지르며 통곡한다
우리도 울자
소리 내어 울자
모두 쏟아내며 울자
하늘도 우는데 우리도 울자
슬플 때는 울고
괴로울 때도 울고
잘 풀리지 않을 때도 울자
하늘처럼 소리 내어 울자

산도 울고
대지도 울고
나무도 운다
풀벌레도 숨어서 울고
새들도 운다
나무가 몸부림을 친다
나무가 눈물을 뚝뚝 흘리며
괴로워하고 있다
울게 하자

울음이란 슬플 때만 나는 것이 아니라
기쁠 때도 나고
즐거울 때도 나며
감격할 때도 나고
벅찰 때도 나며
반가울 때도 나고
크게 웃을 때도 난다
몸을 씻어내는 것이 물이라면
마음을 씻어내는 것은 눈물이니
더욱 우리 삶에 가까이 해야
마음은 정화되어 고와지고 인품은 맑고 순수해진다
통곡하게 하자
모두 쏟아내고 나면 내일 새 날이 오겠지

말끔히 씻어낸 대지 위에
싱그러운 나무들과
작열하는 태양을 담은 하늘이 파랗게 웃을 것이다
우리도 웃자 어제는 보내고
내일은 활짝 웃자

새봄을 기다리며
70×70cm / 화선지에 수묵담채

춘설

승리의 브이자를 그리며
북으로 날던 기러기 떼
회색 빛
흐린 하늘을 가로지른 후
하늘 부스러기가 허공 가득 쏟아진다
기러기들의 브이자가
화살촉을 닮았더니만

봄비 내리는 밤

보슬비는 오락가락
어둠속을 서성이고

그리움도 들락날락
가슴은 시려오는데

수없이
뒤척이며 잠을 청해보지만
올똥말똥한 봄밤

여백

나의 마음 한쪽을 비워두련다
어느 날 당도해줄지도 모를
그 사람 마음 머물 수 있도록

시선 한곳을 남겨두련다
늘 그려보는 그 사람 모습을 담아두고
틈새마다 되새겨 보기 위해

하루의 일부를 비워두련다
그 사람과 마주하고 앉아
한 잔의 차를 마실 수 있도록

내 인생의 절반을 맡겨 두련다
늘 생각나고 늘 떠나지 않는
그대 당신을 사랑하련다

폭설

비닐하우스 무너지는 소리
양계장 무너지는 소리
우사 무너지는 소리
돈사 무너지는 소리
농심 억장 무너지는 소리

소리마저
모두 덮어놓고
햇살 아래
하얀 이를 드러낸
폭설

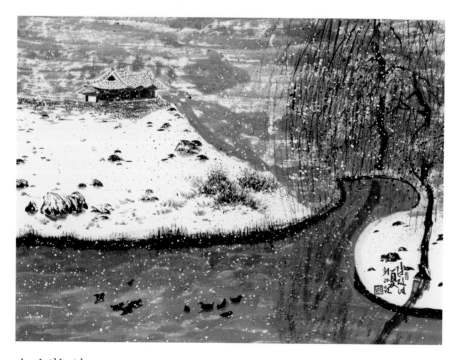

눈 오시는 날
86×63cm / 화선지에 수묵담채

눈 속에
62×62cm / 화선지에 수묵담채

이젠

강물이 넘실대는 봄날의 오후
싱그러운 봄 내음이 스쳐지는 차창에
슬며시 다가와 말을 건다
먼저 다가온
가끔은 그리운 일들은
어린 시절 추억과
꿈과 소망을 그리던 시절과

지금도 붉혀지는 사랑이 다가오던 순간이
퍼즐처럼 머물다 차창을 지나쳐 가고
다음으로 생각하고 싶지도 않고 기억하고 싶지 않은
잊어야 할 이제는 진정 잊고 싶은 일들이 떠오른다
무척이나 서운했던 일과
누구에게 잘해 주었던 일
그리고 내 나이를 잊고 싶다

반영
70×63cm / 화선지에 수묵담채

보석

하늘은 별을 품고
땅은 꽃을 피워 올리듯이
그는 비로소 나에게로 와
향기로운 봄이 되었네
심장에 사는 이여
전율하게 하고 눈시울 젖어들게 하며
모두를 차지한 이여
언제나 함께 동행중인 이여
그는
비로소 나에게로 와
내 안의 보석이 되었네

나에게

두 손을 만져 주고
가슴을 다독이고
눈꺼풀을 잠시 닫아 쉬게 하고
두 다리를 쓰다듬으며 주무른다
오늘도 잘 보냈구나
다원아
수고했다

포근한 풍경
70×65cm / 화선지에 수묵담채

아이와 소

많은 사람들 발걸음들이
분주한 2호선 지하철 안에
다섯 살쯤 되어 보이는 사내아이가 신을 신은 채
소리를 지르고 좌석을 오르락내리락
막무가내 행동으로
온통 승객들의 시선을 모아도
모두 수용하는 아이 엄마
무심한 듯 한심한 듯 바라보던 할머니들은
눈살을 찌푸리며
요즈음 애들은 소젖을 먹여 키우니
소를 닮아 가네요

내가 좋아하는 사람

내가 좋아하는 사람은
자신보다 남을 먼저 배려 할 줄 알며
양보하는 사람이였으면 좋겠습니다

내가 본받고 싶은 사람은
불의한 일에 분연히 일어서며 의를 위해
혼신을 다하는 사람이면 좋겠습니다

내가 믿는 사람은
내일의 꿈을 희망으로 키우며
오늘도 내일도 최선을 다하는 사람이면 좋겠습니다

내가 곁에 두고 싶은 사람은
가슴에 참된 사랑을 실천하며
이웃의 아픔을 외면하지 않는 사람이면 좋겠습니다

내가 의지하는 사람은
마음이 따스하여 온기가 흐르고 눈물을 아끼지 않으며
모든 일에 후한 사람이였으면 좋겠습니다

내가 존경하는 사람은
도량이 넓어 사소한 실수나 잘못을 덮고도 남는
가슴이 깊은 사람이면 좋겠습니다

내가 생각하는 사람은
자기가 한 약속만은 반드시 지키며
자기가 한 말을 책임지는 사람이면 좋겠습니다

내가 사랑하는 사람은
헛된 언약과 행동 빈말 등은 절대 하지 않으며
진실만을 생명처럼 소중히 하는 사람이면 좋겠습니다

고향
70×54cm / 화선지에 수묵담채

8곡병

35×137cm×8 / 화선지에 먹

거미

어제 밤 유난히 달이 밝았다
창틈으로 스며든 하얀 달빛을 엮어
나는 지었다 부순 기와집
헤아릴 수 없이 많았지만
거미는 밤 사이 집 한 채 견고하게 지어놓고
반짝반짝 옻칠까지 해두었구나
피곤한 육신 거추장스런 다리의 관절을 접고
잠시 눈을 붙이는 사이
지나가던 이슬 몇 개가
대롱대롱 잡혀있다

뻔히 알면서

사랑한다고 했다
믿는다고도 했다
보고프다고 하면서
늘 그립다고 했다

싫증나지 않는 말
질리지 않는 말
사랑한다는 말

기분 좋은 말
듣기 좋은 그 말
늘 가슴에 담아 두고픈 말
또 듣고 싶다
날마다 듣고 싶다

뻔히 알면서

설경
87×70cm / 화선지에 수묵담채

눈

다 묻어 두자고 눈이 내리고
다 덮어 두라며 눈은 쌓여 가네
하얀 마음 순결한 마음 간직하라며
눈은 새하얗고
모나지 말고 살라며
눈은 육각으로 결성되었네
쌓인 것은 풀어내고
굳은 것은 녹이는 것이라며
눈은 눈물로 호소하네

그리움

풀죽으로 연명하던
육십 년대 어린 시절엔
죽음보다 무서운 게
굶주림인 줄 알았다
이제 서리 내린 머리칼에
그리운 사람 하나
가슴 깊숙히 심어 두고 사는 것도
행복이라 여겼는데
고요하면 찾아와선
시리도록 가슴을 파고드니
굶주림보다 무서운 게
그리움 아니런가

당신은 나의 안식처

당신의 체취를 닮은
난꽃 앞에서

그립다 생각하면
전화벨이 울리고

보고 싶다 생각하면
하늘 가득 그려놓으니

행복을 가득 안고 나눠주는 당신은
내 영혼의 푸른 안식처

늦가을
70×70cm / 화선지에 수묵담채 / 2008

결실을 가슴에
70×45cm / 화선지에 수묵담채

傑作

"하루를 걸작으로 만들라"고 했다
우선 무엇을 할 것인가 主題를 정하고
성글고 密 한 畵面 分割하듯이 시간 분할을 해야 한다
主題를 補筆하는 副題를 설정 구도를 아름답게 하여
血과 肉 骨과 氣 그리고 生이 적절이 어우러져 생동하는
오늘 하루를 傑作으로 창조하고픈 가을 아침

그리움이란

온종일
따라 다니며
서성이는 당신

가을 유산

가을은 곱게 물든 단풍을 홀로 남겨두고
옷깃 여미게 하는 찬바람을 대지 위에 남겨두고
질주하는 자동차를 따라간 낙엽을 남겨두었다

가을은 침묵하는 긴 그림자를 남겨 놓고
사랑하는 연인들의 가녀린 어깨를 뒤로한 채
외로움에 전율하는 구절초의 미소를 남겨두었다

가을은 바다를 힘겹게 건너는 초승달을 남겨두고
고개 숙인 외로운 해바라기를 남겨 두었으며
여름내 비만해진 참새 떼의 수다를 남겨두고
흔들리는 갈대의 흰 머리카락을 남겨놓았다

가을은 고독한 나목의 쌓여가는 나이테를 점검했으며
시를 찾아 방황하는 시인의 눈동자를 남겨두고
혜성이 남겨 놓은 찬란했던 유성을 흩어놓은 채
기어오르며 울부짖는 바다의 슬픔을 남겨두고
북으로 향한 철새들의 지친 날개를 회색빛 하늘에 남겨둔다

가을은 고향으로 향한 종소리를 은은히 남겨 놓았으며
이삭처럼 남겨진 별 하나를 서쪽하늘에 남겨두고
슬프도록 가슴 저린 그리움을 뒤로 한 채
초점 잃어 애타는 사랑만 남겨두고
울리지 않아 고독한 전화기만 덩그마니 남겨 놓았다

달콤했던 추억만 각인하듯 남겼으며
한결같은 먹빛을 모두는 부러워했으나
아쉬운 미련만을 여기저기 남겨 놓은 채
뒤척이며 울다 지친 시인만을 남겨두고
가을은 저만치 저만치 가고 있다

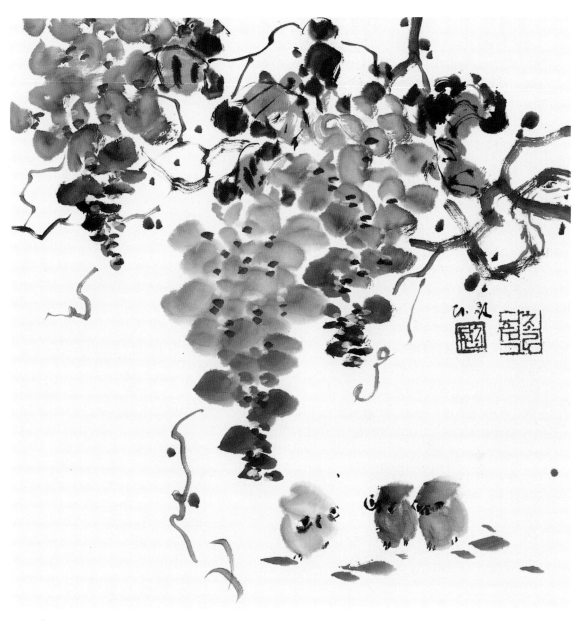

우리들 수다
35×35cm / 화선지에 수묵담채

이거 읽고

유난히 수은주를 끌어내리던 지난 겨울을 보냈지만
봄비는 폭우를 방불하던 어제를 가져가고
오늘은 투명한 햇살의 화창한 봄날이다
온갖 봄꽃들이 저마다의 미소로 다투어 피어나고
뾰족이 내미는 연녹색 새 잎들이 마른가지에 매달리는 사월의 끝자락
교도소 안에 시구를 전하려 낭송회를 간다

몇 개의 검문을 통과해 신분증을 방문증으로 바꾸어 목에 걸고
핸드백과 소지품을 사물함에 맡겨 둔 채 대리석 계단을 오르니
긴 복도 끝 굳게 닫힌 철문에 묵중한 자물쇠가 채워진 방 앞에는
완전 무장한 교도관이 씨씨티비와 함께 눈동자를 번득이며 지키다가
우리들을 한 사람씩 밀어 응접실로 잡아들였다

작가들이 기증해 준 작품들이 삼면을 채우고
울긋불긋한 글씨의 구호들이 눈 속을 파고든다
야트막한 무대와 마이크 음향시설이 갖추어진 강당에선
목사님의 설교와 스님들의 법문 그리고 우리 같은 사람들이 방문하여
나름대로의 위로를 베풀며 나누는 장소인 듯 했다

파란 수의를 입고 나란히 자리한 수감자들
사이사이 교도관이 앉아 장내를 정리한 다음
삐거덕소리를 내며 철커덕 철문을 닫았다
햇살을 받지 못한다는 말일까
영화 특히 빠삐용을 연상하던 우리들은
검고 파리한 모습의 상상을 건너
희다 못해 준수한 외모와 밝은 표정들에 놀라고 선해 보이기까지 한 눈빛을 마주할 때
교차하며 들고 나는 감정들은 마침내 두근거림으로 확장되어
발끝부터 올라와 손끝과 머리까지 혈관을 수축한다

누가 저들을 죄수라 할까
저 맑고 천진한 표정들이 무슨 잘못을 저질렀을까
하긴 성악설과 성선설은 종이 한 장 차이라고 했던가
한 때의 아니 잠시의 실수로 저들의 아킬레스건을 잡은 것들은 무엇일까
사람은 누구나 야누스적인 양면이 있다
그래서 참고 억제하고 다독이고 용서하고 비워내야 하였거늘
그들을 혼란케 했던 무엇이 있었단 말인가

옥구슬
67×44cm / 화선지에 수묵담채

시낭송하는 내내 숙인 고개를 들지 않던 몇 명의 여죄수들 모습이
가슴에 못이 되어 연민으로 다가온다
그들에게 새겨질 것 만 같은 어머니와 고향과 사랑과 용서와 인내와 희망이란 시구에
더욱 목청을 높이며 저들의 심장에 박혀주고 울려주기를
마음을 씻어줄 눈물이 저 밑에서부터 올라와 주기를 기원하며
우리 일행의 마음은 전율로 아니 미세한 떨림으로
음과 고조에 더욱 리듬을 부여해 시 낭송을 한다

우리는 "사랑으로"를 이들과 한목소리로 합창하며 기원한다
그저 내일을 희망으로 바꾸어 사랑하고 사랑받으며
원대한 꿈과 포부를 가슴에 품어 사회가 필요로 하는 여러분이 되기를
저들의 가슴에 풍요가 넘치고 저들을 받아줄 가정과 따스한 사회가 되어
다시는 이런 곳에서 마주하지 않기를 떨리는 심장은 텔레파시를 전송한다

열심히 사진을 찍고 생수를 내어 놓던 교도관의 손에
챙겨간 나의 졸저 몇 권을 도서관에 기증하고 싶습니다, 했다
두 손으로 명언집과 시집을 건네받으며 속 페이지를 빠르게 넘기던 교도관은

"이거 읽고 교화 하면 안 되는데!"
……

달팽이

밤 9시
커리큘럼을 쓰다가
나의 책 그릴준비에 있는 텍스트가 필요해서
화실에 내려가 불을 켰다
화분들이 놓여있는 모서리에 작은 나뭇잎이 떨어져 있어
손가락으로 집으려 하니
멀컹하고 순간 모세관이 일어섰다
깜짝 놀라 내 던지듯 놓고 보니
알몸의 달팽이가 레이더를 세우고 긴장하며 꿈틀거렸다
달팽이야!
이 엄동설한에 알몸이라니
집은 어디 두고 왜 가출했니?
놀란 것은 달팽이도
나에 못지않을 것이다
방어의 수단일까
끈끈한 진액이 흘러 얼룩진 화실 바닥
나의 화실에서 그림도 보고 책도 보려
평화롭고 여유롭게 산책하다가
복병과 맞닥뜨렸을 것이다
순간 달팽이의 놀람과 가련함이 명치에 치받쳐서
메모지 한 장으로 가만히 들어 올려
벤자민이 굳건히 서 있는 화분 위에 살그머니 놓아 주고
달팽이야 네 집으로 어서 귀가 하렴
집 나오면 고생이란다
어서 돌아가 오래오래 평화롭게 살으렴
생이란 행복을 찾아가는 긴 여정이란다

친구
35×35cm / 화선지에 수묵담채

미련

잊혀진 줄 알았다
벗어난 줄 알았다
활짝 웃는 벗꽃 속에 그 미소가
겹쳐올 줄 몰랐다

운명

그동안 열심히 그려 모아 놓았던
작품 박스의 그림들을 꺼내놓고 선별했다
산더미만큼은 폐지로 찢기어졌고
골라진 작품들은
전시 되고 화집에 수록 될 것이다
저들의 가혹한 갈림길 운명

왜 일까……

누가 고향을 만들었을까
어린 시절 세라복을 입고 돌던 산허리는 그 자리에 그대로인데
하늘을 마주한 산봉우리마저 그대로인데
키를 키우던 참나무의 주름살은 늘어졌으며
졸졸졸 도랑물은 복개 되어 숨어버리고
꼬리를 흔들던 송사리 미꾸라지 물장구벌레는 다 어디로 갔을까
묏버들 갈해 꺾어 무심히 꽂아 두었던 실버들은
나이테를 더하며 나처럼 늙어가고
옹기종기 오두막들도 현대식 양옥으로 갈아입은 나의 고향
고향이란 팔 할이 바람이련가
소슬바람 속 나직한 어머니 음성은 눈물로 다가오고
든든한 버팀목으로 편 들어주던 내 형제자매가 그립다

누가 가을을 빚어놓았을까
가지 사이 드문드문 남겨진 잎사귀들 비명소리와
떨어져 뒹구는 낙엽 구르는 소리 참새들 뛰뛰기 소리는
귓가에 키를 키우며 오버랩 되고
바람을 붙잡는 솔잎 소리와
할 일을 다 마친 허수아비 하품하는 소리도
군불 지핀 저녁연기 하늘 오르는 사이에서
아련한 지난날들이 필름을 푼다
그래
내 뇌실 한켠 고향은 고요하고 늘 침묵했으며
그 자리에 지켜선 채 기다리더라
외로운 사람은 어서 오라며 그리운 사람은 언제든 찾아오라고
그러나 어머니가 고요히 누워 계신 고향은
왜일까
때론 눈물로 다가온다

우리들 이야기
140×70cm / 화선지에 수묵담채 / 2008

행복

나의 화실에
어린이의 손을 잡고 들어선 중년의 어머니와 마주 앉았다
어머니는 아이들이 그림을 그리면
어떤 점이 좋으냐고 물었다

"색의 구분이 분명해 질 것이며
상상력과 창의력이 향상 될 것입니다
예술을 감상하는 시력이 높아 질 것이며
높아진 시력으로 양질의 느낌을 양산할 것입니다
양산된 느낌은 가슴 가득 아름다운 파장으로 감동을 가져오고
가슴 가득한 감동은 만면한 기쁨을 낳아주며
기쁨은 풍요로운 행복감을 선물할 것입니다"

살아간다는 것은

봄을 사려고 화원에 들러
이 꽃 저 꽃과 눈을 맞추는데
자기만의 향기로
그윽한 미소로
잘 가꾸어온 자태로
치맛자락을 당긴다

나의 선택을 기다리며
눈길을 잡는 꽃들아

품위를 향기로 채우고
부드러운 미소 입가에 머물게 하며
고운 모습으로 다듬고 가꾸어라

한치의 어긋남도 허락치 말고
헛된 시간을 흘러 보내지 말거라
살아간다는 것은
그토록 치열한 경쟁이란다

당신은
70×140cm / 화선지에 수묵담채 / 2007

노인

까치산역 벤치에 앉아
조금 늦게 도착하는 친구를 기다리는데
옆자리에서 벼룩신문을 세세히 뒤적이던 노인은
눈동자를 모아 겨누며 핸드폰을 누른다

나이가 좀 들었는데
시켜만 주면 뭐든 할 수 있습니다
비교적 건강하고 정신은 맑으며
얼마 전까지 아파트 경비를 했습니다

한국의 가정경제현실일까
아니면 평균 연령이 높아져서 남겨진 여력일까
구부정한 몸짓으로 총총히 발걸음을 재촉하는 노인을
찬바람은 따라가 옷자락을 어루만진다

행복을 데려온 풍요
70×150cm / 화선지에 수묵담채

하얀 달빛이 애처로운 새벽

그리움을 키운다는 것은 매우 흡족한 일이다
그리움을 따라가면 미소가 안면 가득 너울대
모공이 확장하고 가슴이 따스해지며
아름다운 눈빛과 나누었던 언어들이 나열돼
공간을 채우고 온기가 생성해 혈관을 따라 흐르곤 했다
보고 싶은 마음을 데리고 오솔길을 걷다 보면
기억에 남겨진 추억과 다가와 줄 앞으로의 내일도
모두 서늘하도록 아름다워
잠시의 여백이 머무는 시간마저
하루해가 지루하지 않았다
그리움을 키우는 것은 슬픈 일이다
너무나 보고 싶어 눈우물 가득 액체가 고이고
심장의 저 밑으로부터 저려오는 것은
혈관이 수축되는 고통을 수반하기 때문이다
그리움은 키우지 말고 버려야 한다고
떠나보내야만 한다고
다짐하고 털어내고 떼어 내 봐도
간절함만 양산되어 자꾸 몸집을 키우고
다정하던 그 목소리 환청으로 시달리곤 한다
아직 그대 곁에 머문 마음
언제나 끝이 날까

묵포도
100×200cm / 화선지에 먹

포도
70×200cm / 화선지에 먹

사랑하는 당신에게

그대는 그냥 좋고
그대는 마냥 좋으며
더욱 당신이 좋습니다
그대는 나를 행복하게 하고
나를 뿌듯하게 하며
오늘도 나를 즐겁게 합니다
그대는 매일 새로이 나아가게 하고
매일 할 일을 제공하여 주며
그대는 나로 하여금 다른 또 다른 꿈을 꾸게 합니다
그대는 어제와 다른 오늘 새로이 단장하고
오늘과 다른 내일 또 다른 분장을 할 것이며
가까운 미래에 변장의 세계로 나를 데리고 갈 것입니다
그대는 법을 초월해야 하고
구분지어진 장르를 넘나들어야 하며
온갖 색들을 이끌고 추상으로 거듭나야 합니다
누구도 가보지 않은 미래의 당신 모습
새로이 태어나 줄 그대의 출생
그대여
건장한 청년으로 완숙한 장년으로의 성장을 기원합니다
온 정열을 다 바쳐 당신을 아끼고 사모하여 사랑하렵니다

*그대/나의 그림

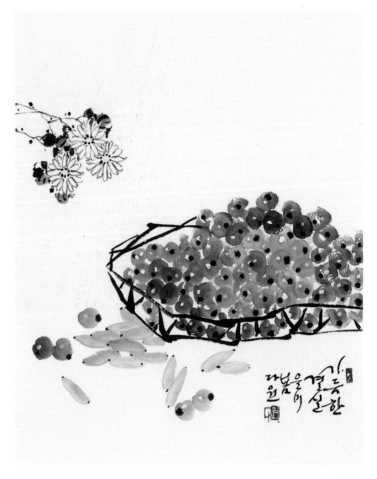

어디에 있을까

산처럼 듬직하게 기대어 사랑 할 사람
그런 사람 하나 있으면 좋겠다
언제나 포근하고 따스하게 사랑해 줄 사람
생각만 해도 가슴 벅차고 두근거려
떠오르면 눈시울이 젖어드는 사람 그런 사람이
내 곁에 머물면 좋겠다
멀리 있지만 가깝게 느껴 오고
허전한 나의 마음이 다가가도 좋은 사람
좋은 글도 함께 읽고
아름다운 선율의 음악도 같이 듣고
커피 속에 담긴 그윽한 향기를 음미하며 담소를 나눌 수 있는 사람
그런 사람 어디 없을까
여백의 숨결 따라 들려오는 그 음성이
가슴 가득 폐부로 스며 고여 드는 사람
품위 있고 지적이며 푸근하고 다정해
헤아림이 깊고 인품이 좋은 사람
그런 사람을 만나고 싶다

사랑

사랑은 배려이고
사랑은 양보이며
사랑은 믿음과 확신이며
또한 노력이라고 했다
배려와 양보 이전에
사랑은 활활 태워야 하는 것을

내 안에 짐승이 산다

내 안에 짐승이 산다
내 안에 사는 짐승과 만나야 한다
고요한 때를 가려
조용히 만나 잘 타일러야 한다
누구를 원망도 말고
불현듯 성내지도 말고
타인을 부러워하지도 말며
네 것이 아닌 것은 욕심내지 말라고
간절히 타일러야 한다

내 안에 사는 짐승을 달래야 한다
네 능력과 네가 가진 것과
네가 아는 만큼만 너의 것이라고
그 이상은 탐심이며
분수를 알아야 한다고
조금이라도 교만하지 말고
단아함을 지녀 낮추어 겸손하라고
잘 달래보아야 한다

내 안에 사는 짐승을 조용히 만나
윽박지르며 협박이라도 해야 한다
구름처럼 조용히 흐르라고
소슬바람처럼 강물처럼 있는 듯 없는 듯
고요히 흐르라고
오늘은 협박이라도 해야 한다

결실
70×200cm / 화선지에 수묵담채

가을비

어제 밤부터 비가 내린다
비는 언제나 차분함과 리듬을 가지고 창가를 노크하기에
비를 기리는 정열의 파초가 아니더라도
언제부터인지 알 수 없으나
비를 기다리며 비를 좋아하게 되었다
가을비 내리는 새벽
어렵사리 비벼 뜬 눈꺼풀 사이로
가장 먼저 그리운 얼굴이
빗방울 마다 맺혀 있다

습기가 만연해 그림을 그리지 못하고
완전하게 공치는 날이지만
비님이 오시는 날은 그 곳에 애틋한 그리움이 머물러
때론 한 편의 시를 선물하기도 한다

오늘 같은 날은
누구를 그리워하기에 충분한 시간과
누구를 떠 올리기에 적당한 수분과
누구를 사랑하기에 알맞은 분위기가 조성돼
가슴에 꼭꼭 숨겨 두었던 그리움을
가만히 꺼내보는 나만의 여유
이 얼마나 가슴 떨리는 은밀함인가
이 얼마나 숭고한 바람이었던가
이 얼마나 가슴 벅찬 환희란 말인가

사랑은 삶의 활력소이며
사랑은 영혼의 영양소이고
사랑은 꿈으로의 안내자로써
사랑은 이 세상을 이루고 있는 지배자이기에……

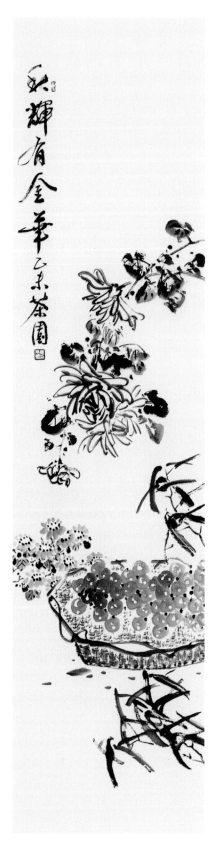

가을엔
35×135cm / 화선지에 수묵담채

부치지 못한 봄 편지

당신의 그윽한 미소가
하얀 목련 꽃잎 위로 겹쳐올 때
애처로운 나의 마음 하나
미세하게 떨려온다고는 쓰지 말자
그저 목메이도록 보고 싶다고만 쓰자

문득 혹은 울컥
그리움이 밀려와
혈관을 따라 흐르던 적혈구들이
역류한다고는 쓰지 말자
그저 숨이 막히도록 보고 싶다고만 쓰자

한 잔의 커피 모카골드 향 가득
당신이 남긴 체취가 배어나
입 안 가득 물고 두 눈을 지그시 감아
음미한다고는 쓰지 말자
그저 바라보고 있어도 행복하다고만 쓰자

종일토록 근면하던 붓 한 자루
잠시 놓아 두고
먼 하늘에 시선을 던져놓으면
슬며시 코끝이 시큰하다고는 쓰지 말자
때로는 사랑도 고통이지만
당신을 사랑한다고만 쓰자

사랑이란
35×140cm / 화선지에 수묵담채

115

하늘공원에서

공활한 가을 하늘을 향해 고개를 내미는 갈대숲에서도
산들바람이 하늘하늘 몇 송이의 코스모스를 희롱할 때도
풀벌레가 풀숲에서 누군가를 애타게 부르는 저 소리마저도
혹시 나일까 착각하게 하는 이 순간 떠오른 그대는
분명 나의 사랑입니다

키 높은 풍차가 열심히 두 팔을 휘저을 때
짝 잃은 새 한 마리 허공을 가로지르고
탐스런 수세미가 주렁주렁 결실을 달고
가느다란 줄기에 매달려 있는 저 아래에서마저
그대가 나의 곁에 와 있음은 그대 탓입니다

몇 송이 해바라기가 따라 돌다 지치고
하루를 마치고 대지를 붉게 물들이며
서산으로 기우는 저녁노을을 듬뿍 바른
구절초 보랏빛이 오늘 더욱 쓸쓸해 보이는 것은
외로움이 뼈 속까지 스며든 나의 고독입니다

시월이 오면
그대와 나누고픈 이야기는 기포처럼 솟아나고
남겨야 할 추억은 헤아릴 수 없는데
그대여 그대여를 목메여 불러도 대답 없고
그리운 모습만 허공에 맴도는 심장의 고통은
그대가 남긴 그대의 죄입니다

흰구름 몇 점도 가버리고 열정을 품었던 태양도 돌아가려 하며
따라 돌던 해바라기도 고개를 떨어뜨렸습니다
신명나던 억새들 어깨춤마저 멈춘 채 축 늘어뜨리고
이슬 맺힌 고개만 살래살래 도리질하는 하늘공원에
어디선가 작은 새가 가로지르며
사랑은 고통이며 환희이고 사랑은 추억이며 날마다 쓰여질 일기라고
사랑은 둘이 아니라 하나이니
기다리라고 그리워하라고 넌지시 속삭이곤 사라집니다

나잇값

나잇값은 얼마일까
누가 측정할까
얼마를 치러야 적당할까

무게와
부피와
내용은

마음 씀과 배려와 양보와
관용과 인내와 사랑으로
측정되는 나잇값

나이를 먹는다는 것은
나잇값을 매기는 것
값이 매겨지는 것
자기 나잇값은 자기가 잘 치러야
하는 것

結實
70×200cm / 화선지에 수묵담채 / 2006

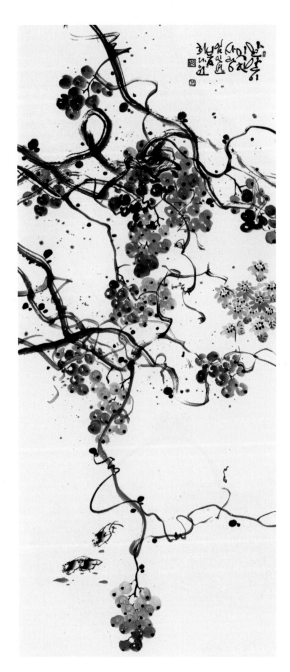

알알이 익힌 사랑
58×137cm / 화선지에 수묵담채 / 2022

사랑

사랑하는 이의
아픔을 먼저 염려하고
배려하는 것은 사랑입니다

사랑하는 이의
작은 자존심마저
지켜주고 아껴주는 것도 사랑입니다

아무런 조건 없이 모두를
주고 또 주고 싶은
아낌없는 마음도 사랑일 것입니다

시선이 머무는 곳마다 머물러
다정한 미소를 보내는
잔영도 사랑입니다

사랑은
마음 모두를 차지하고
때로 주관하며
또한 슬며시 흔들기도 합니다

사랑하는 이의 생각과 일과
일상의 모두를
알고 싶은 것도 사랑입니다

사랑은
함께 하지 않아도
늘 따듯하고 포근하며
심장 가득한 풍요를 느끼게 합니다

나는 이런 사랑을 꿈꾸며
이런 사랑을 소망하며
이런 사랑을 그리며 삽니다

가을 입구

가을은
지나가던 이슬 몇 방울을
거미줄에 잡아두고
여물어가는 배롱나무 열매 위에
고추잠자리를 붙잡아 앉혔다
멀거니 하늘만 응시하던
이삭 같은 장미꽃의 외로움을
파란 하늘에 널어두고
미풍 따라 흔들리는 코스모스 어깨 위에
설레임을 심어둔다
비만한 참새가 애타게 짝을 부르지만
관능의 억새는 붉은 노을만 입는다
행주산성 가득 담아 고요히 흐르는 강물 위에
흰 구름 몇 점이 나래를 펴고
거슬러 오르는 나룻배 따라
갈매기 한 마리 점을 찍는 가을 입구에서
슬며시 다가온 퇴색한 그리움이
얼굴을 붉히며 가슴을 파고든다

그리움
35×137cm / 화선지에 수묵담채

그리움 가까이
35×140cm / 화선지에 수묵담채 / 2009

붓과 인생

나의 화실로 불러 들여
녹차 한 잔으로 입술을 적신 후
행주산성 나루터라는 한식당에
서예가 네 명이 이마를 맞대고 앉자

그 동안의 안부를 묻고
유난이 추운 지난겨울을 화제에 올리다가
이제 봄이 저만치 오고 있다고 봄을 기다리다가
자연스레 옮겨간 서예계 이모저모

한 분은 중국 하문대 서예학 교수인고로
중국서예의 근황과 전망 그리고 왕성한 활성화는
서화 선생 부족까지 초래했다는 이야기를 접하며
우리의 열악한 환경을 조금은 탓하며 부러움이 새순처럼 일어났다

저학년의 서예교과 과목 삽입과
옥션에서 정식으로 거래되는 서화 작품과
저절로 형성된 서화의 가격으로
온통 붐이 일어 붓도 종이도 온갖 필기구 자재의 품귀 현상이 일어나
한국에서 역수입해 간다고 한다

운필과 서법 그리고 고법과 장법을 논하고
명필들의 조형과 그들이 남겨놓은 작품에 대한 품평과
천정부지로 치솟는 제백석의 작품 가격과
현 중국은 중국화에서 중자를 빼고
국화라 운운한다는 현재 이야기와
정부가 끌고 서화계가 밀고 국화에 대한 자부심을 느끼게 해
온 국민이 선호하는 것이 서화가이며
수많은 옥션이 생겨 많은 사람이 참여해 호황이라는 이야기까지

식탁에 한 접시씩 코스로 놓이는 음식보다
씹고 맛보고 음미하며 이어져 나오는 서화이야기는
떼어내도 옷자락에 자꾸 매달리는 엉겅퀴처럼
눈앞에 코에 귀에 걸려 우리를 하나로 묶어 휘감았다

서화이론과 견해와 평론 그리고 서화계 인물 이야기는
모처럼 갈증하던 가슴과 귀를 흡족히 충족하기에 충분했다
모두 가슴으로 마음으로 손가락으로 心筆 하며

미래의 우리나라 서화계를 전망하고 가불하다가
암담함으로 잠시 절망하다가
그저 즐기며 느끼는 서화가
인생의 축복이 아니냐고
우리는 탁월한 선택의 삶이라고 선문답을 했다

서화인으로 붓 한 자루에 삶을 저당 잡히고 살아가는 욕심 없는 인생은
즉 군자의 길이 아닌가 스스로 자위도 하고
젊은이의 관심 밖인 서화계를 염려하다가
기본은 선질이며 얼마나 격 있는 선을 연출하느냐가 관건이지만
역시 동양예술이란 선을 기본으로 한 창작이고 예술이란 다르기이며
열심이 그저 열심히 가다보면
그것이 길이 된다는 결론을 나름대로 얻고
오늘도 기대하는 내일은 내일 또 온다고
내일은 더 행복하고 새로울 거라고……

식사를 마치고 옮겨간 라이브 찻집에
구수한 아메리카노로 입속을 채우며
잠시 리듬에 젖어 음악 감상하다가
다시 불붙은 우리들 이야기는
전각으로 자전의 원리형상으로 옮겨가서
또 다시 눈동자의 동공은 확장되고 목소리에 힘이 주어질 때
창밖엔 아기 주먹만 한 눈송이가 펄펄 날리며
하늘엔 수많은 별과 축복 같은 눈이 있다면
그대들 가슴엔 예술이 살아 꿈틀대니

"신은 자연을 창조하고 사람은 예술을 창조한다."고

그대들은 참으로 행복한 인생이라고
눈송이가 살짝 귀띔했다

가을 향기
70×70cm / 화선지에 수묵담채

고백

분주한 발걸음들이
먼지를 일으켜 세우는
영등포구청 환승역 계단
일그러진 표정 가득 주름살을 붙이고
살 비늘 일어선 표피뿐인 피부를
남루한 옷깃 속에 숨겨둔 노인

애처로운 눈빛
누더기 진 손등으로 움켜진
플라스틱 바구니는
행인들을 향하여 허공을 가른다
무심히 지나쳐와 지하철에 오르고
슬픈 눈동자는 자꾸 따라와
뒷덜미를 간질인다

해바라기1
35×35cm
화선지에 수묵담채

웃자

페튜니아를 화분에 심어 화실 앞에 두었다
봄에 모종을 옮겨 심으면 가을까지 핀다
피고 지고 또 핀다
웃고 웃고 또 웃는다
그래 그렇게 웃는 거야
자꾸 웃고
계속 웃고
끝까지 웃자
하늘도 웃고
땅도 웃고
나도 웃고 너도 웃자
세포도 웃고 입술도 웃고
눈도 웃고 코도 웃는다
오늘도 웃고 내일도 웃자

먼저

환하게 해뜨는
아침을 맞으려면
먼저

일찍
일어나야 한다

어제밤에 생긴일

보드랍고 달콤하던 상추가 비켜준

베란다 텃밭에 새싹을 키워

방금 지은 따듯한 밥에 계란프라이 한 개를 얹고

참기름 두어 방울 떨어뜨린 다음

초장으로 간을 맞춘 점심 한 끼의 새싹비빔밥은

즐겁고 유쾌한 오후를 선물한다

아침저녁으로 정성껏 돌보며 물을 주고

잡초를 뽑아주는 일과는

하루의 피로를 모두 가져가는 행복을 선물하기도 한다

어제도 어김없이 늦은 밤 텃밭으로 나갔을 때

잠자리 한 마리가 무 싹의 가녀린 허리를 붙잡고 잠들어 있다

종일토록 헤맨 삭막한 서울에 지친 날개를 쉴 곳이 나의 텃밭뿐일지도……

날개를 잡아보았지만 깊은 잠에 취해 꿈속을 여행 중이었다

혹여 고운 꿈을 방해할까 두려워

살며시 놓아두고 새벽을 기다려 달려가 보니

이슬을 입고 달빛을 삼킨 잠자리는 벌써 가버린 뒤였다

허리가 휘도록 하룻밤을 재워 보낸 무 싹이

굽은 허리의 관절을 펼 때

나의 가슴 가장자리에서 올라온 잠자리의 안녕을 빌어본다

해바라기2
35×35cm / 화선지에 수묵담채

해바라기3
55×40cm / 화선지에 수묵담채

어머니

지쳐 잠든 귀뚜라미 각혈하던 지난밤
슬며시 다녀가신 어머니
쇄골을 지나 늑골을 강타한
잔잔한 어머니 잔상이
배롱나무 가지 끝에 머물러
꽃잎으로 나풀대는
고요한 가을아침

이래서야

교사는 많아도 스승은 적고
학생은 많아도 제자는 적으며
옆집은 있어도 이웃은 없고
시는 많은데 시가 없다고……

해바라기4
70×48cm / 화선지에 수묵담채

누가 울렸을까

태풍 매미가 닦아낸
맑은 초저녁 하늘에
샛별의 그렁그렁한
저 눈동자
……
누가 울렸을까

잊어야 산다

어제도 오지 않은 전화와
햇살 눈부신 아침 겹쳐온 미소와
환청으로 들려오는 그 목소리
잊어야 산다

가을 향기
70×70cm / 화선지에 수묵담채

우리 사이

늘 봄볕 같은 사이
가을볕처럼 그윽한 사이
아랫목 같은 훈훈한 사이
목련 향으로 은은한 사이
동백꽃처럼 이겨내는 사이
장미처럼 정열적인 사이
물망초를 피워내는 영원한
우리 사이

사랑

밤새 그렸어도 그리움은
심장 전부를 차지하고

날마다 안타까이 보고픈 마음은
바닥이 보이지 않는 우물

퍼내어도
다시 채워 그리운 것은
사랑하기 때문이리

배추

프로 골퍼인으로
틈틈이 서예를 공부하는 모 회원이
취미로 배추를 키웠다고
김장용으로 싣고 왔다
맑은 하늘과 촉촉한 비와 작열하던 태양과
영롱한 이슬과 온유한 눈빛과 따스한 손길 위에
조심스런 발걸음으로만 애지중지 키운
무공해 배추라고 했다

배추는 온통 쌀알만 한 구멍이 있다
저 구멍들은 영양 가득 담겼던 공간
벌레들을 먹이고 키우고 재우고 있었다
안락한 보금자리 속에 산란을 해
그들은 대가족을 거느리고 있었다

배추 속엔 자기의 살을 내 주고 수혈해 먹여 키운
연둣빛 아가들이 깊이 잠들어 있고
사이사이 가부좌를 틀어
배뇨한 흔적의 얼룩으로 온통 점철된 배추
파란 하늘과 소슬바람과 뜨거운 태양의 정열과
별빛을 고스란히 입고 성장한 배추는
두 팔을 벌려 애벌레들을 안고
다 포용하겠다는 듯 미소 짓고 있다

그래
누구에게 도움을 준다는 것과
누구의 생계를 책임지고 산다는 것은
저토록 보람일 것이고 기쁨이며
숭고하고 위대한 일일 것이다
나의 겨울도 책임져 줄 배추

능소화
35×137cm / 화선지에 수묵담채 / 2022

황룡
140×200cm / 화선지에 수묵담채

청룡
140×210cm
화선지에 수묵담채 / 2012

오늘은

법문에는
미운 사람도 만들지 말고
좋은 사람도 만들지 말라고 했다
미운 사람은 보기 괴롭고
좋은 사람은 못 봐서 고통스럽다고 했다
꽃들은 하늘거리는 꽃술로 벌들을 부른다며
남녘의 봄소식이 전파를 타고 올라와
만개한 매화가 화면 가득 일렁일 때
보고 싶어서
만나고 싶어서
모습이 어른거려서
심장 한쪽이 저리다
내 안에 사는 이여
그대가 오늘은 더욱 그립다

술3

얼마나 한이 많으면
저 사람의 입을 빌려 토해낼까

얼마나 지쳤으면
저 사람의 몸을 빌려 비틀거릴까

얼마나 원망스러우면
저 사람의 손톱을 빌려 할퀼까

모두 부질없다고 다 놓아두고 버려두고
이젠 지쳐 죽은 듯 잠든 술

능소화 흐드러지던 날
70×140cm / 화선지에 수묵담채 / 2007

나팔꽃 그늘 아래
38×41cm / 화선지에 수묵담채 / 2012

나팔꽃

밤새워
귀뚜라미 한 마리가 각혈하다
지쳐 잠든 뜨락에
장대 짚고 올라가
나팔을 불고 있는
보랏빛 나팔꽃

잠 좀 자자

시인과 그리움

어느 시인은
시는 찾는 것이라 했고
어느 시인은
시는 체험이라 했으며
어느 시인은
시는 낳는 것이라 했다
동지섣달 긴긴밤
낳고 싶은 시
찾고 싶은 시
시를 그리며
창 틈으로 숨어 드는 달빛을 안는다

대흥사에는

힘찬 필력의 기개로 필세를 자랑하는 대흥사 현판에
구레나룻 휘날리던 여초선생 모습이 잠시 머물고
동백꽃을 피워든 고목들도 멍든 관절을 호소한다
빼어난 산세를 병풍처럼 둘러치고
천년의 수령으로 굳게 선 수문장 소나무가 의무를 이행한다
들꽃들이 옹기종기 수다스런 작은 언덕을
숨 가쁘게 올라서면
가부좌를 틀고 앉은 초의선사
그윽한 미소가 가슴을 파고들고
그의 손끝에서 태어난 위엄스런 탱화 가득 서기가 운집했다
그윽한 차 향기가 넓은 경내를 서성일 때
일지암 처마 아래 퇴색한 단청 가득
지고했던 초의선사 닮고 싶은 품격의 덕행이 부피를 늘인다

구불구불 큰 키의 장죽을 짚고선 서산대사
어깨를 휘돌아 나온 붉은 가사자락을 흩날리고
삶과 죽음을 노래한 화두가 폐부를 파고들면
중생을 향한 법어구가 뼛속으로 스며든다

"하루 착한 일을 행했다 해서 비록 금세
복이 오는 것은 아니지만 화는 저절로 멀어질 것이오
하루 악한 일을 행했다고 해서 비록 금세
화가 오는 것은 아니지만 복은 저절로 멀어지는 것이다
착한 일을 행하는 사람은 마치 봄동산에 풀이
자라나는 것은 보이지 않아도 날마다 키가 크는 것과 같고
악한 일을 행하는 사람은 마치 칼을 가는 숫돌이 금세 갈리어
닳아 없어지는 것은 보이지 않더라도 날이 갈수록
이지러지고 작아지는 것과 같은 것이다."

어느 봄날

어느 봄날이었을까
봄꽃들이 야단스레
다투어 입술을 열어
목젖을 드러내고 함박웃음을 흘리던 날
슬그머니 도둑이 들어왔다
두툼한 손 하나가
굳게 잠근 나의 가슴을 열어
심장을 떼어내고
간장을 주물럭거리더니
봄과 하루의 시간들을 주어 담고
두 눈마저 훔쳐 갔다
날이 밝고 다시 어두워지기를 기다려
살금살금 나도 그의 높다란 담을 넘고
슬그머니 가슴의 빗장을 푼 다음
깊숙이 손을 넣어 갈비뼈 하나를 뽑고
심장 한쪽을 떼어내고
내장을 주물러 도려내었으며
간과 허파 쓸개를 주어 담고
적혈구의 피돌기에 편승
모두 훔쳐왔다

당신은

눈을 감아도
보이는 얼굴과

귀를 닫아도
들리는 음성으로

막아도 막아도
느껴오는 체취는

늘 나의 곁에 와
머무는 당신입니다

실국화
35×137cm / 화선지에 수묵담채

당신과 나는
70×70cm / 화선지에 수묵담채 / 2008

불질렀다

몇몇의 화가들이 둘러앉아
소주잔을 기울였다
펼친 상추잎에 잘 익은 삼겹살을 얹으며
B작가는 "외로워" 라고 했다
부산에서 상경한 E작가는 "나도" 했다
K작가는 "나는 눈물이 핑 할 때가 있어" 라고 했다
외로움은 이 가슴 저 가슴 넘나들며
불질렀다

파리

두 손 모아
간절히 빌었으나
으깨진 너

시는

시강의 시간에
"선생님시는 대체로 사랑시가 많은데
사랑을 꼭 해야 사랑시를 쓸 수 있나요"라고 했다

소설은 허구요
수필은 사실이며
시는 허구와 사실을 과장과 은유로
잉태되고 태어납니다

소설가의 소설은 소설가가 다 겪은 내용도 아니고
시인이 쓴 시도 다 경험한 것은 아니지만
가상과 체험의 중간에서 태어납니다

상상력이란 실제의 실마리에서 비롯되고
실제에 가상을 덧대어
시는 아니 예술은 새로움으로 탄생합니다

다 사실도 아니고
다 허구도 아니며
다 과장도 아닌 시
시는 영혼의 화가가 그린 그림입니다

응시
45×135cm / 화선지에 수묵담채 / 2007

선운사에서

발갛게 흐드러졌던 동백꽃을 보낸 자리에
애절한 상사화가 이루지 못 한 사랑을 호소하고
선운사 경내는 어두움이 포근히 내려온다
잿빛 가사 위로 붉은 장삼자락을 드리우고
목탁을 손에 든 스님들이 흰 고무신을 가지런히 벗어놓고
각각 법당으로 들어서 경건하게 목례를 올렸다

두 무릎을 꿇어 겸손한 자세로 머리를 조아린 후
목젖을 타고 반야심경 천수경이 구성지게 흐르며
이따금 머리 숙여 경배했다

외롭게 서 있던 석등들이 하나 둘씩 불을 밝히고
침묵하던 산들마저 모습을 숨긴 후
법고를 준비하는 익숙한 스님 뒤에
숙련된 리듬으로 울어대는 법고 소리는

이제 쉬라는 소리이고
손을 놓으라는 시각이며
모든 만물을 잠재우려는 알림이라 했다
고요한 경내 수다스럽던 산새들도 숨을 죽이고
선운사 노스님의 잿빛 가사가
에너지를 모아 범종을 타종하니
웅장한 전율은 나래를 이끌고 개울을 건너며
다리와 숲을 지나 마을로 더듬더듬 내려가고
잔잔하고 낭랑한 리듬은 밀림을 가까스로 거슬러 오르며
두근거리는 나의 폐부 속으로 슬며시 파고들었다

첫 번째 울림은 모두 버리라 하더니
두 번째 울림은 가슴을 열어 전부 품으라 한다
세 번째 울림은 무엇이든 나누고 베풀라 하고
네 번째는 언제나 어디서나 뒤를 돌아보라 했다
다섯 번째 울림은 동행하고 서로 함께하라 하고
여섯 번째 울림은 늘 깨어 있으라 했다
일곱 번째 울림은 잊어야 할 것은 어서 잊으라며
여덟 번째 울림은 내가 뿌린 것은 다 주워 담으라 하고
아홉 번째 울림은 언제 어디서든 어떤 말이든 들으라 했다
열 번째 울림은 은혜 받은 것은 반드시 기억하라 하고
열한 번째 울림은 너의 맡은 바 일에 열정으로 힘쓰라 했다
열두 번째 울림은 서운함도 서러움도 다 용서해야 한다고 하며
열세 번째 울림은 모든 일에 늘 고마워하고 감사하라 했다
열네 번째 울림은 이 세상 모두를 아끼고 감싸고 다독이며 사랑하라 했다……

그리움만 쌓이네
68×70cm / 화선지에 수묵담채 / 2009

나이

누가 주문했나요?
누가 기다렸나요?
누가 맛있다고
먹고 싶다고 했나요?

어릴 적엔 많이 먹고 싶었고
지금은 적게 먹고 싶은 나이
먹기 싫다고 안 먹을 수 없고
뱉으려 해도 뱉어지지 않는 나이

나의 몸속으로 들어가
뼈 속에 각인 되고
살 속에 인으로 박히며
테를 만드는 나이
값만큼 익어야 하는 그 나이

물처럼……

물처럼 낮아져 보았는가
물처럼 깨끗해 보았는가
물처럼 맑아 보았는가
물처럼 조용히 바다를 향해 흘러 보았는가

누군가를 꼭 안아줘 보았는가
지저분하고 더러운 곳을 닦아 보았는가
마음을 열고 가슴을 열고 서로 하나가 돼보았는가
넓고 넓은 바다에 이르러 보았는가

인연의 재

타오르던 산은
뿌리로 간 낙엽을 남기고

달아오르던 하늘은
붉게 물든 구름을 남겼지만

그리움 가득한
나의 가슴엔 다 타 버린
인연의 재만 남았다

백목련
35×35cm / 화선지에 수묵담채

정리

그동안 틈틈히 그림 그려 모아둔
다섯 상자를 내려
한 점씩 펴 관찰하며 선별했다
남겨질 작품과 찢기어질 작품
오른쪽과 왼쪽으로 넘겨 담으며
애써 그린 그림이지만 선별은 필수다
남겨진 작품들을 구기고 찢어 쌓아 놓으니
서상 위가 그들먹하다
남겨질 운명은 아니지만
나의 운필과 마음을 고스란히 담고 있던 그림들이다

노끈을 놓고 십자로 묶어
화실 앞에 내놓고
책꽂이도 복잡하여 다 읽은 책도 선별하고
상자에 담아 내놓았다
폐지를 모으던 남자는 들썩이다니
책은 다 가져가고
그림을 묶은 폐지만 덩그러니 남겨 놓았다

작품으로 남겨지지 못한 것도 서러운데
폐지로도 선별되지 못한 그림들이
서럽다고 아쉽다고 우울한듯 애처롭다
묶음 옆으로 삐져나온 자락들이 더욱 너풀대며
삶이란 최선을 다 해야 하는 거라고
그래야 남겨지는 거라고 귀띔했다

그대가 그리운 날 쓰는 편지
35×137cm / 화선지에 수묵담채 / 2022

기원해 주었건만

민들레는 어린잎과 줄기를 캐서 나물로 먹기도 하고
식물 전체를 캐서 말린 포공영은 한방에서 소화를 돕는데 쓰이며
뱀에 물렸을 때 뿌리를 다져서 바르기도 한다
꽃만을 따서 그늘에 말렸다가 피가 부족하거나
결핵에 걸렸을 때 약으로 먹기도 하며
일편단심 변함없는 사랑의 대명사로 불려 지기도 하는
민들레가

나의 화실 대리석과 시멘트 틈새에
한 포기 새싹이 자리하고
유리창을 닦아낼 때 뿌려지는
몇 모금 물을 얻어 마시며
온갖 역경을 딛고 노란 꽃을 피웠다
멀쑥한 키에 높다랗게 매달린 꽃봉오리는
작은 미풍에도 가녀린 허리가 흔들려
간장에서 올라온 보호 본능을 양산한다
행여 밟힐까 염려 되었지만
무사히 만개하였던 며칠을 견디고
하얀 깃털이 달린 홀씨들을 피워냈다

멀리 가거라 바람을 따라 가거라
지나는 길손의 치맛자락이라도 잡고 기름진 옥토를 찾아가거라
낮이면 밝은 태양을 호흡하고
옥구슬 같은 이슬을 입고 마시며
이젠 갈증과 굶주림 없이 좋은 환경에서 태어나
새로운 생의 꽃을 피우거라 기원해 주었건만
오늘 다시 보니 바로 옆 자리에
열 포기도 넘는 민들레가
파릇한 잎들을 키우고 있다

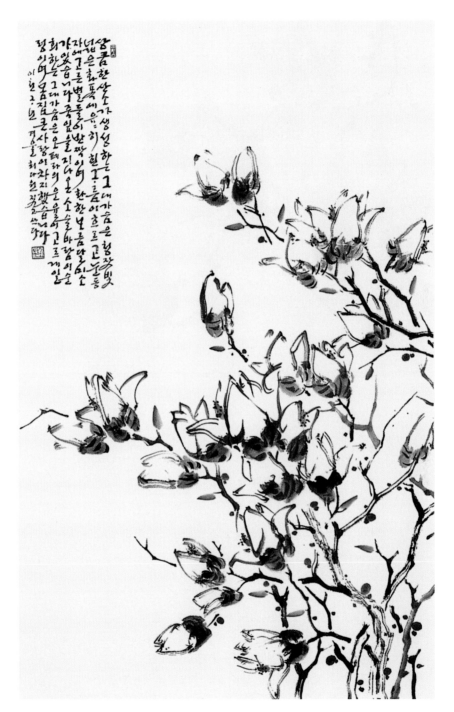

그대 가슴은

63×102cm / 화선지에 수묵담채 / 2009

자목련

55×57cm / 화선지에 수묵담채 / 2012

주례사

계절이 한 줌 가을햇살을 베어 물고 몸집을 키우는 한 낮
주례사는 신랑과 신부를 나란히 세워놓고
부부란 멀고도 가장 가까운 사이임을 강조한다
피는 물보다 진하다고 하지만
피보다 진한 사랑이라는 가교가 놓여 있다고 했다
사랑이란 자기 희생이 필요하며 사랑보다 더 진한 것은 믿음이라고……
부부 사이 믿음은 세월이 갈수록 더욱 쌓여야
기쁜 일에는 감사하고 언짢은 일에는 눈을 감을 수 있다고 볼륨을 높인다
우리의 삶 속에서 가장 소중한 사랑과 믿음이 오늘 태어난 조카의 새 가정에
좌표가 되어주길 빌어본다

봄비

봄비는 지난가을 못다 한 추억을 데려오고
희석한 칵테일 한 잔의 알코올을 건네주며
어딘가 떠나고픈 여행의 간절함을 데려오더니

봄비는 남겨두고 떠나간 가슴 저민 그리움을 움트게 하고
혼자만의 우울한 고독을 낳았으며
마주하고 유쾌하고픈 친구를 그립게 하였습니다

봄비는 그림을 그릴 수 없도록 화선지에 습기를 낳아놓고
용해된 먹물을 벼루 가득 담아두고 쉬게 하였으며
먼 하늘가에 던져 초점 잃은 시선을 거두어 들이고
목메이도록 그리운 어머니 모습을 낳았습니다

봄비는 아직도 희미한 옛사랑을 그립게 하고
미련의 질긴 흔적을 지울수 없는 얼룩으로 남겨둔 채
아름답게만 그려진 사랑의 노을을 바라보게 합니다

목련
55×57cm / 화선지에 수묵담채 / 2012

소망

좋은 사람도 좋지만
괜찮은 사람이
객관적 관점으로
이 시대에 꼭 필요한 사람이 아닐까

괜찮은 사람이란
늘 안면 가득 미소를 띠고
온화한 표정으로 상대방을 대하며
나지막한 고운 말씨를 조심스레 구사해야 한다

단정하고 다소곳한 행동으로
어느 곳에서나 있는 듯 없는 듯 고요하며
정직하고 바른 일상에서 파생된 타인을 향한
긍휼의 마음과 나눔을 늘 실천하고
가득 채워진 학식과 지성이 은은히 배어나는 사람일 것이다

백리까지 향기를 보내는 난처럼
인품이 고결하고 언제나 자신을 앞세우지 않고 겸손한 사람
그리고 가슴엔 원대한 포부의 꿈이 있고
그 꿈을 위해 부단히 노력하는 절차탁마의 열정이 있을 것이다

자신을 위한 이기심은 멀리하고
타인을 먼저 배려하는 이타심의 언행으로
욕심이 적고 자족 할 줄 알며
어느 곳에서나 그가 머무는 곳에 화이부동을
창출해 내고 또한 추구하는 사람
그런 사람은 참으로 괜찮은 사람이다

시대에 꼭 필요한 사람 그런 괜찮은 사람이 만연하여
오늘날 각박한 현실에서
살기 좋고 평화로운 세상이 이룩돼
모두가 마음 놓고 서로를 아끼며 행복한 내일을 추구하는 세상
그런 사회라면 얼마나 좋을까
괜찮은 사람이 되기 위해 자신을 돌아보며
또 닦아 고결하고 싶은 소망을 안아본다

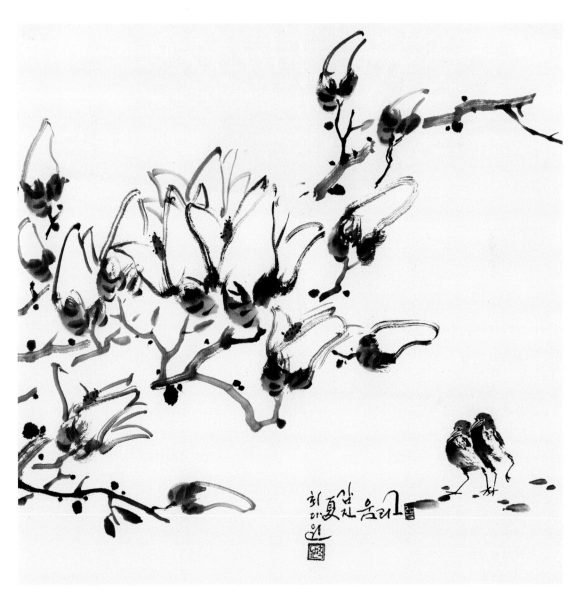

그리움

58×59cm / 화선지에 수묵담채

해질녘
부채 / 화선지에 수묵담채

붓과의 인연

올해 85세를 맞아
이젠 정신도 없고
눈도 흐리고
손도 떨려
사십여 년 운영해 오던 서실을 정리하는데
손때 묻은 책과 벼루 그리고 짐들을 정리하려니
너무 서운하고
너무 외롭고
가슴은 쓰리고
고독하다고
올컥 심장에서 치밀어 오르기도 하고
서리서리 엉긴 추억과 아름다운 스토리가
슬며시 말을 건네와 미어지듯 심장이 전율한다고 했다
붓 한 자루는 노 서예가의
놀이이고 여유였으며
애인이고 생이였을 것을

작업을 건다

나의 그림을
보아줄
감상자에게

나의 시를
읽어줄
독자에게

붓 한 자루
움켜쥐고

어제처럼
오늘도
작업 건다

富貴圖
부채 / 화선지에 수묵담채

가을속에서

태양이 작렬하는 시월의 첫 주말
씨름하던 붓 한 자루 작업실에 던져두고
모처럼 잡은 핸들은 익어 가는 가을을 가른다
서두르지 않는 강물의 유연한 몸짓과
시원하게 뿜어대는 한강 이백이 미터 분수의 시원한 물줄기
무리지어 핀 들국화와 메밀꽃무리 해바라기가 흐드러지고
바알간 고추잠자리와 하늘거리는 코스모스가 지천인 한강변엔
갈대의 희어진 머리카락이 세월을 뒤적이고
은행나무 잎들이 타는 갈증을 몸짓으로 호소한다
유람선 한가로이 실바람을 나르며
밤새워 적은 편지처럼 작은 파문을 송신한다
구름 한 점 없이 높고 맑은 하늘에
잊혀졌던 미소가 어느새 필름을 풀어내고
가을은 슬퍼도 지나간 것은 아름답다고
지난날의 기억들이 꼬리를 물고 따라나섰다

당신은

당신은 나의 호흡입니다
당신은 나의 일상입니다
당신을 생각하는 일 외에
나는 할 일이 별로 없습니다
당신은 상큼한 산소입니다
만물을 키우는 따사로운 햇살입니다
그리고 반짝이는 별이며
향기로운 꽃입니다
당신은 희망이며 나의 모두입니다
당신은 한 줄기 시원한 바람이며
품위 있는 군자화 연꽃입니다
당신은 나의 그리움이며
내 폐부 전부를 차지한 사랑입니다
그러나
당신은 눈물입니다
가슴 저린 아픔이기도 합니다
언제나 궁금하게 하는 간절함이며
늘 생각나는 나의 그림이기도 합니다
당신은 혈관을 차지한 아쉬움으로
통증과 전율을 동반하기에
조금은 당신을 놓아주어야만 합니다
당신을 향한 마음이 조금은 덜어지기를 기원하렵니다
그리움은 마침내 고통스런 하루로 점철되게 하기에
당신을 향한 보고픔을 조금은 삭감시켜야만
내가 삽니다!

장미
70×205cm / 화선지에 수묵담채

어떡하니

아주 먼 곳으로
사랑을 떠나보낸 친구는
울먹이며
이불을 뒤집어쓰고 울고 있다고 했다
먹을 수도 잠을 잘 수도 없으며
길을 나서면 두 다리는 허둥댄다고
지구는 빙빙 돌고 구름은 나선형을 그리며 맴돈다고
눈을 감으면 아름다웠던 이야기들이
필름을 풀고
못다 한 사랑이 숨통을 조여 온다고 했다
표피마다 소름이 돋아나고 온통 시선을 건네는 곳마다
사연들이 줄을 선다고
다 못해준 여러 일들
다 주지 못한 마음 씀
못다 나눈 사랑이 가슴 가장자리에서 저리다고 했다
저쪽 공간에서 애처로운 그리움이
전화선을 타고 가느다란 전율로 다가오는
친구의 끊길 듯 떨리는 목소리에
어제와 같은 무의미한 위로의 말을
습관처럼 또 했다
어떡하니……

자목련의 미소
35×137cm / 화선지에 수묵담채

富貴圖
70×68cm / 화선지에 수묵담채 / 2009

진통

봄이다
투명한 햇살이 머언 거리를 와서
내게 당도했다
이 계절에 또 도졌다
심장 깊숙이 박혀있던 해묵은 질환
누군가 보고픈가 보다
외롭기도 하고
어디론가 가고도 싶다
그리우면 가슴이 저린건가
보고프면 심장이 아픈건가
찬바람이 세포 구석구석을 채우며
손과 발이 가늘게 전율하고
눈물이 핑하고 돈다
진통이 시작된 걸 보니
이러다 시 한 편 낳겠다

부귀도
35×35cm / 화선지에 수묵담채

꽃들처럼

해마다 맞이하는 계절이건만
해마다 피는 꽃이건만
해마다는 작년이 아닌 것
오늘은 어제가 아닌 바로 새로운 오늘인 것을
지난 해의 느낌과
오늘의 느낌은 다르다
느낌이 다르고 감정이 다르고
시각이 다르니 생각도 다르다
보는 이의 마음 여하의 계절은
보는 이의 가슴마다 다르게 피는 꽃이다
슬픈 이의 눈엔 슬프게 보이고
즐거운 이의 시각엔 아름답게 부각된다

오늘은 봄꽃들이 환하게 웃는다
웃자
즐거운 최면이라도 걸자
그래야
심장이 웃고 세포가 웃고
가슴이 미소 지어
보이는 모두가 웃는다
저들처럼 웃자
오늘도 만나는 지인들의 가슴을 웃게 하자
저 꽃들처럼……

자목련
35×35cm / 화선지에 수묵담채

사랑

그립고 보고픈 마음이 생성해
잠시 생각에 잠기면
눈물이 맺혀지고
호흡이 가빠지며 맥박이 빨라
가슴이 두근두근 거린다
따사로운 온기가 적혈구들을 양산하고
눈앞에 보이는 모두가 아름다워
온통 그에게 향하므로
멀리 있어도 가까운 듯
모습과 음성 체취가 자꾸만
어른거리는 것

꽃

슬픔이 밀려와도
고독이 나를 감싸도
그리움이 목까지 차 올라도
웃어야 한다

부귀도
35×35cm / 화선지에 수묵담채

철쭉

소백산이
불탄다

그런
사랑 한번
해 보고 싶다

청춘을 돌려다오

반백의 서리를 머리에 인 동창들이
먼 거리를 마다하고 상주에 있는 매운탕 집에 모였다
두툼해진 그리움에 매달려 달려왔을 가슴
나이테가 하나둘씩 안면에 자리하고 있었지만
마음만은 여전히 새순처럼 푸르렀다
음향마저 고르지 않은 마이크를 부여잡고
청춘을 돌려달라고 젊음을 달라고
목청이 터져라 외치고 절규해도
뒤뜰에 무심한 죽림은 실바람을 나르고
송어들은 삼삼오오 유유히 노니는데
상큼한 산소들만 숨가쁘게 분열하고
오월 하늘은 여전히 푸르렀다

사랑한다는 것은

사랑한다는 것은
심장을 저당잡히는 일이다
가득 채워진 생각과 늘 두근거림이
시선이 닿는 곳에 먼저 와
말을 걸어 오는 것을

사랑한다는 것은
비워 내고 잘라 내고 걷어 내고
다독여야 하는 것이다
타오른 환영에
내쳐 달려가고픈 유혹을
밀어내고 덜어 내야 하는 것을

사랑한다는 것은
심장을 꼭꼭 다독이는 일이다
보고픈 그리움이 점점 몸집을 키우면
심장의 생채기에 출혈이 일어나는 일인 것을

사랑한다는 것은
심장 반 쪽을 태우는 일이다
이글거리는 불덩어리를 안은 채
하루를 그대의 영상으로 열고
다시금 떠오르는 그대 모습으로
태우고 또 태워 재만 남기는 일인 것을

사랑

봉숭아 씨방처럼
손대면 톡하고 터질 그대를 향한
마음이 있습니다

거꾸로 모아 쥐고
톡톡 두드리면 우수수 쏟아질
그대 향한 그리움이 있습니다

파란 하늘처럼
그대와의 애틋함이 무궁무진한
내일이 있습니다

흘러 흘러 침묵으로 흘러
바다를 이루는 강물처럼
그대의 넓고 깊은 가슴이 있습니다

나팔꽃처럼
아침마다 피워올려 외치는
그대를 향한 사랑이 있습니다

자목련
35×35cm / 화선지에 수묵담채

사랑

그대를 생각하는 일과
그대를 그리워하는 일과
그대를 사랑하는 것은 나의
첫번째 일과인 것을
눈을 뜨면
그대가 먼저와 어른거리고
걸음걸음 다가와 말을 걸며
고요할 땐 따스한 체온이 다가와
손길을 내미는 것을
아……

어쩌란 말인가
가깝고도 먼 거리에 그대는 머물고
마음만은 가장 가까이 존재함이 분명한 것을
그대의 안녕을 기원하며
그대의 평안을 바래는 것은
그대를 지극히 사랑하기 때문인 것을
꽉 짜인 일상 사이사이
그리움이 일렁이면
잠시 뇌세포에 너울진 그대를
회상하는 것을

부귀도
35×35cm / 화선지에 수묵담채

부귀길상
35×35cm / 화선지에 수묵담채

장미

얼마나 사모했으면 핏빛일까
얼마나 사랑하면 핏물이 들었나
토해낼 고백을 겹겹이 채워 놓고
충혈된 가슴만 태우고 또 태우다
사무친 그리움 가시로 돋았다

사랑은

모 서화작가가
나의 시를 읽고 충격을 받았다고 했다
그럼 사랑을 아느냐고 하였더니
재만 풀풀 날릴지라도

빠져야 하고
미쳐야 하고
태워야 한다고 했다

사랑이란

사랑이란 자유의 광야를 가로질러
속박의 터널을 향해 걸어가
창살이 촘촘한 감옥에
스스로를 가두는 일인지도 모른다

흰 눈이 내리는 날 살짝 결빙한 얼음 위를
조심스런 발걸음으로 건너가야 할 때
미세한 세포마저 온 신경을 모아야 되는 것처럼
정성과 관심으로 물을 주고 영양분을 공급해 키워가야
사랑은 성장하고 성숙하고 속이 알찬 결실을 맺을 것이다

철새들이 하늘 가득 줄지어 난다
어느덧 보름달이 하얀 빛으로 초연하면
두 손을 모으고 당신의 안녕을 기원하며
슬며시 젖아 오는 눈시울에
가슴 속 심장이 가늘게 전율하는 일이며

보고픔이 모락모락 그리움으로 피어오르는
모두가 잠든 밤이면 슬그머니 일어나
그저 창가에 시선을 던져두고
새벽별을 헤는 밤을 오늘도 가져보면 알게 된다

그대에게 다가가는 그곳에서
애처로움으로 영원한 사랑을 염원하고자
긴 호흡을 가다듬으며
간절히 간절히 닿고자 하는 마음이 사랑이다

富貴吉祥
35×35cm / 화선지에 수묵담채

사랑

머리로 하는 사랑과
조건을 앞세운 사랑과
돈으로 하는 사랑은 배척해야 한다
외로워서 하는 사랑과
고독하기 때문에 하는 사랑은 피하고 싶다
가을 때문에 움튼 사랑은
계절 따라 가버릴 것이며
애태우는 사랑은 가슴이 아프고
애절한 사랑도 폐부가 온통 저려서 고통스럽다
사랑이란 나눌 때 비로소 사랑이라 했다
운명처럼 만나 숙명처럼 나누는 사랑을 하고 싶다
최선을 다해 정성을 기울이고
보고 싶을 때 실컷 보고
가슴과 가슴으로 오고 가는 사랑
눈과 눈이 마주 하는 사랑
나는 너이고 너는 나인 사랑
배려하고 감싸주는 사랑
위로하고 아끼는 사랑
생각만 해도 눈시울이 젖어오는 사랑
그리울 때 달려오는 사랑
그런 사랑이 그립다

부귀길상
35×35cm / 화선지에 수묵담채

부귀도
24×18cm / 화선지에 수묵담채

사랑

오늘은 다 고백해야지
그대 생각이 많이 난다고

오늘은 꼭 말해야지
그대 모습이 늘 떠오른다고

오늘은 귀띔이라도 해야지
자꾸만 보고 싶다고

혼자 있어도 곁에 있는 듯
포근하다고 알려줘야지

사모하는 마음

이 세상엔 안되는 게 하나 있다
갑자기 내리는 소나기를 막을 수 없듯이
누군가에게 자꾸 가는 마음이다

이 세상엔 안되는 게 또 있다
빗물처럼 떠나 갈 줄 만 알았지
누군가로부터 오지 않는 마음이다

이 세상엔 안되는 게 많다
가려는 마음을 잡는 일과
오지 않는 마음을 끄는 일이다

온종일 비를 닮은 그리움 하나
주위를 맴돌며 서성이지만
차분한 행복 사이로 두고 간 미소가 있다

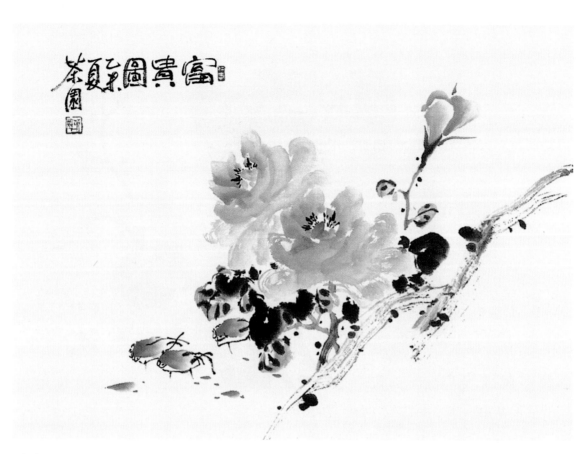

부귀도

63×47cm / 화선지에 수묵담채 / 2015

일식

얼마나 그리워했던가
얼마나 사랑했던가
그리운 마음 하나 들고
애태우며 그렸던 세월
이제야 하나가 되어
사랑하는데……
창호지 구멍 내고
훔쳐보는 저 눈들

재생

무더위가 수은주를 높이는 여름의 끝자락
푸르던 잎들마저 동작을 멈춘 골목길엔
고장 난 세탁기나 냉장고 컴퓨터 삽니다
오래된 가전제품을 수거해 재생한다는
확성기 볼륨을 높인 트럭 한 대가
관절을 접고 쉬는 노인들 곁을
슬그머니 지나쳐간다

한 송이 꽃의 악연

밤이면 달빛과 별빛을 입고
아침이면 살며시 찾아와 주는 햇살을 마시며
어렵게 꽃을 피운 나의 작은 뜨락에 핀 한 송이 꽃
지나는 길손과 화실을 찾아주는 이들에게
미소를 보내고 희망을 심어 주며 자신의 꿈을 한 껏 키워
고운 나비를 기다리던 안개 자욱한 어느 날 오후

왕방울만큼이나 험상궂게 눈이 부리부리하고
둔탁한 듯 굵은 목소리마저 게걸스러웠으며
조그마한 날갯짓도 품위 없이 분주했다
준비한 침 하나를 엉덩이 사이에 숨겨놓고
이리 저리 촉수를 높이며 허공을 휘젓는 더듬이는 더듬더듬
날카로운 가시가 무수히 돋아난 일벌의 발톱은
처음 보는 가슴을 오싹하게 할 만큼 예리했다

고요히 미소 짓는 백합을 향한 돌진으로
품격 있는 고귀한 향기만을 간직한 백합은
나비를 가장한 무법자의 무자비한 날갯짓에
꽃잎은 찢어지고 꽃술은 잘려졌으며
틈틈이 모아 깊숙이 숨겨두었던 달콤한 꿀을 모두 빼앗겼다

지혈을 거부하는 꽃잎의 상처에선 선혈이 철철 흐르고
모진 세상을 한없이 원망했으나
범법자 일벌들의 횡포가 만연한 자연 속에서의 공존임을 체감할 때
또 다른 봉변이라도 제발 비켜가 주기만을 간절히 기원하며
찢겨져 너풀대는 꽃잎과 꽃술을 가지런히 재정비하고
새로이 새 향기를 깊숙이 저장하는 여름날
한 줌 보랏빛 햇살이 달려와 그의 어깨를 어루만지며 위로한다

부귀도
35×34cm / 화선지에 수묵담채

사랑

그제도 오셨고
어제도 오셨더니
오늘도 종일토록 오셨네요
그러면 되었지
밤에도 찾아와
잠 못 들게 하다니요

그러는 거 아니지요

보고 싶어 하는 줄 알면서
그리워하는 줄 알면서
전화만 응시하는 줄 알면서
온종일 기다리는 줄 번연히 알면서
그러는 거 아니지요

술2

얼마 전 방영한 티브이 프로그램엔
육이오 때 격전지였던 철원에서 전사해
오랜 세월 땅속에 묻혔던 유골을 힘겹게 찾아 내어
그가 어디 살던 누구인지
무속인의 도움을 받아 보기로 했다
그의 혼령을 불러내 무속인의 입술과 육신을 빌려
질문과 답변을 주고 받아 신분을 알아내자는 프로젝트였다
이십일 세기지만 존재 여부가 불확실한 그 영혼
아직도 아니 영원히 확인되지 않을 부분이기도 하다

육체를 빌릴 때만 실체를 보이는 것이
어찌 혼령뿐이랴
다소곳이 병에 담긴 알코올도
화려하게 온갖 치장을 하고 진열되어 있지만
사람의 육체를 빌릴 때 비로소
그 실체를 드러냈다
거친 손길을 마구 휘두르기도 하고
꼭 다물었던 입술 속 혀끝이
날카로운 칼이 되기도 했다
천사의 모습을 할 때도 있지만
때론 험악한 악마가 되기도 하는
술

부귀길상
34×38cm / 화선지에 수묵담채

행진
35×35cm / 화선지에 수묵담채

자 이제 떠나보자

입술을 열기 시작한 노오란 개나리
환한 미소로 수다스런 강변을 따라
줄지어선 나목들이 갈증을 해소하듯 내 영혼을 적시며
행복에 겨운 여행을 당신과 함께 해보고 싶다
산 그림자 가득안고 강물은 고요히 흐르며
휘영청 늘어뜨린 능수버들이
연둣빛 잎사귀를 촘촘히 내어 달고
미풍 따라 태질 하는 퇴촌의 강어귀 모서리에서
정겨운 담소가 꽃처럼 피어나는 유쾌한 여행을 가보고 싶다

마을에서 나와 마을로 들어간 오솔길을 저속으로 따라 가다
뚝배기에 보글보글 담겨져 나온 청국장으로 시장기를 달래 보고
입 안 가득 감겨드는 백세주 한 잔의 알코올을 혀 끝에 적시며
인생이며 삶이며 또한 시와 그림을 논한다면 더욱 좋으리

사랑하는 이와 촉촉한 눈동자를 맞춰 보고
주고받는 담소 가득 자연스레 형성된 공감대에 머리를 끄덕이고
기포처럼 발산된 엔도르핀이 머리에서 발 끝을 숨 가쁘게 오고가며
같은 곳 꼭짓점을 우리가 되어 바라 보고 싶다

습기가 만연해 더욱 감미로운 음악이 비좁은 차 안을 채우고
미세한 전류가 잠자던 세포들을 일으켜 세워
마주잡은 손에서 손을 왕래하며 순회할 애틋한 마음 하나
소중히 담아들어 간직하고
물처럼 바람처럼 낮게 또한 자연스럽게 흐르리라
겸손을 안아보는 그런 여행을
올 봄엔 꼭 해보고 싶다

화가

며칠 전
인사동으로 향하는 지하철에서
매월 발행되는 월간지를 펼쳐들었다
서양화가가 자기의 이야기를 쓴 잔잔한 산문을 읽으며
고개를 끄덕이게 하고 슬며시 미소가 번졌으며
가슴 저 아래에서 뜨거운 것들이 치밀어 올라온다

변호사가 돼 달라는 어릴 적 부모님의 바램을 저버리고
자기가 좋아하는 그림을 그리고 있노라 했다
지명도도 있고 그림으로 생활을 영위하는 프로이지만
그러나 때론 진실로 화가 난다고

화가란
그림이 팔리지 않아 화가 나고
알아주지 않아 화가 나며
작품이 풀려주지 않을 때 화가 난다고

그래서
늘 화가 나서 그림을 그려야 하기에
화가라고 했다

늘 화가 난 화가
그 화가가 나는 좋다

부귀길상
35×35cm / 화선지에 수묵담채

그대 가슴은

재스민 내음으로 가득한 그대 가슴은
아랫목보다 따스하고 포근하며
연보랏빛 고운색입니다

상큼한 산소가 생성하는 그대 가슴은
청잣빛 넓은 화폭에
유유히 흰 구름이 흐르고
눈동자를 고른 별들이 반짝이며
환한 보름달 미소가 있습니다

죽잎을 지나온 소슬바람이
순회하는 그대 가슴은
오페라의 운율이 고르게 일렁이며
몸집 큰 사랑이 차지했습니다

동해의 태양이 떠오르는 그대 가슴은
이글이글 밀려온 파도가 폐부를 채우고
즐거움과 행복이 수를 놓습니다

면경지수 호수가 된 그대 가슴은
달과 구름과 별을 담아들고
아지랑이 너울너울 피어오르는
한 폭의 그림입니다

나에게 남겨진 사랑

태양이 있으므로
달이 뜨는 줄만 알고

낮이 있으므로
밤이 오는 줄은 알면서도

사랑만 오는 줄 알았지
이별이 오는 줄은 몰랐습니다

기쁨만 오는 줄 알았지
슬픔이 오는 줄은 더욱 몰랐습니다

웃음만 오는 줄 알았지
눈물이 오는 줄도 몰랐습니다

미움이 가득한 가슴에
그리움이 올 줄은 몰랐습니다

떠나간 줄만 알았는데
나의 가슴에 남겨진 줄 정말 몰랐습니다

부귀길상
35×137cm / 화선지에 수묵담채

172

괜찮아

괜찮아 는 위로이고
괜찮아 는 희망이며
괜찮아 는 바램이다
내일은 괜찮겠지
내일은 나아질 거야
속이며 속으며
끌려가는 오늘

사랑

두근거리지 않으면 사랑이 아니리
벅차지 않으면 사랑이 아니리
눈이 희미해지고 귀가 어두워지고
오로지 한 사람만을 응시하며
사무치지 않으면 사랑이 아니리
아프고 저리지 않으면 사랑이 아니리
함박웃음 속에 눈물이 겹쳐지고
이글이글 타오르지 않으면 사랑이 아니리
빗속에 섞여온 그리움 덩이가 더욱
심장을 파고듦이 사랑이리

부귀길상
35×137cm / 화선지에 수묵담채

173

토요일에 생긴일

토요일 오후 인사동엔
어두움이 외투처럼 도시를 감싸고
맴도는 인파의 소음들만 빈 하늘가에 메아리쳤다
숙적 일본을 물리친 올림픽에 출전한 야구는 강팀 쿠바를 맞아 선전을 펼쳐
금메달을 획득할 때
쪼끼쪼끼 생맥주집에 삼삼오오 둘러앉았다

입속을 채우는 시원한 오프로 알콜은 목젖을 가득 메우고
서서히 위를 향해 질주하여 혈관에 편승한 취기가 아지랑이처럼 즐거움을 나른다
이마를 마주한 채 술잔을 높이 들고 따스한 눈빛을 교감하며
보드러운 우정의 길을 닦는 유쾌한 담소를 즐기는데
한 권씩 손에 든 나의 시집 제목〈사랑을 해본 사람은 안다〉의 영향일까

자연스레 옮겨간 사랑이란 주제를 놓고
한 친구가 사랑은 절대적 믿음이라고 했다
그의 뒤를 이어 다른 친구는 사랑은 그리움이라고 말하니
시작은 그리움이지만 지속은 믿음이라나
가만히 듣고 눈동자의 동공을 키우던 또한 친구는 사랑은 동사라고
언제든 움직이며 어디로 움직일지 알 수 없다는 말일 것이다

조용히 턱을 고이고 침을 꿀꺽 삼키고 있던 앞에 앉은 친구가
사랑은 희생이며 이해라고 상대방을 모두 이해하고
또 이해하는 것만이 사랑의 지속이기에 필연적으로 희생이 따라야 한다고 했다
옆에서 머리를 조아리던 또 다른 친구가 사랑은 이기적이라고
자기만 믿고 자기만 보고 자기만 생각하며
자기만 사랑해야 한다고 요구하기에
지독히 이기적인 것이 사랑이라고 목소리에 볼륨을 높였다

또 다른 친구는 사랑은 그리움으로 시작하여 불신으로 끝난다고
오랫동안 사랑의 지속은 불신을 하지 않고 신뢰해야한다는 말 일 것이다
모두들 이제껏 살아오면서 각각의 경험과 사색을 통해 얻은 결론이리라
서로 눈과 눈이 마주쳐 사랑을 하는 데는 일분이 걸리고
그 사랑을 잊기 까지는 평생이 걸린다고 했다
기쁨과 행복 그리움과 환희로 다가왔던 열정적 사랑도
동사의 본능을 이탈하지 못하고 희생과 믿음의 완벽을 벗어나지 못하고
이기심으로 점철된다면 끝내

부귀길상

35×35cm / 화선지에 수묵담채

아픔과 저림 그리고 고통을 남긴 채 시간이 흐른 후
추억이라는 미명으로 서서히 몸체를 바꿀지도 모른다

지금 푸르른 잎사귀 사이 목이 터져라 울부짖는 매미들도 사랑을 부르고 있다
이제 중년을 넘어 영혼의 동반자와 미숙하지 않은 성숙된 정신세계를 이뤄
이기심도 불신도 모두 멀리 보내고 희생과 이해와 믿음과 아량을 듬뿍 지녀
부디 친구들의 가슴에 기하급수적으로 분열하는 사랑의 세포들이
영원하기를 기원해 본다

그리움만 남기고

자연은 고요하고 아름다우며
자연은 침묵으로 많은 교훈을 건네고
나의 그림 대부분은 자연에서 소재를 얻는다
아파트에서 상가주택으로 거처를 옮겨 일층에 작업실을 두고 있다
옆집과 뒷집에서 아침마다 들려오는 새들의 지저귐은
싱그러운 모닝콜로 아파트에서의 삭막함보다 한결 여유로움이 머문다
아침과 한낮 때로는 저녁에도 들려오는 새소리는
가슴 가장자리를 따스하게 울려주기에
새들 모습마저 보고 싶은 욕심이 생겼다
화원에 들러 오엽송 소나무 한 그루를 사서
유리가 없는 3층 베란다에 심어두고 좁쌀 한 줌을 그릇에 담아
아침마다 응시하며 새들이 와주기를 기다렸다
하루가 지나고 한 달이 지나고 두 달이 지나 겨울이 왔다
나의 기다림은 그리움이 되고 그리움은 안타까움이 되었지만
새의 모습은 보이지 않고 고운 새소리만 옆집에서 들려왔다
이듬해 봄이 오면 찾아와 줄지도 모른다며 좁쌀을 갈아두고
베란다를 쓸어내고 닦아내며 새들을 기다렸다
소나무 한 그루가 외로워서일까싶어 오이와 호박 씨앗을
영양분을 가미한 흙 속에 정성을 다해 묻어 주었다
꽃을 피우고 줄기를 뻗어내리고 주렁주렁 열려 함께 어우러질
새들의 콧노래를 상상하며

새순을 내고 활기차야 할 소나무가
왠지 시름시름 앓고 잎을 떨어뜨리어 낸다
싸매주거나 들여 놓아주어야 했을 것을
새들을 기다리느라 미처 소나무의 추위를 돌보지 못해 동사한 것이었다
너무나 미안하고 안타까워서 괜한 짓을 해 아까운 소나무를 죽였다고
자책에 자성만 거듭하던 어느 날
언제 왔을까
소나무가 사라진 쓸쓸한 베란다에
아기 참새 한 마리가 덩그머니 앉아 고개 짓을 하며 창안을 주시하고
기다렸느냐고 고운 목청을 돋우며 지저귀고 있었다
새로 돋아난 깃털은 윤기가 흐르고
조그마한 부리 속에 보일 듯 말 듯 한 작설과 반짝이는 눈동자에서 퍼올린
저린 전율이 혈관을 순환했다
수분 후 참새는 어디론가 훨훨 날아가고 다시는 그 모습을 볼 수 없었지만
남겨진 청량한 노래 소리와 아름다운 모습과 애태우던 그리움을 모아
오늘도 나는 너의 모습을 화폭에 담는다

고향은

젖비린내가 아직 머문 아기 염소의
애잔한 눈동자 외롭다며 헛발질을 해 댄다
나뭇잎들도 외로워 손사래를 칠 때
오리들마저 외로워 제자리를 맴돌며 두런거렸고
백구내외도 외로워 하늘 향해 짖어댄다
길가의 배롱나무 꽃잎도 외로워 흔들리고
바람마저 외로워 이곳저곳을 기웃거린다
계곡물도 외로워 강 찾아 흘러갔으며
오솔길도 외로워 성급히 마을로 들어갔고
오두막들도 외로워 옹기종기 모여 있다

그래
삶이란 그런 거란다
삶이란 고독이며 외로움이고
지독한 애고의 저린 아픔인거란다
홀로 가던 태양도 외로워 바다로 가 버리고
달빛마저 외로워 그림자를 데리고 다닌다
고향도 외로워 나를 기다렸고
외로운 사람은 고향을 찾아갔다

부귀길상
70×200cm / 화선지에 수묵담채

그리움
46.5×69.5cm
화선지에 수묵담채
2010

그런 사람이 있습니다

상큼한 아침이면 늘 떠오르는 사람이 있습니다
미풍에 편승하여 흔들리는 나뭇잎 사이로
모습만 그려봐도 기분이 좋으며
포근한 미소가 슬며시 전염되오는 그런 사람 있습니다

전화 통화만 해도 마냥 좋은 사람 있습니다
중후한 바리톤의 보이스 속에 예절이 담겨 있고
골라 쓰는 단어의 어휘마다 품위가 있으며
다방면에 해박한 매우 지적인 그런 사람 있습니다

그의 글만 봐도 기분이 상승하는 사람이 있습니다
언어는 합리적이고 적합 타당하며
상대방의 입장을 충분히 이해하고
넓은 아량과 나직한 겸손이 가득 담겨있기 때문입니다

만나면 더욱 좋은 사람이 있습니다
뽀오얀 김이 오르는 커피나 생맥주를 사이에 두고 눈동자를 맞추면
서로의 심장을 넘나들듯 공감대를 형성하는 대화가
꽃처럼 환하게 피어나는 그런 사람이 있습니다

자연

어릴적엔 코스모스처럼
하루가 다르게 키가 커져
해마다 바짓단을 늘렸는데
지금은 해마다
바짓단을 줄여야 한다
작아지는 키와
줄어든 팔
가물거리는 기억력과
희미한 시력은
낮게 낮추며
조금만 보고
적당히 들으란다

리필

어제 마디게 쓴 하루가
또 채워졌다
잔 가득 채워진 맥주처럼
비워지고 다시 채워준 리필
깨끗한 하루
뽀얀 하루다
누구도 빼앗지 못하고
누구도 못 가져갈 하루
온전한 나의 하루가 다시 리필되었다

우정
40×40cm / 화선지에 수묵담채 / 2007

富貴吉祥
50×52cm / 화선지에 수묵담채

이제

먼 하늘 가득 그려보던 모습을 접어두고
필름으로 풀리는 아름다웠던 추억을 잊어야 삽니다
자꾸만 들려오는 그 목소리 환청을 버려야 하며
심장을 방망이질하던 전율의 순간들을 보내야 만 삽니다
이제 숨 막히도록 그립던 모습을 떠올리지 말고
습관처럼 기다리는 매일의 일상을 끝내야 살 수 있습니다

오늘

태양이 떠오르는 해맑은 아침
신이 주신 선물은 오늘입니다

오늘 받은 선물 가운데
가장 고귀한 선물은 바로 당신입니다

당신이 보내주는 미소와 눈빛
온화하고 부드러운 음성은
폐부를 채우는 에너지입니다

에너지는 또 새로운 도전을 건네고
즐거움과 행복 그리고 기쁨을
한아름 안겨줍니다

그리움이란
70×60cm / 화선지에 수묵담채 / 2008

신의 선물

우리의 영혼은 자신을 다 바칠 진실한 사랑을 원한다
영혼이 잠에서 깨어나기만 하면 탐구가 시작된다
사랑은 영원히 우리를 절실하게 만들고
절실한 그곳에 영혼의 동반자를 발견하는 순간
삶 속에 생성한 사랑은 우리에게 얼마나 큰 선물인가를 깨닫게 된다
육체가 공기를 원하듯 영혼은 사랑을 필요로 하고
모든 날들은 신이 주신 날들이라 단정하기도 하며
사랑은 영혼의 본성이라 간주하기도 한다
사랑을 시작하면 두려움은 용기로 변하고 공허감은 충만함으로 변모되며
상대와의 거리감은 가까움이 된다
고로 한계를 뛰어 넘어 사랑을 할 수 있으며
영혼의 동반자와 함께 있을 때 그대를 영원의 잠에서 깨운다

사랑은 우리 존재의 가장 깊은 본성이며 영혼의 자매다
사랑은 새로운 영토로 그대를 데려가게 되고
사랑은 최고로 값비싼 선물이며 축복으로 여길 것이다
사랑은 신의 본성이며 인간 존재의 가장 진실한 창조적인 모습으로써
사랑은 늘 꿈꾸어온 영혼의 동반자를 발견하는 순간
인간 존재의 의미를 바꾸어 놓는다
사랑이 깊을 때 그대의 지성은 부드러워지고 자비로워져서
또한 세상을 보는 눈이 매우 넓어지고 너그러워진다

사랑은 친절함과 친밀함 그리고 애정 속에서 하나됨을 느낄 때
그것은 곧 자유로움으로 변환한다
누군가를 사랑할 때 걸인과도 같은 허기진 욕망에서
비로소 자유로워지기 때문이다
그대는 사랑의 감정에 사로잡힌 영혼 속에서
부드럽고 고요한 행복감을 발견할 것이다
그대는 한 사람의 육체를 만나기 전에 그의 영혼을 먼저 만난다
영혼과 육체를 함께 만날 때 그대는 비로소
그 사람의 세계로 들어가게 될 것이다
사랑의 행위 속에서 기쁨과 황홀감은 믿을 수 없을 만큼 커질 것이며
그것은 두 사람의 내면에 사랑의 샘을 일깨워 두 영혼이 하나가 되기에
육체는 그대 영혼의 집이며 매우 신성한 신전이기 때문이다

등꽃 아래 행진
68×69cm / 화선지에 수묵담채

富貴圖
45×39cm / 화선지에 수묵담채 / 2010

봄날아침

개나리 작설같던 혀 끝에 봄이 머물고
하얀 목련 속살이 그리움을 태우며 벙그는 한낮
공평하게 내려온 햇살만 대지를 찍어누르고 있었다
부산한 봄들이 차장을 에워싸고
상념의 자락들은 뇌실 속에서 미로처럼 헤맬 때
차선을 가로질러와 질주하는 낡은 트럭 한대
유난히 흔들리는 낙서처럼 쓰여진 짐칸 표면에
나의 눈 속으로 확대되어 들어온 한 구절이 있었다

"나보다 불행한 사람에게
행복을 말하지 마라"

백지처럼 뇌실은 다운되고
눈시울만 촉촉이 젖어왔다

죽어서

누군가를 마음을 다하여 사랑하는 사람은
죽어서
하늘에 반짝이는 별이 되고

누군가를 몹시도 그리워한 사람은
죽어서
풀잎 위에 머무는 이슬이 되며

누군가를 죽도록 사모한 사람은
죽어서
아름다운 미소의 꽃이 된다고 했다

나는 죽으면
슬픈 눈동자를 간직한 별도 되고
영롱한 아침 이슬도 되며
순결한 꽃도 될 것 만 같다

능소화
70×200cm / 화선지에 수묵담채

가슴 가장자리에 이따금 파도가 인다

인간에게는 오륜이 있듯이 감나무는 五常을 지니고 있다
이를 文 武 忠 孝 節 이라 한다
잎을 가지고 글을 쓸 수 있다 하여 文이며
나무가 단단하여 화살촉을 만들어 쓰니 武이고
과일의 속이 겉과 다르지 않고 똑같이 붉어있어 표리부동하지 않으니 忠이며
홍시는 이가 없는 노인도 먹을 수 있으니 孝이고
서리가 내리는 늦은 가을까지 나뭇가지에 오래 매달려 있어 節이라 했다

봄이 오면 연둣빛 새순을 가지 사이사이 널어두고
여름으로의 길목에서 감꽃은 맺혀 가락지 같은 꽃을 피운다
부지런한 벌들을 불러 태를 맺고
작렬하는 한여름을 보낸 뒤 결실을 위한 가을로 향한다
혈관처럼 순회하던 수액의 순환이 정지되고
무성하던 잎들이 하나둘 단풍으로 물들 때면
주저리주저리 풍성한 열매들이 수줍은 듯 얼굴을 붉히는 모습은
두고 온 다정스런 우리 고향 마을의 정취이다

보드라운 촉감 속에 당분을 함유하고 가지 끝에 달린 감들을
손이 닿지 않는다는 이유로 가지를 부러뜨려 수확하고 있는
청설모처럼 감나무에 매달린 남자
잘 익힌 五常의 감을 내주는 고마움을 잊은 채
가지마저 상하게 하는 것은
다음 해를 기약해야 하는 감나무에게 크나큰 상처를 안겨주고 있어
가슴 가장자리에 이따금 파도가 인다

사랑
140×200cm / 화선지에 수묵담채 / 2008

등꽃 속에서
70×200cm / 화선지에 수묵담채 / 2007

시

아카시아 싱그런 향내가
개화산 중턱에서 발효될 때
카페라떼를 앞에 두고 마주한 친구는
나와 눈이 마주친 순간
"나도 시 쓰고 싶어"라고 했다

그럼 써……

쓴다고 다 시가 되는 건 아니지만
썼다고 다 시라 할수는 없지만
시란 일상에 담겨 있고
주변에 숨어 있어
그것을 찾아내는 사람이 시인이야
시를 아끼는 사람도
시를 쓰고 싶은 사람도 이미 시인이야

그리움
70×70cm / 화선지에 수묵담채 / 2008

짝사랑1

어제는 미워도 오늘은 그리우며
혼자이지만 둘처럼 느껴지고
그리울 때마다 슬퍼지는 것
언제 어디서나 맴도는 그 그림자

등꽃이 피어나던 날
150×180cm / 화선지에 수묵담채 / 2008

부귀도
35×137cm / 화선지에 수묵담채 / 2022

사랑이란

사랑이란
나직이 들려오는 내밀한 언어를
듣기 위해 귀를 사알짝 여는 일이다
사랑이란 속삭임이며
가슴이 하는 언어
눈빛이 하는 언어
손끝이 하는 언어를
읽어 내는 일이다

사랑이란
자신을 녹이는 일이다
이기적일 수도 있는 자신의 생각보다
상대방의 그릇에
크기와 모양이 알맞도록
자신을 녹여 새로이
그 안에 담겨 태어나는 것이다

사랑이란
한쪽 눈을 슬며시 닫아 두는 일이다
아무것도 보지 말고
아무것도 담지 말고
또한 기억하지도 말아
장점만 보고
장점만 기억하고
좋은 것만 말하는 습관을 지니는 일이다

사랑이란
두 개의 심장을 한 가슴에 지니는 일이다
그리움으로 안타까운 심장 하나와
억제하고 절제하고 참아 내고
인내해야 하는 강인한 심장을 지녀
타이르고 억누르는 면역을 길러 두어
태풍과 비바람에도 끄떡 않을
견고한 심장을 길러 내는 일이다

연밭에서
70×70cm
화선지에 수묵담채
2006

누구일까

서예의 한문은 篆書 隸書 楷書 行書 草書의 五體가 있으며
한글은 궁체의 정자, 흘림, 진 흘림, 판 본체와 서간체 여사 서 등등이 있다

사군자와 문인화의 기본인 梅 蘭 菊 竹을 익히는데
약간의 개인차는 있을 수 있으나
약 이십여 년 간의 습작 기간을 거쳐 창작에 이르므로
소년문장가는 있어도 소년名筆家는 없다고 한다

서예는 백 번을 쓰면 조금 보이고

천 번을 쓰면 남을 가르칠 만하며

만 번을 쓰면 명필 소리를 듣는다고 했다

비 개인 오후 중년의 서학 지망생이 書室로
들어서기에 차 한 잔을 권했다
"두 달 정도 붓을 잡았으며 五體를 썼습니다"

그는 천재일까? 둔재일까!
입 속을 채운 설록차가 쓸쓸하다

생각만으로도……

그리운 것은 당신입니다
보고픈 것도 당신입니다
생각에 생각 끝없는 꼬리도
오로지 당신입니다
그림자처럼 희미하다가
점점 선명하게 다가서는 모습은 당신입니다
언제나 어디에나 따라나선 당신은
나보다 먼저와
미소를 건네오고
말을 걸어오고 체취를 전달하며
신경을 마비시켜 버리기도 합니다
당신이란 호수에 온몸을 담가두고
맑은 산소 속 전율하는 호흡입니다

우리들 세상
50×137cm / 화선지에 수묵담채

사랑

한강변 산책길에 해바라기 두어 송이

외로이 서 있다

해님만 바라 보다 해님만 따라 돌다

지치고 아픈 목을 길게 늘이고 서 있다

바람이 곁을 다가와 위로해 주고

그림자도 다가와 함께 서 있구나

사랑은 외롭단다

사랑하는 사람도 외롭단다

사랑은 고독하단다

사랑받는 사람도 고독하단다

사랑은 우연처럼 오고

사랑은 필연처럼 저만치 간단다

사랑엔 따스함만 있는 게 아니고

사랑엔 달콤함만 있는 게 아니고

사랑엔 쓴 고독과 외로움과 고통이 도사리고

사랑엔 심장을 녹여 선혈이 흐르는 상처가 들어 있단다

해바라기야 슬퍼 말아라

해바라기야 외로워 말아라

아프지 않으면 어찌 사랑일까

고독하지 않으면 어찌 사랑일까

다 가지고 싶고

혼자 소유하고 싶지 않으면 사랑이겠느냐

그래도 촘촘한 결실이

네 가슴 가득하구나

갈대숲
70×140cm / 화선지에 수묵담채

사랑
69×58cm / 화선지에 수묵담채

명약

상처는
혀에 베인 상처가 가장 깊다
날이선 혀
예리한 혀는
머뭇거리지도 않고
물러서지도 않으며
깊숙이 날을 들이민다

지혈되지 않는 상처도
자꾸 덧나는 상처도
시간은 약을 발라 준다

빠알간 머큐로크롬
약효가 우수한
가장 잘 듣는 명약

그것은 세월이였다

好德

모서리를 돌아온 칼바람이
잠시 쉬고 있는 인사동 사거리
허름한 손수레는
숙련된 아주머니의 손끝에서
달콤하고 따스한 호떡을 익힌다
노릇노릇 구워지는 꿀을 머금은 호떡은
우윳빛 김을 올리며 입맛을 돋운다
호떡을 사기 위해
길게 줄을 서고
언 발을 동동 구르며 차례를 기다리는 연인들
서로 옷깃을 여며 주고
사랑의 눈빛을 각인할 때
긴 시간마저 허비해 가며
젊은이들 사려는 것이
호떡이 아닌
好德이기를 잠시 소망해본다

친구에게

친구여
체력이 쇠진할 때까지 열정적일 나의 길
목숨을 바쳐도 좋을 나의 세계
물고 늘어질수록 질긴 그림과 시는
내 심장 속에서 생성할 마음을 담아낼 글이며
흉중 사연을 표현할 그림이라네

친구여
나에겐 아직도 먼 곳의 꿈을 그리는 희망이 가득하고
파아란 내일을 향한 열망이 나를 다 차지했으며
모두는 나의 운명이라 여기며
좋은 일도 나쁜 일도 모두 수용할 체념이라는 용기가 있다네
아직은 봐줄 만한 각선미를 잘 보존할 수 있다면 좋고
잔주름 늘어가도 언제나 고요한 미소를 담아들고 싶으며
어느 곳에서나 부드러울 수 있는 언변을 가지고 싶다네

친구여
누구와 든 마주하고 풀어낼 약간의 지를 축적하려 노력할 것이며
어떤 이야기도 모두 수용 할 수 있는 이순이 이제 다가온다네
그러나
아직도 가슴 떨리는 사랑이 생성하고
고요하면 찾아갈 희미하지만 아련한 그리움이 있으니
나는 행복한 사람이라네

친구여
오늘도 흰 구름은 넓은 하늘을 흘러 다녔으며
여전히 장미는 꽃잎을 내어 달고
햇살은 눈부셨다네
소망하는 작은 행복을 꿈꾸며
떠오르는 태양을 화안한 희망의 눈빛으로 맞이하고 싶은
나는 행복한 사람이라네

살다보면

살다보면
참을 일이 더 많고
버릴 일이 더 많으며
잊을 일이 더 많다

살아보면
양보할 일이 더 많고
용서할 일이 더 많으며
감싸줄 일이 더 많았다

살아가노라면
나누고 싶은 마음이 더 많았으며
사랑 받은 일이 더 많았고
사랑하고픈 마음이 더 많았다

사는 순간순간
기쁜 일도 많았었고
즐거운 일도 많았으며
유쾌했던 순간들이 더 많았다

한 생을 사랑만 한다 해도 부족한 시간
다 접고 다 안고 다 내려놓으리라
오직 살아있음이 행복이기에

행복
35×140cm / 화선지에 수묵담채

미친 사내 이야기

미친(狂) 사람을 보았다
아름다운 청년을 보았다
예술에 생명을 걸고
제주에 인생을 맡겨 두었던
이글거리며 타오르던 예술혼을 보았다
오늘도 노을은 서쪽하늘을 붉게 물들이고
수많은 갈매기는 성산포를 배회하는데
비를 머금은 먹구름은 물밀듯 밀려오고
노오란 유채는 벌 나비를 부르며
삼백여 오름은 그를 어서 오르라고 손짓 한다
한라산등성이의 사슴들이 긴 목을 느리고
현무암 틈새마다 휘파람을 분다
오늘도 이만여 필름은 똑바로 줄을 서고
뜨거운 태양은 또다시 뜬다
어제 밤에도 둥근달이 그를 오라 손짓하고
거품을 물고 밀려온 파도가 맴돌며 서성인다
새로이 피워 올린 연둣빛 잎사귀들이
도란도란 이야기꽃을 피우고
보랏빛 수국의 수줍은 눈빛마저 그를 찾는다
운집한 억새들의 춤사위가 리듬을 타고
발개진 노을이 가던 길을 멈추었으며
흐르던 구름마저 눈동자를 껌벅이지만
이제
그는 갔다
눈동자의 초점과
손가락의 셔터와
미소의 근육마저 루게릭에 바치고
한줌 뼈 가루를 두모악 갤러리마당에 영양분으로 내어주고
떠나갔다
그는 자연의 사랑이었고
바람의 연인이였으며
제주의 애인이였다
사진가 김영갑은 전부를 사진에 바쳤다
그가 남긴 뒷모습은 노을처럼 아름답고
그가 걸어온 외길은 영원할 것이며
그 사내의 혼신을 다한 예술은
마침내 미쳤다(及)

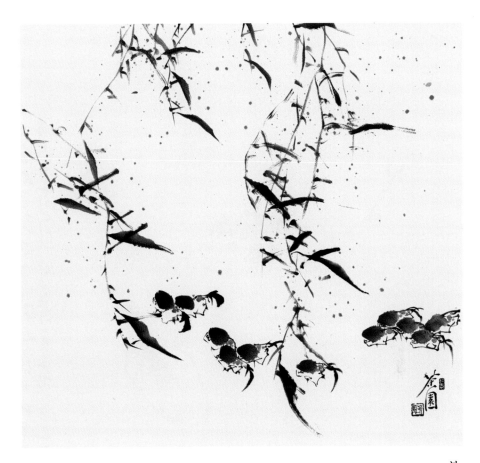

봄

68×65cm / 화선지에 수묵담채

*김영갑 갤러리

20만장의 필름으로 이십여 년을 제주에 미쳐 제주의 풍광을 사진에 담아 사진전을 열고 사진집을 내기도 하였지만 루게릭병에 걸려 손과 팔 온몸의 근육이 서서히 마비되어 필름조차 만질 수 없고 사진을 찍을 수 없게 됐을 때 절망감이 몰려왔다.

손이 마비된다는 의사의 말은 사형 선고나 다름없었다. 한동안 방황했지만, 그는 남은 시간들을 허비할 수 없었다. 가장 먼저 남제주군 성산읍 삼달리의 폐교(초등학교) 건물을 임대해 갤러리를 만들었다. 두모악갤러리. 두모악은 한라산의 옛 이름이다. 살고 싶다, 사진을 찍고 싶다고 되뇌이며 최후까지 기념관을 손수 마련해 김영갑갤러리 초석을 마련하고 그의 뼛가루를 갤러리 마당의 나무들에게 내어주기를 유언으로 2005년 떠나갔다.

不狂不及…… (미치지 않으면 미치지 못한다)을 몸소 실천하며……

그리움
45×70cm / 화선지에 수묵담채

오늘

하나님
부처님
오늘 내가 만나는 모든 분들에게
친절한 말과 다정한 미소와
따스한 손길을 허락하소서

오늘 만나는 모든 분들이
나를 좋은 사람으로 기억하진 못해도
나쁜 사람 기분 언짢은 사람으론
기억되지 않게 하소서

오늘 만나는 모든 분들을
가슴으로 사귀게 하소서
최선을 다한 만남으로
이익보다 손해 보는
나의 손길이 되게 하소서

오늘 만나는 모든 분들은
나의 손님이니
최선을 다해 접대하여
아름다운 인연의 끈으로 이어가게 하소서

속은들 어떠리

지고 살고
속고 살고
져 주며 살고
양보하며 살아 가야 편안할 세상인데
오늘은 몇 번이나 실행했을까

하고픈 말 혀 밑에 가두고
가지고 싶은 마음 꾹꾹 눌러 절제하고
욕심을 비워낸 적 또 몇 번일까

손해 보며
밑지며
그저 비우고
자유로이 살아가고픈 오늘이었건만
저문 하루가 어둠으로 가고 있다

외로움
35×70cm / 화선지에 수묵담채

세월

슬픔도 괴로움도
고통도 외로움도
아픔마저 다 치료하는 약
처방도 필요없고 진료도 필요 없는
세월이라는 약
돈을 지불하지 않아도
기다리지 않아도
잘 듣는 세월은
가장 약효가 강한 명약이다
괴로운 건 퇴색되고
슬픔은 잊어지고
서운함도 모서리를 돌아갔다
즐거웠던 기억도
행복했던 순간도
모두를 추억으로 혹은
그저 기억으로 남겨두고
다 지나가게 하곤
망각과 퇴색으로 변모시키는 명약은
세월이었다

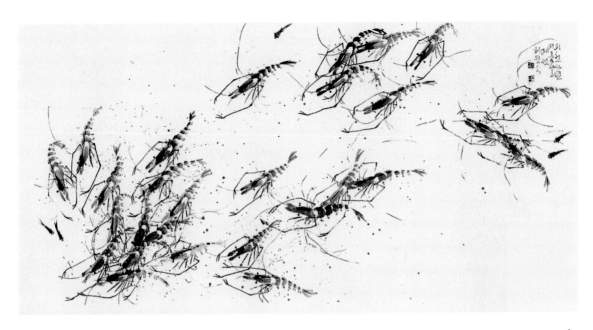

生
135×70cm / 화선지에 먹

새우구이

소금을 두껍게 깐 프라이팬에
일 킬로그램의 통통하게 살찐 새우를
마구 쏟아 넣었다
투명한 뚜껑을 덜컹 덜컹 밀어 올리며
뜨겁다고 몸부림친다
두 눈의 동공을 동그랗게 키우고
시선을 정지한 채
살다 보니 이런 날벼락이 웬일이냐고
온 힘으로 말한다
나즈막히 들려오는 가녀린 신음
가슴으로 전달되어 오는 아련한 애처로움에
그만 눈을 감아 사알짝 고개 돌리고
가만히 입술을 달싹였다
미안해
정말 미안해……

천둥

강의를 마치고 차에서 내리는데
큰 천둥이 머리 위에서 쳤다
하늘이 흔들리고 지축이 흔들리고
나무들도 풀들도 새들도 다 놀랐다
하늘이 구멍이라도 난듯
소나기를 퍼부으며 물줄기는 세찼다
한여름의 소나기는 시원했지만
큰 천둥소리에 놀라 화실에서 커피 한 잔을 입 속에 채우며
지난날의 필름을 풀어 회상했다
혹시
누굴 해롭게 한 적 있나?
누굴 아프게 한 적 있나?
누굴 미워한 적 있나?

세필을 쓰고 난 후

반야심경을 세필로 썼다
약 사십여 장 이 주간 신경을 몰두하고 쓰느라
경직되었는가
뒷목이 아프고 어깨와 등이 담들고
팔이 올라가질 않아
얼르고 달래고 주무르고 마사지해도
별 차도가 없이 목이 원활히 돌아가질 않는다
어제와 오늘은 한의원에 가서
침으로 꽂고 부항 뜨고 물리치료 했다
따끔하고 아플 거라더니
오히려 시원하고 풀리는 듯 했다
성난 근육을 어루만지고 멈춰선 혈관을 순환시키고
그들 길을 열어 주고 파란 신호등을 켜 주었더니
이제 목이 돌아가고 통증이 덜했다
아직은 무리한 듯하여 오늘은 밀린 책만 펼쳐 놓고
뇌실을 열어 책에서 꺼낸 지식을
차곡차곡 구겨 넣어보는 시간
새로움에 눈등불을 켜둔 하루였다

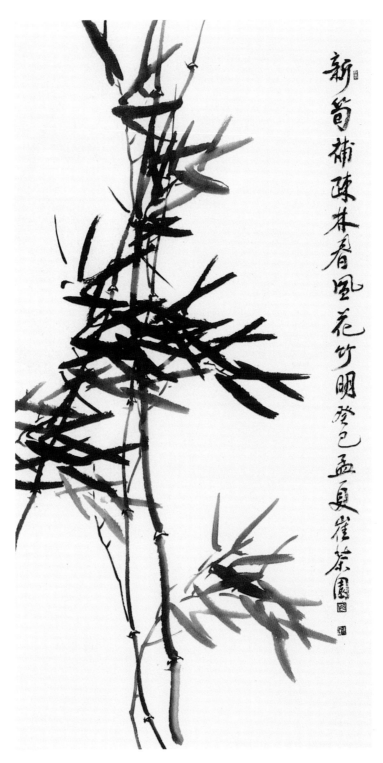

新筍補陳林春風花竹明癸巳孟夏崔茶園

風竹
70×140cm / 화선지에 먹

꿈
42×32cm / 화선지에 수묵담채

노을 속에서

불질러진 노을 속에서
익어 가는 가을을 마시며
타버린 사랑의 잔해를 수집한다

이별 인사

잘 있으라고 했다
그러겠다고 했다

그럴 수 있을까

명품

좋은 시를 쓰려면
三多를 해야 한다
끊임없는 독서와 풍부한 思考 쓰고 또 써야 한다
매사에 관찰하는 눈을 갖고
꾀꼬리처럼 어둠 속에서 퍼올린 고독
최고의 감성을 최상의 단어로 최고 적절하게 나열한 것
그것이 詩다
시인은 감미로운 목소리로 사람들을 위로해 준다
그러나 저절로 써지지는 않는다
열심히 찾으려 노력해야만
시심을 잉태하게 되고
태중에 품었다가
산고의 고통 속에서 출산을 하게 된다

톨스토이의 부활도 초고를 쓰고 열 번에 걸쳐 미정고를 했고
헤밍웨이도 사백 번을 고쳐 쓰고 "노인과 바다"가 나왔다
두보는 "시언(詩言)이 사람들을 놀라게 하지 않으면
죽어서도 詩 다듬는 일을 쉬지 않는다"고 일갈했다
글이 거칠고 다듬어지지 않은 것은 잡초가 가득한 밭과 같으니
훌륭한 작품을 창작하는 비법은 다른데 있는 것이 아니라
얼마만큼 퇴고에 열정을 쏟느냐에 달려 있다

수 없이 고쳐야 하는 것이
어디 글 뿐이랴
아기로 태어날 땐 오직 순수했었지만
성장하면서 아니 삶 속에서 많은 일들을 겪게 된다
사백 번을 넘고 천 번을 넘어 날마다 퇴고하는 심정으로
자꾸만 다듬고 고쳐야 하는 것이 인품이다
책을 읽고 사색하고 또 돌아 보고
자신과 만나고 늘 거울에 비춰 봐야 한다

지식 없는 인품은 유약하고
인품 없는 지식은 위험하다고 했다

인격을 가꾸고 인품을 높이고
학식을 두텁게 해야 한다
수도 없는 퇴고 해야 명작이 나오듯
많이 돌아볼수록 겸손한
명품 인품이 창조되지 않을까

마음의 색

온갖 색들이 모여 아름다운
이 세상만 색이 있는 것은 아닐 것이다
우리의 가슴속 마음에도 색이 있다면
누구를 가엾이 여기고 돕는 마음은
백지처럼 고운 하얀색 일 것이다
가슴에 측은지심과 행복을 바라는 마음들이
가득 담겨있기 때문이다

누구를 질투하고 시기하는 마음은
우울한 회색빛 일 것만 같다
마음 안에서 수도 없이 솟아오르는 번뇌가 가득 고여
회색빛 피가 온몸 곳곳에서
그를 채찍질하고 있을 것이기 때문이다

누군가를 미워하고 분노하는 마음은
검은빛 일 것이다
마음 안에서
미움의 가시들이 키를 키우고
이글거리는 눈빛은 핏발이 솟아 올라 충혈되어
다른 색들을 분별 할 수 있는 능력이 현저히
낙하되어 있기 때문이다

아마도 사람을 속이고 사기를 즐기는 사람의 마음은
경고등처럼 빨간색 일 것 같다
그의 마음은 늘 불안하고
더 많은 생각과 두뇌를 짜내
속여내야 하는 수 많은 계획들로
불규칙적인 맥박이 온몸을 순회하기 때문이다

모든 사람을 사랑하는 마음은
눈부신 보랏빛 일 것 만 같다
다른 이의 안녕과 행복을 기원해주고
마음은 따사로운 햇살처럼 늘 포근하고 안정되어 있으며
정이 가득 고여 있어 가식도 없고 티끌만한 거짓도 없어
주는 것과 베풂만 배웠기 때문이다

이 세상은 온통 보랏빛으로 채워져
거짓도 없고 미움도 시기도 없으며
남을 속여 이득을 취하는 악인들이
발붙일 수 없도록 맑고 깨끗한 햇살의 낙원이기를 기원해본다

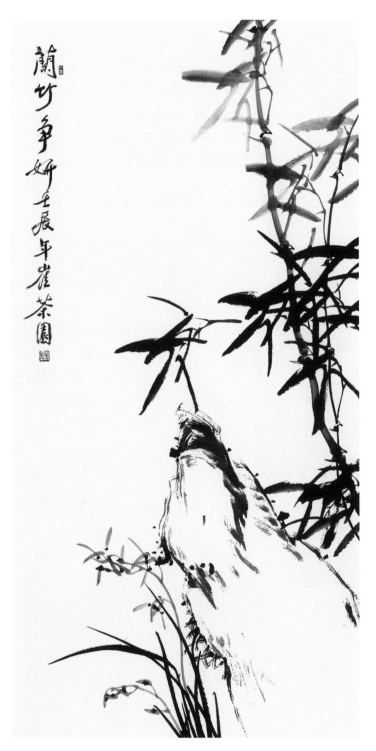

蘭竹爭妍
70×140cm / 화선지에 먹

산중왕자
70×205cm / 화선지에 수묵담채 / 2022

비우며 사는 거란다

신라호텔 주방에서 근무했었다는 셰프가
"라이차이"라는 차이니즈 레스토랑을
강의장 바로 앞에 차렸다
시 강의 후
시 속에 담겼던 마음과 가슴을 데리고
소나기가 두런두런 두런거리는 마당을 가로질러
머리와 옷을 툭툭 털며 식당으로 들어섰다

미소를 입술 가득 달고 아홉 명이 눈을 맞추며
누룽지탕과 탕수육과 자장면과
깐풍기 그리고 시 한 대접을 앞에두고 고량주도 땄다
한 잔 마시니 45퍼센트 알코올이 혈관을 차지하고
두 잔 마시니 눈동자의 초점을 가져가고
세 잔 마시니 혀끝을 데려갔다
넉 잔 마시니 앞사람이 살살 돌고
다섯 잔 마시니 테이블이 움직인다

그래 지구는 도는 거야
세상은 돌아야 하는 거야
시곗바늘도 돌고
자동차 바퀴도 돌고
술잔도 돈다
돌리자 다 돌려버리자
인생은 돌고 돌리는 것
돌자 돌다 제자리를 찾겠지

탁자 위에 빈병 네 개가
삶은 비우며 사는 거란다

대못

가난했던 아버지는
못 먹이고
못 입히고
못 가르친
못이 가슴에서 자란다고 눈시울이 촉촉했다

가슴에 박힌 못 그 못은
비수처럼 간간히 폐부를 찔러
선혈이 흐르는 상처를 냈을 것이다
상처엔 또 다른 대못(위암)이 자라는 줄도 모르고

아버지는
음식을 먹을 수도 없었고
먹은 음식을 소화하지도 못 해
못은 점점 몸집을 키워 식도를 막고 위를 막았다

가슴에 못이 자라
위장에 대못이 깊숙이 박혔는데
끝내 빼 드리지 못한 채
그냥 보내 드렸다

아버지는 나의 가슴에 대못을
박아 두고……

青竹
70×140cm / 화선지에 먹

가을

가을은 숙련된
수채화가
얼마나 많은 세월
연습했을까

한계를 체감하며

만화를 그리며 여남은 권의 저서를 펴낸
막내딸아이가 묻는다
엄마 !
한계라는 말을 어떻게 생각하세요?
너무 힘들다는 말이다
갈등이 심하다는 말이며
한계를 절감한다는 우회적인 말이다

딸아 내가 여태껏 해온 것과
남들이 하는 것을 보면
한계를 느낀다는 것은 노력이 힘들다는 말일 것이다
능력에는 한계가 없다고 생각한다
사람의 능력이란 다 쓰는 줄 알지만
자기가 가진 능력의 5퍼센트 밖에 쓰지 못한다고
이십오 퍼센트를 쓴 사람은 유일하게 아인슈타인이라고 하더라

능력이란 거의 무한정한 것을
에너지 고갈을 체감하며 노력이 힘드니까
이젠 한계라고 하는 노력의 한계를 체감하는 것 같다
만약 한계라는 게 있다면
예술의 발전과 과학과 의학과 모두가 한계가 있으리라
그러나 예전엔 상상할 수 없었던 발전이
눈앞에 현실이 되어버린 지금
한계란 있을 수 없는 게 아니냐고

그러나
사람의 생명은 유한하고
인생의 젊음은 한때이기에
자기능력의 유한을 체감하는 것 아닐까

우리가 추구하는 예술의 깊이에서 한계를 넘어
熟에 도달해야 하는데 숙은 목적이 아니란다
無에서 生에 이르고 생에서 숙에 이르며
숙에서 다시금 생에 이르러야 한단다
그러나 숙에서 생에 도달하기가 무척이나 어렵단다

각고의 노력으로 어느 선에 이르면
버리고 느끼고 깨닫고 그리고 깨야 한단다
그때가 바로 입신의 경지라 할 수 있고
熟가운데 生을 계속 추구 해야
변화를 체험하고 새로운 뜻이 생성되며
그 후 숙달된 形의 속박을 벗어날 수 있다고 한단다
熟다음으로 生 하면 마침내 초월의 기상이 있다고
들어가면 법칙을 쌓고 나오면 출중해진단다
그때야 비로소 예술의 경지에 도달할 수 있다고 본다

사랑하는 딸아
힘들고 고독하고 외롭지만
그곳까지 열심히 가 보자

風竹
70×140cm / 화선지에 먹

졸업 년도

새카만 후배가
남편과 같이
나의 화실에 들렀다
모카골드 커피 향내가
공간을 채우고
눈가가 촉촉하도록
돌아가고픈 여고 시절이
만연한 웃음 속에 필름을 풀 때
선배님!
몇 년도에 졸업하셨어요? 라는 질문에
올리고 싶던 졸업 연도

문제는 하나여

스승님을 모시고 송년 모임을 했다
동문수학한 동료 서화인들이 이마를 맞대고
서로 안부를 미소로 확인하며
생성하여 쌓인 그리움을 달랬다
이삼십 년의 세월이 우리 곁을 흘렀어도
함께 자리하면 그때 그 시절로 돌아가
지나간 모두는 추억의 따스한 눈빛으로 반짝인다
가만히 면면을 살피던 스승님은

내가 칠팔십 년을 살아보니
문제는 하나여
그건 겸손이라네

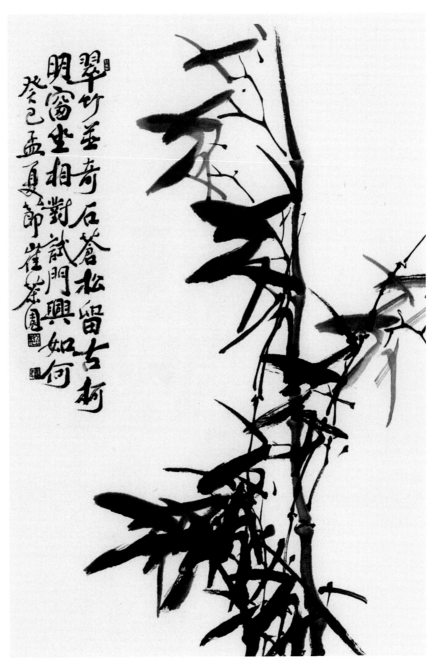

翠竹莖奇石蒼松留古柯
明窗坐相對試問興如何
癸巳孟夏節崔茶園

青竹
70×100cm
화선지에 먹

당신과 나는

운명일지 몰라
숙명일지도 몰라

그리움

분주한
틈새를 비집고
자꾸만 오버랩되는
당신의 영상

행진
70×45cm / 화선지에 수묵담채 / 2008

그대는

비 갠 창밖
가까이 하기엔 너무 먼
초저녁 샛별 하나가
아주 멀리서
그대처럼 반짝인다

사랑

창문을 열었다
비 갠 맑은 하늘엔
온통
당신의 영상

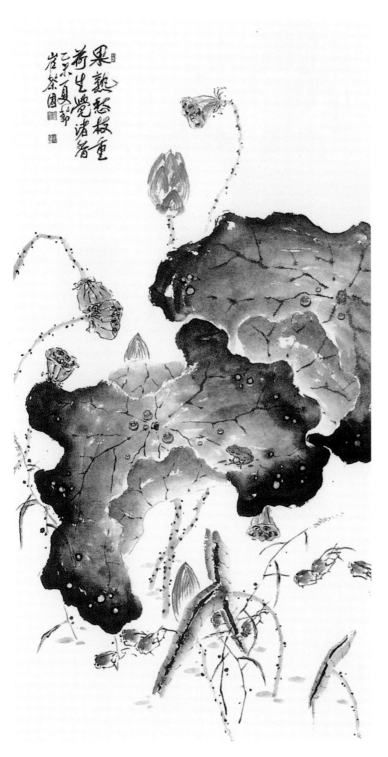

너는 횡재한거다

아빠는 딸에게
나 같은 녀석만 만나면
너는 횡재한 거다

엄마는 딸에게
너의 아빠 같은 사람 만나면
너도 내 꼴이 된다

엄마는 아들에게
나 같은 여자를
골라보렴

아빠는 아들에게
잘 골라야지
날 보렴

천국과 지옥

꿈을 꾸던 지난밤은 천국이고
고뇌하는 오늘은 지옥이다
하얀 화선지 반듯하게 누워
붓을 기다리는 나의 畫床

바람따라 가는 향기
74×137cm / 화선지에 수묵담채 / 2015

화중군자
70×70cm / 화선지에 수묵담채 / 2008

청소하는 날

오랫동안 더럽혀진 옷도
한 번의 세탁으로 깨끗해지고
진흙 속의 고무신도 말끔히 닦아진다
하루의 날을 잡아 집 안 밖을 청소하듯
오늘은 마음속 청소를 해야겠다
쓸어내고 닦아내고 비워내진 가슴 언저리
들국화 한 뿌리 가슴 가득 심어두고
서리 내린 늦가을처럼 향 내음으로 채우고 싶다

연의 유희
70×70cm / 화선지에 수묵담채

당신을 잊지 못하는 이유

우리가 만난 건
우연입니다

서로 사랑한 건
필연입니다

당신이 머물다간 가슴 가득
그리움이 서성입니다

아직도 잊지 못하는 건
숙명일 뿐입니다

오월의 시운농장

햇살이 웃는다
꽃들이 시끄럽게 웃었으며
풀잎들이 호호 깔깔 웃고
연못에 고기들이 빙그레 웃으며 물살을 가른다
흙덩이가 미소 지으며 꿈틀거리고
꿀벌들은 꽃 속에 처박혀 웃는다

새로 돋는 나뭇잎들은 나풀나풀 웃었으며
돌 틈을 기어 흐르는 도랑물들은 콧노래를 부르며 웃는다
새들이 목젖을 드러내고 웃고
백구는 실눈을 뜬 채 어슬렁거렸으며
웃다 지친 시운농장 안주인은 벙그린 입술로 분주하다

그래
웃자 자꾸 웃자
우리도 웃으며 주위를 배회해 본다
풀꽃들이 수줍은 미소로 앉아 있고
할미꽃도 웃다 허리가 굽었다

좋아서 웃고
즐거워서 웃고
예뻐서 웃고
허리를 제치며 활짝 웃자
삶의 중심을 웃으며 살아간다면
움츠렸던 세포들이 분열하기에 바쁠것이다
슬픈 일도 괴로운 일도 다
웃음 속엔 파묻히고
웃음 속에 웃을 일만 넘치고 또 넘칠 것이다

*시운농장/그림과 시를 나에게 공부하는 부부의 익산에 위치한 농장

그대는 나의 안에
68×70cm / 화선지에 수묵담채 / 2009

폐품

매일 서실에서 쏟아져 나오는
폐지를 나일론 끈으로 묶어
서화실 문 앞에 내 놓으면
부지런한 할머니 혹은 할아버지의 손에 이끌려
폐품 수집 장소로 향한다
자신의 의지와는 상관없이
한 점 그림으로 승화되지 못한 폐지
전생의 아픔을 딛고
내세의 재생으로
새롭게 태어 나기를 기원하며
오늘도 단단히 동여맨 한 다발의 폐지를 내놓았다
유난히 허리 굽은 할머니
앙상한 표피 속의 손마디에 잡혀
유모차를 개조한 손수레에 실린 채
하얀 목련이 흐드러진
벽돌 담장을 끼고 돈다
폐품이
폐지를 데려간다

오늘은 우리들 세상
70×200cm / 화선지에 수묵담채 / 2006

자, 놀자
70×200cm / 화선지에 수묵담채 / 2005

장마후 하늘

들고 다니던 업 덩이와
끌고 다니던 탐욕
눈앞을 어지럽히던
먹구름 떼들을
모두 쏟아 내려 놓고
환하게 웃고 있는
팔월의 푸른 하늘

어머니

어머니를 떠올리기엔
이토록 밤새워 봄비 내리는 날이 좋다
마음마저 촉촉이 젖어들어 저리도록 더욱 선명하다

어머니 모습을 그려보는 때는
저토록 어두움이 천지에 가득 할 때가 좋다
펼친 거대한 화폭 속으로 분명한 선이 보이기 때문이다

화실 가득하던 발걸음들 모두 돌아가고
고요만이 가득한 삼경에서야
나직이 들려오는 목소리
찔레꽃처럼 청초하고 향기로우신
어머니를 떠올리며

이제 나는 어머니 생전의 그 시절로 돌아가
한 다발 그리움으로 만든 카네이션을
떨리는 손끝으로 안겨드리며
그립습니다
어머니

생명

무심코 거실을 걷는데
발뒤꿈치를 물고 수박씨가 따라 왔다
조금 전 수박을 먹을 때 이탈하여
기회를 노렸을 것이다
생명을 보존하려고
자손을 번성하려고
삶을 지탱하기 위해
어딘가에서 움을 틔우려 기회를 엿 보았을 것이다
잘 여물어 까만 생명을 담아들고 설레이는 가슴으로 기다렸을 것이다
옥토에서 싹을 틔우고 가지를 뻗어
크고 튼실한 결실을 꿈꾸었을 것이다
더 많은 당분을 고이 간직하고 유혹의 손길을 내밀었을 것이다
움직일 수도 없고 바람 한 줌 없는 거실에서
수박씨의 선택은 오로지 나의 발뒤꿈치였을 것이다
옥토로 데려다 줄 교통 수단으로 사력을 다 해
습기를 간직하고 기회를 노려 물었을 것이다
그래
생이란 기다리는 것이다
만반의 준비를 하고
준비되면 기회는 오는 것이다
나의 손가락까지 당도한 너를
뜰에 데려가 묻어주리라
매실나무 가지 사이에서 참새가 이 광경을
온 동네에 생방송 중계했다

눈 좀 감아주렴

어제 저녁 방영된 드라마에서
젊은 남녀가
서로의 사랑을 확인한 후
포옹했다
서로를 끌어당겨 입술을 대려던
남자가
멈칫하고
여자를 보며
눈 좀 감아 했다

오늘 다이너스클럽 뷔페에서
총회를 마친 후
접시 가득 음식을 담아 왔다
빨갛게 허리 굽힌 새우 한 마리를 집어
머리를 떼어내려는 순간
두 눈을 동그랗게 뜨고 있다

눈 좀 감아 주렴

합창
70×135cm / 화선지에 수묵담채

사랑
67×67cm / 화선지에 수묵담채

나처럼

당신도 보고 싶습니까
당신도 커피 향 입에 물고 떠올립니까
당신도 문득 혹은 울컥 두 눈 가득 눈물 글썽입니까
당신도 목소리 환청으로 시달립니까
당신도 가끔은 하늘 가득 모습을 그립니까
당신도 온종일 전화를 기다리다
혹시 고장은 아닐까 확인합니까
지금은 뭘 할까 어디에 있을까 궁금합니까
당신도 내가 슬프도록 그립습니까

그림들이

돌돌 말아두었던
새 하얀 화선지
畫床에 펼치니
여러 형상들이 달려와
그려 달라고
꺼내 달라고
아우성치네

어머니

왔느냐는 말 한마디
건네지도 않고
반갑다는 미소도 보내시지 않는
어머니께
술 한 잔을 부어 올렸다
외로운 할미꽃 곁에
영산홍 한 포기를
정성을 다해 심어두고
몇 모금 냉수로 갈증을 달래주며
부디 고운 빛과
향기를 지닌 꽃을 피워
어머니 벗이 되어 주렴
간절히 부탁했다

오데 갔다 오노

하기 휴일에 형제들이
어머니를 모시고
을왕리 바닷가에 이르렀다
바닷물이 밀물 때인 것을 보며
지금은 물이 나갔네
아마 두 시쯤이나 돼야
들어올 거야 하며
밀물과 썰물을 화제에 올리던 중
어머니는 얘야
근데 물이 오데 갔다 오노
!!!

그대 마음
68×61cm / 화선지에 수묵담채 / 2010

금산의 보리암

모두에게 너그러워야 한다고
모든 이들에게 자비로워야 한다고
모두를 포용하는 용서와 관용은 이런 거라고
활짝 펼쳐진 넓은 남해가 해풍을 가득 안고
가슴을 향해 다가왔다

천 길 절벽에 발가락으로 기대선 보리암자는
파란 하늘을 이고 흘러가는 구름을 벗삼아
구성진 목탁소리로 여백을 채웠다
극락을 염원하며
삶이란 절벽이라고
관절의 저린 통증을 눈썹 끝으로 호소했다

향로 가득 담긴 많은 사연의 소원들이
하얀 연기로 피워 오를 때
상기된 얼굴로 두 손을 모아 굽혀든
노부부의 두 무릎은
잠시도 쉬지 않았다

곱게 단장한 암자를 가득 채운 향내가
힘겹게 들고 온 탐 진 치는 모두 놓고 가라고 했다
우물 가득 솟아오른 맑은 생수 한 모금이
버리고 싶은 것과 잊고 싶은 것들
모두 비워내고 가라고 했다

*탐(탐욕) 진(성냄) 치(어리석음)

영광 굴비

누구를 책망한 적도 없습니다
누구를 비방한 적도 없습니다
누구를 모함한 적도 없습니다
남의 것을 탐내지도 않았습니다
시기나 질투는 더욱 해 본 적이 없는데
무슨 죄를 지었다고
무슨 큰 잘못을 했다고
줄줄이 엮어 형틀에 매답니까

억울합니다
억울합니다
바다에도 길이 있음을 몰랐습니다
가지마라는 적신호를 무시하였습니다
하늘에 만 그물이 있는 줄 알고
바다는 그저 넓은 줄로만 알았습니다
혀를 빼물고 목청을 돋워 항변하다
눈도 감지 못하고
동그랗게 뜨고 있습니다
우리는……

연
60×67cm / 화선지에 수묵담채 / 2011

연
62×70cm / 화선지에 수묵담채 / 2012

첫 경험

뼛속은 경련이 일고 살 속이 부화뇌동한다
머리 속이 미세한 전기를 일으키며 모두가 빙빙 돈다
작은 중량감에도 몸과 다리가 후들거린다
짜르르 취한 느낌과 몽롱한 정신이지만
나의 시선을 던지는 곳마다 온통 작품 구도
모두 그리고 싶은 그림들
몸의 변화와 정신의 긴장
무한한 예술 세계를 느끼며
그래도 행복한 것은 나의 첫 경험이었다

*첫 초대전을 준비하며 미쳤던 날들

그냥이란

오랜만에 친구가 연락해왔다
그녀는 그냥 했다고 했지만

그냥이라는 말 속엔
보고싶다는 말과
그리웠다는 말과
사랑한다는 말이 들었을 게다

그냥이라는 말 속엔
잘 있냐는 말과
생각난다는 말과
언제 보자는 말이 들어 있을 게다

그냥이라는 말 속엔
추억을 떠올리고 있었다는 말과
그때의 언저리를 더듬고 있었다는 말과
안녕과 평안을 기원한다는
메시지가 들었을 게다

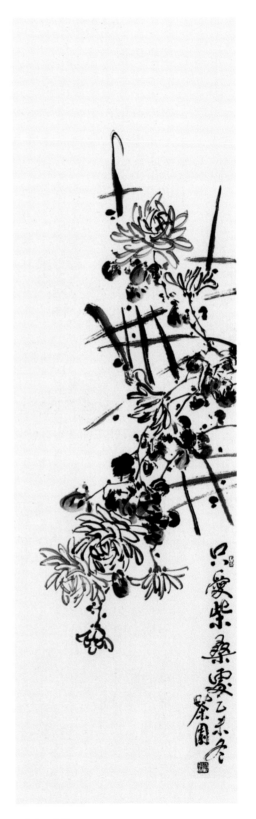

가을 정취
35×135cm / 화선지에 먹

장승포구

하얀 이를 드러내며 밀려온 파도에
밀고 밀리며 견뎌온 몽돌은
모난 부분 모두 잘라 곱게 갈아내고
사람은 그렇게 둥글어야 하는 거라나

철썩이는 파도 위에 작은 체중을 올려놓고
점점이 물 위에 앉은 갈매기의 재롱을
곁눈질로 따라가는 한가로운 사람들
노을 진 해변에 녹색 평화가 깃을 쳤다

하나둘 샛별들이 나 여기 하며 이슬처럼 영롱할 때
기다림은 이런 거라고
눈동자만 껌뻑이는 고독한 등대 위에
둥근 보름달이 다가와 환한 미소를 바른다

인산인해의 북적이던 항구
비릿한 갯내음이 기포처럼 분열하고
두 발을 묶어두고 휴식 중인 유람선 하얀 깃발 펄럭일 때
강태공의 낚싯대는 새벽으로 향하고
웅크린 섬들도 수평선에 드리운 포근한 어둠 속으로 사라졌다

바다도 잠들고 산천도 잠들고
등성이에 가부좌한 거제대학마저 깊이 잠든 삼경
선잠 깬 미풍 한 줌 긴 머리카락을 날려 볼 때
비늘을 파닥이는 장승포의 잔물결 파도 따라
연보라 달빛이 가늘게 흔들린다

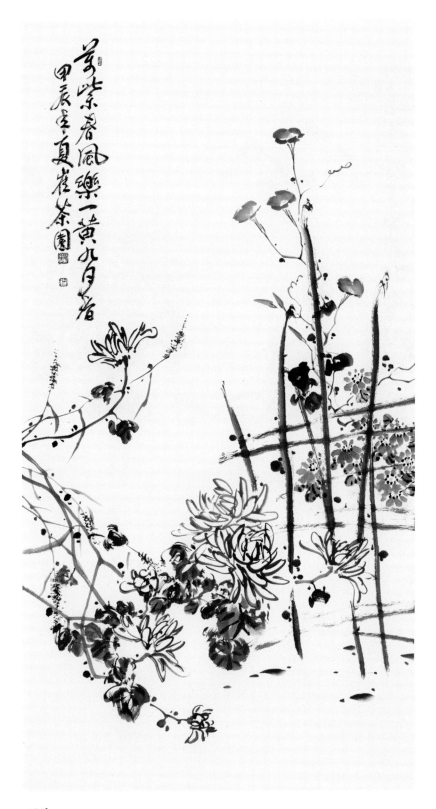

국화
70×137cm / 화선지에 수묵담채

국화
60×49cm / 화선지에 수묵담채

술

비를 내포한 구름이
머리 위를 선회하는 초저녁
땅거미가 내려와 주위를 감싸고
오색조명마저 흔들리는 주점에
막걸리와 해물파전을 둘러앉아
주거니 권커니
대화가 무르익어 갈 때
술잔의 숫자만큼
밀고 밀고 올라 오는 비밀들

들국화

울지 않으렵니다
슬퍼하지도 않으렵니다
비바람 견디며
외로움은 참아내렵니다
벌 나비 찾아주지 않아도
고결한 향기 하나 간직하고
온몸을 잡아 흔드는
작은 미풍에게 모두 내어주렵니다
화려함보다는 소박함이 좋아서
들국화로 피었습니다

황사

누가 기다린다고 바삐 왔나
누가 보고파 한다고 서둘러 왔을까
누가 반가워 한다고 일찍 왔을까
기다리지도 않고
보고파 하지도 않았으며
반가워하지 않아서
내려오지 못하고
서울 하늘만 빙빙 돌고 있는 황사야

시인

인사동 북촌에 시인들이 모였다
서로의 안부를 물은 뒤
시를 써서는 죽도 못 먹는데
그림은 어떠냐고 했다
시가 죽이 되고
그림이 밥이 되는 그 시절은 언제일까
아직도 그 사실을
모르는
시인이 있었다

그대 그리운 날에
56×137cm / 화선지에 수묵담채 / 2018

유영
57×41cm / 화선지에 수묵담채

착각

지하철의 문이 열리자
맨 앞에 서 있다 오른
나를
팔꿈치로 제친
이십대 후반으로 보이는 아가씨는
남겨진 좌석으로
한걸음에 달려가
엉덩이를 들이 민다
아가씨 눈에
내가 그리 젊게 보였나 보다

미련

잊을까
버릴까
그래도 자꾸 따라와서
차라리 그리워하기로 했더니
가부좌를 틀고
다
차지했다

혼

하등인간은 혀를 사랑하고
중등인간은 몸을 사랑하고
상등인간은 마음을 사랑한다

하등인간은 얼굴을 선호하고
중등인간은 몸을 선호하고
상등인간은 혼을 선호한다

사랑입니다

아름다운 말은 사랑입니다
미운 말도 사랑입니다
그리운 말이 사랑이라면
슬픈 말마저 사랑입니다
외로운 말은 사랑입니다
고독한 말마저도 사랑입니다
쓸쓸한 말도 사랑이라면
행복한 말은 사랑입니다
상큼한 말이 사랑이며
절실한 말도 사랑입니다
자꾸만 들어도 새로운 말도 사랑이며
질리지 않는 말도 사랑입니다
언제나 두근거리게 폐부 속으로 스미는
말 마저도 사랑이며
알파와 오메가로 영원한 것도 사랑입니다

나는 그저 당신이
죽도록 보고 싶을 뿐입니다

국화
50×70cm / 화선지에 수묵담채

가을 편지

숨이 차오르도록
그립다는 말은 하지 말자
그냥 가끔 떠올렸다고만 쓰자

너무나 보고 싶어서
눈물이 흐를 때가 있었다는 말은 말자
가끔 먼 하늘 바라보았다고만 쓰자

시간이 지날수록 더욱 선명한
지난날들이라는 말은 하지 말자
손에 든 커피잔이 가늘게 떨린다고만 쓰자

국화 옆에 서면
놓아두고 떠난 체취와 닮았다고는 말자
국화가 왠지 슬퍼 보인다고만 쓰자

가을 자락이 폐부 가득 스며들 때
고독하다고는 말자
왠지 쓸쓸하다고만 쓰자

파초
70×135cm / 화선지에 수묵담채

238

아름다운 외길

팔십 둘이라는 선배 여성서예가는
이젠 붓과 노는 게 힘들다고
회원들도 다 나이 들어 힘들다 한다고
서실에 와서 밥이나 먹고 농담이나 하고
서로 보고 웃고 하루를 보낸다고 했다
붓과 함께 산 생
붓과 함께 세운 삶
붓과 함께 마감할 인생
붓 한 자루 부여잡고 살아온 외길
붓에 의지해 온 일생
그 길은 아름다운 외길

행복한 그림

오래 전 중국에서 행복을 표현한 그림
공모전에서
장원으로 뽑힌 그림은

밤이 찾아든 고요한 초가에
함박눈이 소복소복 내리고
호롱불 방금 꺼진 듯 댓돌 위에
남녀의 고무신 두 켤레가 가지런히 놓였으며
주변 竹잎마저 멈춘 그림이었다

파초와 국화
70×135cm / 화선지에 수묵담채

우리들 수다

70×135cm / 화선지에 수묵담채

토란농사 중간보고

흔적 없는 족쇄에 스스로 묶어두고
비가 오나 바람이 부나 고향땅에 심어 두고 온 토란 넓은 잎들의 안부를 그리며
예산으로 향하는 지담선생께서 지난 해 수확한 알토란의 토실한 맛을 느껴보라며
토란을 작가들에게 한줌씩 나눠주셨다
밤처럼 토실한 맛을 느껴 보고도 싶었고
끓일 줄은 모르지만 구수하다는 국맛도 혀끝에 놓아 보고 싶었으나
가끔 자랑삼아 바람결에 흔들리는 토란잎들이 내는 화음이
죽림처럼 들을만하고 비라도 내리면 오케스트라의 더욱 아름다운 리듬이
안개 속에 밀려와 허전한 폐부를 채워준다고 했다
꼭꼭 싸 창고 선반에 놓아두었다가 일년초를 심었던 화실 앞 긴 화분에
흙을 고르고 약간의 계분을 희석해 옥토로 만든 다음
부디 움터주렴 너의 모습을 보고 그려보고 싶다는 간절한 마음을 함께 담아 흙 속에 묻었다
그러나 일주일이 지나고 열흘이 되어도 토란은 소식이 없었다
너무나 궁금하여 흙 속을 파보고 싶은 충동을 꾹꾹 눌러 참아낸 어느 날
창끝처럼 뾰족이 올라온 새싹을 만났다
안면 가득한 미소와 반가움의 괴성으로
공부에 열중하던 화실 회원들은 불러 모아지고
우리 모두는 토란의 안녕과 알찬 결실을 기원했다
떡잎 지나고 다음 잎 지금은 세 번째 잎을 펴 보인다
열다섯 포기들이 서로 더불어 어우러짐을 이루고 있다
마치 우리의 삶처럼……
오늘새벽 이슬방울들이 시이소를 즐기며
재롱을 피우는 모습은 신기하기까지 하고
들고나는 회원들에게 손처럼 흔들어 반겨주는 토란잎은
따스한 사랑 속에서 많은 결실을 준비할 것 만 같다

청대 서의 분석

書는 붓맛으로 써지지만,
붓은 또 손가락에 의해 움직이며,
손가락은 손목에 의해 움직이고,
손목은 팔꿈치에 의해 움직이며,
팔꿈치는 어깨에 의해 움직인다
어깨와 팔꿈치와 손목과 손가락은 모두 오른쪽 몸에 의해 움직인다
오른쪽 몸은 왼쪽 몸에 의해 움직인다
좌우의 몸은 상체로 움직이며,
상체는 하체에 의해 움직인다
하체라는 것은 두 발이다
두 발이 땅을 디디고
엄지발가락과 발꿈치는 아래로 뻗은 갈고리로 되어서
마치 나막신의 이발처럼 땅에 꽂혀있게 된다
이것을 하체의 實이라고 한다
하체의 實함은 뒤에 와서 상체의 虛을 움직여 준다
그러나 상체도 그것의 實한 것이 있다
즉 그의 왼쪽 몸이다
왼쪽 몸은 책상과 마주하여 아래의 두 발과 상속된다
三體의 實은 오른쪽 一體의 虛함을 움직이며,
그리하여 오른쪽 至虛한 것은 至實한 것으로 된다
그런 연후에 어깨로 팔꿈치를 움직이고,
팔꿈치로 손목을, 또 손가락을 움직여
모두 각기 至虛로 至實을 움직이게 된다
虛하다는 것은 그의 형태이며,
實하다는 것은 그의 정수이다
그의 정수라는 것은 三體의 實이 虛중에 응결된 것이며,
나아가서 虛한 것은 또 實한 것이라는 것이다

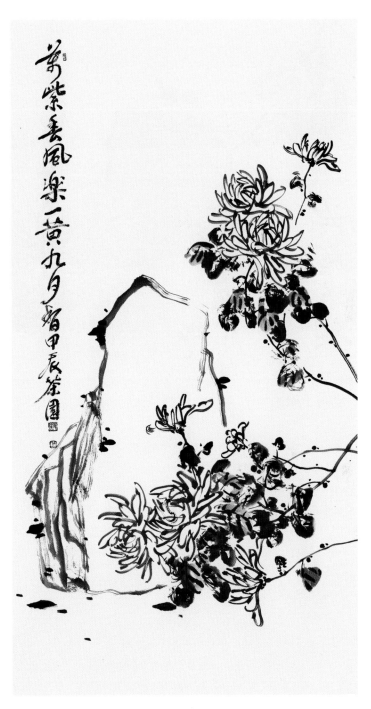

국화

70×137cm / 화선지에 수묵담채

향기에 끌려
60×45cm / 화선지에 수묵담채

더듬이

커피의 삼대 요소는
지옥처럼 뜨겁고
그믐밤처럼 어두우며
첫사랑처럼 달콤해야 한다고 했다

손에 쥔 붓 자루 잠시 놓아두고
커피 한 모금 입속을 채울 때
식도를 타고 흐르는 뜨거움이여
둘째 모금 입속을 차지할 때
혈관에 편승한 달콤함이여
세 번째 모금 잔을 비울 때
어느새 당신을 찾아 나선
나의 더듬이여

왜 몰랐을까

핀다 뒤에는 진다가 있고
시작 다음에는 끝이 있으며
사랑 후에는 이별이 오는 것을

삐졌나

며칠
정신없이 바빠서
베란다에 참새 먹이를 주지 못했다
날아든 여남은 마리가 콧노래를 부르며
콕콕 허기를 달래던 모습을
입가에 흐뭇한 미소를 달고 관조했었는데
어제밤 뿌려준 좁쌀이 그대로 있고
정적마저 깃들어 고요하다
아기 참새들은 다 어디로 갔을까

삐졌나?

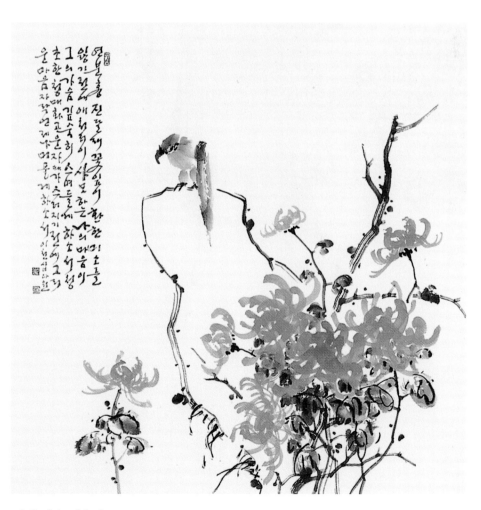

당신 가슴 깊숙이
68×70cm / 화선지에 수묵담채 / 2010

그리움
46×70cm / 화선지에 수묵담채

보름달

저물어간 하루를 눕히고
살며시 두 눈을 감아
잠을 청하지만
유난히 밝은 보름달이
눈썹 사이를 비집고 들어와
미처 그리다 놓아둔 매화 꽃잎에
색칠을 한다

만나야 낳는다

먹은 붓에 스며들면서
그 붓에 정신을 주고

붓은 먹을 사용하면서
그 먹에 정신을 준다

닥나무 껍질
푹 삶아 표백제에 화장하고
분쇄기에 잘게 부숴
딱풀과 혼합하여 떠올린 한지

백여 번의 손길을 거쳐
먹을 만나고
붓을 만나고
예술을 낳는다

*안동댐 안동시 주최 풍산한지 후원
 으로 가훈 써주기 다녀와서

青松
70×137cm / 화선지에 수묵담채

어머니와 나무

일요일 아침
주중에는 분주하여 돌아보지 못한 나무들을 보러 뜰에 나갔다
매실나무 앵두나무 그리고 영산홍나무들이 잎사귀를
축 늘어 뜨린 채 숨을 할딱이고 있었다
마치 지난달 돌아가신 어머니의 마지막 모습처럼

순간 가슴이 두근거리고 맥박이 빨라지고
눈시울이 젖어들어 떨리는 손길로
수도에 호스를 꽂으려 하는데
수도 꼭지에 조준이 잘 안되고 자꾸 빗나갔다
어서 인공호흡을 해야 한다

심장을 펌프질해 산소를 공급하고
들숨과 날숨을 불러와야 한다
떠나려는 혼을 붙잡아 두고
놓으려는 손을 잡아야 한다
콸콸 흘러드는 물을 흡수하고 나무들은 조금씩 생기를 찾아가는데
어머니는 그냥 떠나셨다
영영 가 버리셨다
그토록 살고 싶어하시던 생의 애착을 놓고
당신의 뼈인 사랑하는 아들과 손녀들을 뒤로 한 채……

나무들은 다시 싱싱하게 생기를 찾았는데
어머니는 가시고 말았다
어머니……

청송
90×200cm / 화선지에 수묵담채

바보처럼

동안은 어디 두고 흰 수염과 백발이 성성한 노 가수는
참으로 바보처럼 살았다고 절규한다
그러나 바보처럼 사는 삶은 너무 똑똑해
어느 곳에서든 두드러진 것 보다 바보는 한결 여유롭다
조금 손해 봤을 때나
또 양보했을 때 앞에 나서지 아니하고 참견하지 않는 삶
중용을 지키는 모습이 때론 바보처럼 보일 수도 있으나
바보란 얼마나 좋은 것인가
바보는 얼마나 편안한가
줄이자 말수도 줄이고 행동도 줄이고 때로는 져주자
바보처럼 지낸 오늘 하루는 평온하다

리필 된 오늘

후회되는 날은
때로 불친절했던 날과
때로 무표정했던 날과
때로 잘난척했던 날이다

만족스런 날은
만나는 모두에게 친절했던 날과
만나는 모두에게 미소로 답한 날과
만나는 이들에게 조금은 겸손했던 날이다

날마다 오는 날이지만
같은 시간 같은 날은 없다
날마다 다시 리필 된 날들
그날들이 모여 인생이 된다

雪松
138×170cm / 화선지에 수묵담채

시는 사랑입니다

시는 친구입니다
봇물처럼 슬픔이 밀려 올 때나 외로울 때면
따듯한 위로가 되고 다정한 친구가 돼 줍니다

시는 애인입니다
그의 품속은 늘 따듯하고 또한 포근하며
속삭임의 언어로 귓전을 맴돕니다

시는 고독입니다
시는 고독이 남긴 유산이고 고독의 해산이며
고통을 이겨낸 고독으로 인해 출생하기도 합니다

시는 낙엽입니다
인연의 끈을 놓고 떨어지는 낙엽을 보면 시가 떠오르고
낙엽은 시를 데려 오기도 합니다

시는 가을입니다
가을에 우는 시인을 보십시오 가을에 우울한 시인을 보십시오
가을 속으로 떠나는 시인을 보십시오

시는 미소입니다
시를 대하면 미소가 번지고 가끔은 끄덕이게 하며
시 속으로 끌려간 가슴은 충만합니다

시는 그리움입니다
시는 언제나 안타깝게 하고 또한 아쉽게 하며
보고 싶은 갈증으로 목마르게 합니다

시는 음악입니다
나의 마음을 풍선처럼 띄워놓고 아름다운 선율이
구름처럼 흐르게도 하며 별처럼 반짝이게 합니다

시는 슬픔입니다
나의 오관을 자극하고 혈관을 따라 순회하기도 하며
뼛속으로 스며 저리게 합니다

금강산 소견
140×200cm
화선지에 수묵담채

시는 영화입니다
시는 사랑의 필름을 간직하고
미움과 그리움을 싣고 이야기 속으로 데려갑니다

시는 사랑입니다
시는 미소 짓게 하고 그립게도 하며
후회하게도 하고 사색하게 하여 때론 울리기도 합니다

사랑한다는 것은
55×35cm / 화선지에 수묵담채

당신은

밤하늘 별들은 반짝이기 위해 하늘에 떠있고
강물은 흐르기 위해 모여들었으며
갈대는 흔들리기 위해 봄부터 새순을 키웁니다
음악은 스며들기 위해 공기를 가르고
나는 당신을 기다리기 위해 내일을 맞이하며
오늘도 가슴에 그리움 하나 키움을 아시나요
가을 햇살이 눈부시던 날 당신은 내게 도달했습니다
따사로운 미소와 온유한 눈빛으로 내게로 왔습니다
바리톤의 중후함과 세련된 매너로
산과 들과 강물마저 잘 익힌 노을처럼
양질의 당분을 고이 간직한 과일처럼 내게로 왔습니다
고요한 몸짓으로 유유히 유영하는 구름처럼
강을 건너온 바람결에 편승하여 슬며시 내게로 왔습니다
많은 것을 함축한 잘 짜여진 문장처럼
침묵할지라도 많은 것을 알 수 있는 과묵과
넉넉하고 후한 손길 위에 아름다운 마음을 가지고 왔습니다
당신은 사랑하기 위해 또한 사랑받기 위해 내게 도달했습니다

장맛비 내리는 밤

모두가 잠든 까만 밤
구성진 장맛비가 추적이며 어둠을 채운다
희미한 가로등의 눈썹 끝에 매달린 물방울들
부풀어 오른 비만한 무게를 지탱하지 못하고
그만 산산이 부셔진다

반쯤 열려진 창가에 서서
두 손을 모으듯 가만히 빌어본다

잉태한 교만과 이기심
질긴 탐욕을 꺼내 무게를 덜어내야 한다

순결한 마음과 비워낸 가슴 가득
꿈 하나만 간직하고픈
장맛비 내리는 밤

그대 가슴에 부는 바람
70×135cm / 화선지에 수묵담채

갈대 홀씨 하나

미세한 산소 자락에 운명을 맡기고
바람에 의지하여 떠나온
갈대 홀씨 하나
하필이면

나의 書床이라니

이곳은
싹 틔워 줄 흙도 없고
갈증을 덜어줄 한 모금 물도 없단다
여기엔 파란 하늘도 없으며
너를 살며시 흔들어 줄 바람도 없단다
때때로 날아와 줄 철새도 없고
가슴 가득 붉게 태워 줄 노을도 없단다

창밖에는
넓은 들도 있고 만학진 산도 있다
파도가 노래 불러주는 바닷가 늦은 어떠리
밤이면 무수한 별들이 속삭여 주고
때로는 둥근 달이 벗하여 줄 것이며
다정한 연인들의 아름다운 사랑을 엿보기도 할 것을

가거라!

오늘은 첫눈이 내리고
바람도 건물사이를 살며시 드나들며
아직 어둠이 오려면 시간이 남았단다
희망을 안고 꿈을 그리거라
나는
조심스레 너를 안아 창밖으로 보내주련다

舞松

140×205cm / 화선지에 수묵담채

솔소리 바람소리
70×135cm / 화선지에 수묵담채

상처

고맙다고 말하기는 쉽다
감사하다고 말하는 건 더욱 쉬운 말이다
사랑한다고 말하는 것도 어렵진 않다
그러나
서운하다고
맺힌 게 있다고
마음을 열어 상처를 보이는 일은
참으로 힘든 말이다
치사하기도 하고
좁은 소견을 들키는 듯도 해서
그냥 담아두어 볼까
한쪽으로 꼭꼭 싸서 치워 볼까
다스리고 다잡아도
서러움은 몸집을 키워가고
진물이 흐르는 상처는 쓰라리다

清松
137×70cm / 화선지에 수묵담채

생방송 중계

벽돌을 날라 와
열을 지어 포개고 또 포개어
화단을 만들었다
부직포를 깔고 흙과 계분을 희석하여
기름진 옥토를 만들어 놓은 다음
페튜니아를 심을까
카네이션을 심을까
고민을 하다
무공해 상추의 너른 잎에
잘 구워진 삼겹살로 입 안 가득 채워볼까
행복을 가불하며 상추를 심는데
어디선가 날아온 아기 참새 한 마리
전깃줄에 앉아
온 동네에 나의 모습을 생방송 중계한다

도봉산 파수꾼
205×136cm / 화선지에 수묵담채

도봉산 소나무

어떤 어려움에도 꿋꿋해 보았는가
머리 위를 선회하던 구름과 벗하고
다가오는 소슬바람을 두 팔로 안아 보았는가
새들이 이마를 간질이고 별들이 쏟아지는
여름날 외로움이 찾아와 심장으로 스미는
무수한 밤을 보내 보았는가
동녘을 발갛게 물들이며 떠오르는 태양빛에
벅찬 눈시울 적셔 보았는가 왁자하게 왔다가
썰물처럼 빠져나간 도봉산에 홀로 서서
이 모두 가슴에 안고 버티며 늘 푸르러 보았는가
이 모두는 나의 숙명이요 운명인 것을 감내하고
참으며 인내해야 하는 것인 것을 오늘도 높이 떠서
반짝이는 샛별 같은 꿈 하나에 닿고자 하는 것을

동상이몽

붉은 노을이 더욱 곱다는
단양 팔경을 돌아보고
도담삼봉 봉우리 가득 눈도장을 찍어둔 후
금강산도 식후경이라 식당으로 찾아들었다

눈부신 보랏빛 햇살이 슬며시 들어와 앉고
꼬리를 데리고 다가선 미풍자락마저 이마 위에 당도했다
상큼한 산소가 심장의 폐활량을 도와줄 때
빠가사리 연한 살점으로 위를 채우고
탁주 한 사발마저 혈관을 차지한 오후

옆자리에
하얀 화선지 반듯이 누워
누구를 기다리나

화선지 앞에 가지런히 두 무릎을 꿇고
겸손한 자세로 마음을 모았다
송향이 묻어나는 먹물을
만호 가득 적셔들어
정신 통일하여 일필휘지 하니
독수리의 날갯짓이요
구름 속 용트림이련가
비로소
숨을 쉬는 먹빛 속에
더욱 빛나는 지 필 묵이여

우레 같은 박수 속 차례로 붓을 잡고
주옥같은 문장과 모습을 드러낸 사군자는
동공을 키우고 숨을 죽이며
좌중을 한마음으로 묶어둘 즈음
슬며시 들어선 식당 아저씨

"끝나려면 멀었나요"

*서울서예가 협회 단양 세미나후기

261

青松手植雙龍文
辛巳茶園

소나무

소나무

가양동 영등포공고 운동장가에
소나무 한 그루 가쁜 숨을 몰아 쉬고 있다
맥박은 불규칙하고
혈관을 순회하던 혈액은 멈추었으며
심장은 더 이상 파닥이지 않는다
온몸은 황달끼가 완연하고
잎사귀들은 누렇게 말라간다
깜짝 놀란 담쟁이 넝쿨이 엉금엉금 기어오를 때
참새가 두런거리며 날아들고
까치도 허둥대며 날개를 타닥인다
담쟁이는 소나무를 꼬옥 껴안아 체온을 나누고
참새는 가지 끝에서 맥박을 재며
까치는 가만히 이마를 짚어 본다
선회하던 회색 구름이 흘린 몇 방울 눈물
촉촉해진 눈가를 손등으로 슬쩍 훔친다

소나무
70×200cm / 화선지에 수묵담채

青松
136×205cm / 화선지에 수묵담채

가훈

오늘 근린공원 가훈 써주기 행사장에
가장 많이 받아간 귀절은
"사랑이 꽃피는 우리집"이란 문구다
얼마나 아름다운 집인가
향기롭고 그윽하고 섬세하고 싱그럽고
그러나 그냥 피는 꽃이 어디 있으랴

태풍과 비바람 몰아치던 지난 여름을 건너 오고
해충의 침입을 용케 피하고
살을에는 모진 겨울을 인내하여 봄을 맞은 그들
꽃을 피우기 위해 최선을 다했던 것처럼
우리의 가정도 양보하고 인내하고
서로를 존중하는 가족 사이에서
사랑이 꽃으로 피어날 것이다

263

青松
200×70cm / 화선지에 수묵담채

가을과 시인

가을은 빗소리를 따라 나의 창을 노크하고
나의 가슴에 질긴 고독을 풀어놓았다
모두가 잠든 고요한 밤 뒤척이게 하고
떼 지어 날아든 철새를 데리고 가려한다
바람 따라 흔들리는 갈대를 남겨 놓고
고요하던 강물을 몸부림치게 했으며
뛰어내린 낙엽을 흩어 놓은 채
부치지도 못할 편지를 밤새워 쓰게 하고
초점 잃은 시선을 먼 산으로 가져간다
밤새워 우짖던 풀벌레의 목청을 잠기게 하며
기포처럼 생성한 쓸쓸함을 남긴 채 가려한다
가을은 울먹이는 허수아비를 뒤에 두고
가녀린 구절초의 미소를 홀로 남겨놓은 채
대롱을 타고 기어오르는 외로움을 마신다
추억을 엮어 멀리 떠날 채비를 하고
못다 한 사랑만 남기고 가려한다
미세한 모세혈관을 전율하게 하며
안타까운 그리움으로 가슴 저리게 하고
코발트 빛 하늘 가장자리를 붉게 물들인다
노을처럼 붉게 타고 있는 심장 속에서
실오라기처럼 남겨진 미련의 끝을 잡고
가을은 울먹이며 목 놓아 울고 싶은
시인을 낳고 있다

가을날에 생긴 일

무더웠던 여름이 모서리를 돌아가고
신선한 가을바람 창밖을 서성일 때
한 아름 국화 입술에
헤이즐넛 향기가 만연한
나의 작업실
안면 가득 미소를 머금은
모 잡지사 기자의 방문을 받았다
기자는

가장 어려웠던 일과
가장 쉬웠던 일은 무엇 무엇이냐고 물었다

가장 어려웠던 일은
마음을 비워내는 것이었고

가장 쉬운 일은
마음을 비우는 일이었다고 했다

안 아픈 데가 하나도 없네

시인의 심장은 너덜너덜하고
화가의 뇌실은 텅 비어 있으며
서예가의 어깨는 관절염이라더니
안 아픈 데가 하나도 없네

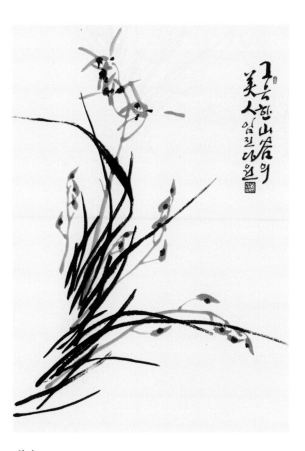

美人
50×70cm / 화선지에 먹

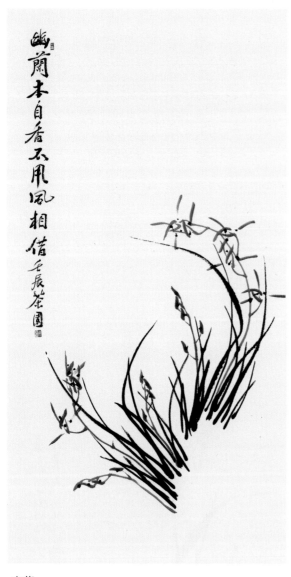

幽蘭
70×140cm / 화선지에 먹

인연

지그시 눈 감으면
아름다운 세상이구

살그머니 뜨면
에쁜 사람들이 가득하구

조금만 비벼 뜨면
소중한 인연들만 무수한 세상

소중하지 않은 인연이 어디 있으랴
아름답지 않은 것이 어디 있으랴
다 예쁘고
다 아름답고
다 소중한 것을

껍데기

다섯 명의 시인이 인사동
달 담은 항아리라는 카페에서
시원한 맥주와 마른 안주를 시켜놓고
시를 위하여를 소리 높여 외쳤다
서로의 시 작업과 일상들을
자연스레 화제로 올리며
유쾌하고 환한 웃음소리가 간간이
옆자리를 침범해 건너가기도 했다
어느덧 옮겨간 줄기세포 안주는
매우 질기고 무미건조했으며 갈증을 증가시켰다
천길 절벽을 작은 희망의 끄나풀로 기어오르며
염원처럼 믿어 보고 싶은 것은 한여름 밤의 꿈 같은 소망일까
이구동성으로 제발 껍데기는 가라고
꽉 깨문 어금니에 힘을 주지만
맥주 한 모금에 질긴 껍데기는
혀의 돌기를 맴돌며 공허로운 입속을 배회했다

美人
35×35cm / 화선지에 수묵담채

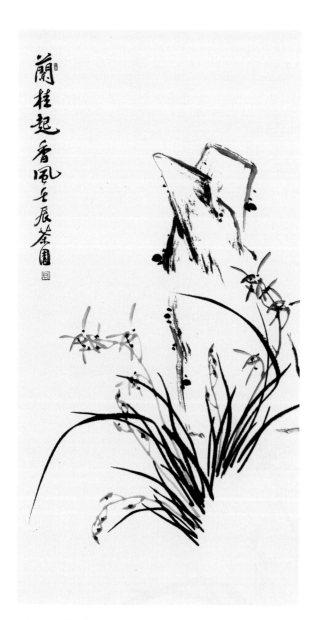

난의 향기
70×140cm / 화선지에 먹

너무 밉다

쑥은
여린 잎을 골라 쌀가루를 섞어
떡을 해먹어도 향긋하고
된장을 조금 풀고 심심하게 끓인 쑥국은
이른봄 깔깔한 입맛을 돋운다
또한 약재로 유용해
간질환과 출혈 황달 생리통에 좋으며
지혈 토혈 하혈에 필요하고
관절 부위에 뜸으로도 효과가 인정돼
많은 이들의 사랑을 받고있다
우리나라 들녘 어느 곳에서나 자생하는
생명력이 강한 쑥은 익초이지만
곱던 단풍이 한 잎 두 잎 낙엽으로 떨어지는
가을 끝자락을 붙잡고 찾아뵌
어머니 묘소에
뿌리를 뻗으며 무차별로 번식하는
파릇한 쑥이
오늘은
너무 밉다

나

서화인들의 무이도 세미나에
초청된 웃음치료 강사는 살며시 눈을 감고
조용히 말했다
나를 위로하고
나를 칭찬하고
나를 다독이라고
이 세상 가장 소중한 나
가장 사랑해야 할 나
가장 아끼고 보듬어야 할 나라며
두 손으로 얼굴부터 어루만져 주라고 했다

두 손을 가지런히 모아
머리부터 더듬더듬 나를 만진다
얼굴을 쓰다듬고 목덜미를 거쳐
가슴을 다독이고 두 팔을 두드리고
폐부를 어루만지고 복부를 지나
두 다리를 주무를 때

갑자기 눈시울이 촉촉해지고
울컥 심장이 전율했으며
나 자신이 소중하게 다가왔다
고맙고 감사하고
아주 예쁜
나를 발견하였다

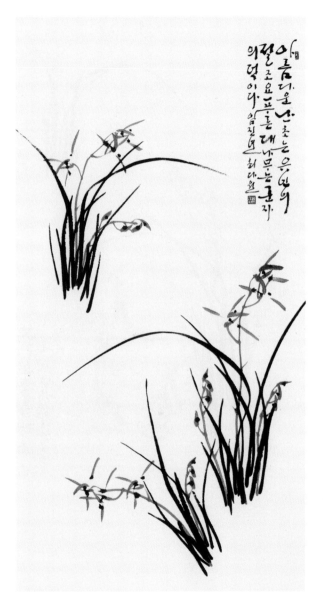

幽谷美人
70×140cm / 화선지에 먹

269

石蘭
70×140cm / 화선지에 먹

하루

긴 그림자 끌고 온
너덜너덜한 하루가 가려 한다
멈추지 않는 시간을 끌고
떼어내도 매달리는 잡념을 데리고
비운다고 비워야 한다고
모두 내려놔야 한다고
다짐하고 또 다짐했던 하루
어느덧 하루가 가려 한다

어젯밤

뜬 눈으로 새운 어젯밤
어린 시절 추억도 오고
낮에 그리다만 그림도 오고
쓰다만 시구도 오고
만나고 싶은 친구도 오고
이젠 기억에서 퇴색해 버린 사랑도 오고
지나간 어제도 오고
불투명한 내일도 오고
너무 많이 와 가득차서
뒤척이며 다독이는데
오라는 잠은 내내
창 밖에서 서성였다

김점선과 나

아끼고
조심하고
주춤거리고
그러면서 좋은 작품을 기대하는 것은
예술가가 아니라
협잡꾼이라고 했다

낮에도 그리고
밤에도 그리고
슬퍼도 그리고
아퍼도 괴로워도 그리고
자고 나서 또 그리고
자꾸만 그려야
그 속에서 건진다고
김점선은
무작정 그렸다고 했다

오기로 그리고
뱃장으로 그리고
미워서 그리고
배고파서 그리고
화가 나서 그리고
그냥 그리는 게 좋아서 그리고
살기 위해 그렸다고
그래서 그는 화단에 남았다

清香自遠
45×65cm / 화선지에 먹

갖고 싶은 친구여

친구여
이렇게 불러 보고픈 나의 친구여
지금은 어디서 무얼 하는가
엊그제 내린 눈이 높은 기온으로 녹아내리듯
얼어버린 우리들의 마음을 서로 교감하면서 녹아내리는 만남은 아름답구나

친구여
이토록 고요가 찾아든 나의 작업실에
묵향이 발효를 거듭할 때면
함께 따끈한 커피를 나누고픈 나의 그리운 친구여
영혼의 무게에 온 신경을 기울이고 자신을 낮춰 겸손할 줄 알며
남을 배려 할 줄 알고 역지사지의 마음으로
상대방을 헤아릴 수 있는 나의 친구여
자기가 만든 자신이 남길 뒷모습을 염려하며 준비하는

친구여
어느 곳에서나 해처럼 밝고 달처럼 그윽하며 별처럼 영롱하게 빛나는
나의 친구여 말은 그 사람의 내면이라
말의 품위가 있고 글의 품격이 있으며 행동의 격을 고루 갖춘 친구여
내가 외로울 때 위로해 주고 슬플 때 함께 해주며
혹은 쓸쓸할 때 달려와 줄 수 있는 친구여
침묵을 천금처럼 여겨 불필요한 말을 삼가고
꼭 필요한 웅변만을 할 줄 아는

친구여
우리 서로의 행복과 발전을 기원해 주고
한껏 박수 보낼 줄을 아는 나의친구
그런 친구를 정해년에는 꼭 갖고 싶다

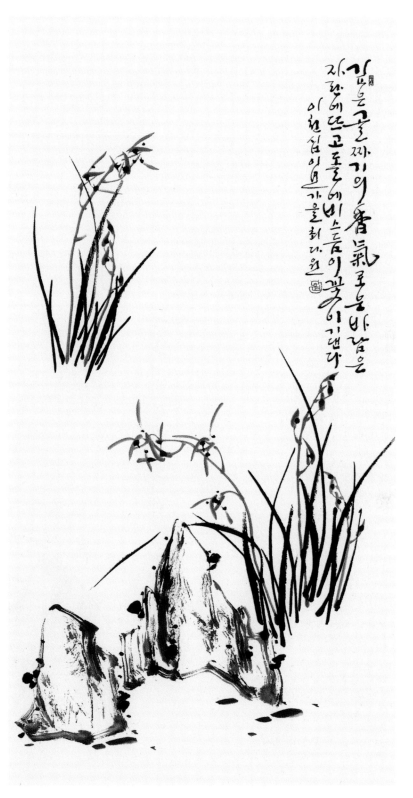

幽谷佳人
70×140cm / 화선지에 먹

오늘도

그대를 생각하면
금세 미소가 떠오릅니다
생각만 해도 좋고
함께 했던 날들을 잠시 추억해도 좋습니다
기다리는 시간마저 행복으로 점철되고
만나면 더욱 좋아서
향기 나는 차 한 잔을 사이에 두고
문학이며 인생이며 일상을 이야기해도 마냥 좋습니다
그대와의 이야기는 아무리 해도 끝이 없고
잘 마시지도 못하는 한 잔의 소주는 모든 혈관을 차지해
미로를 헤매게 하곤 합니다
입가에 머문 잔잔한 미소에 세포는 경직되고
그저 시간 가는 줄 모르는 수다만 줄을 섭니다
그대는 멀리 있어도 가까운 듯 느껴지고
곁에 머문 듯 포근해집니다
그대를 만나지 못 할 때는 그저
먼 하늘에 그려 두고
빙그레 미소 짓던 모습을 따라가도 좋습니다
바라만 보아도 좋은 사람
생각만 해도 좋은 사람
그대가 있어 오늘도 행복합니다
구수한 그리고 격이 있는 목소리는
언제나 귓가에 머물러 편안하고 좋습니다
오늘도
그대와 길을 나섭니다
그대 안에 그리고 내 안에 머문 우리는
어깨를 나란히 함께하는 동행입니다

幽香
70×140cm / 화선지에 먹

그대여
68×50cm / 화선지에 수묵담채

공존

기다림과 체념은 사촌 간이며
그리움과 미련은 이촌 간이고
미움과 사랑은 종이 한 장 차이였는데
화냄과 다정함은 한 곳에 공존하고 있었다

사랑

그대는 내게
너무 와서 탈

나는 그대에게
너무 가서 탈

봄날

봄은 남으로부터 상경을 서두르고
두꺼운 외투의 무게를 덜어냈다
잠에 취한 겨울을 흔들어 깨우고
먼길 떠날 채비의 신발끈을 조인다
골짜기에 남겨진 잔설의 눈물을 닦아주고
빈 들녘 허수아비의 외로움을 달랜다

봄은 배회하던 고독을 물고 갔으며
종달새의 아름다운 목청을 주문한다
모질던 바람의 칼자루를 놓게 했으며
참새들의 수다를 전기줄에 모았다
동면 중인 개구리의 발바닥을 간지르고
꽁꽁 얼었던 시냇물에 오페라를 주문한다

봄은 달래와 냉이의 신장을 잡아 올리고
단발머리 소녀의 바구니를 들로 보낸다
까까머리 총각들의 가슴을 열어 젖히고
수줍은 처녀들의 가슴으로 살며시 스며든다

봄은 지난가을 쓰다 만 연서를 마무리했으며
목련의 속눈썹을 치켜올리고
개나리의 눈동자에 별을 보냈다
사랑처럼 따사로운 햇살을 들고
오늘도 꿈을 키우는 저 들녘의 어머니 봄

幽香
70×140cm / 화선지에 먹

그윽한 향기
35×35cm / 화선지에 수묵담채

며느리

산새들의 싱그러운 노래 소리가
나뭇가지 사이를 넘나드는
개화산 체력단련장
칠십셋이라는 노인이
지인처럼 보이는 노인에게 말했다
요 며칠 왜 안 나왔어요
네!
며느리 집에 좀 다녀왔어요

냉장고도 못 열고
밥 달라고도 못하는데
며느리 집에는 왜 가요

인연의 끈을 놓은 낙엽만
스산한 바람 따라
이리저리 배회한다

사랑
부채 / 화선지에 수묵담채

미치고 싶은날

따사로운 햇살을 문
봄바람 창을 넘어오고
꽃들은 다투어 피고 지는데
작가는 외로워야하고
작가는 슬퍼야하고
작가는 고독해야한다나
절대 고독 속에서의 광기
그곳이 산실이라니
지금 충분히 고독하고
슬프도록 외롭다

니체는
머릿속에서 미친 듯이 춤추지 않는 것이
어찌 예술일 수 있느냐고 했다
이제 미치기만 하면
된다

결혼이란

여고시절
선생님 결혼 상대는 어떻게 고르나요
우리는 엉뚱한 질문을 해 놓고
우문에 대한 선생님의 현답을 기다렸다
잠시 침묵하던 선생님은
빙그레 미소를 달고

"오리를 함께 가거라
그 오리가 무료하지 않게 느껴지며
대화가 이어져 간다면
결혼해도 좋을 것이다"라고 했다

티비에서 개그맨에게
결혼하게 된 동기를 물었다
한 시간 전화 통화를 해도
오 분처럼 느껴지더라고
그러나 지금은
연애만 할 걸 그랬다나

기도
50×70cm / 화선지에 수묵담채 / 2008

인생의 길

인생에는 두 갈래 길이 있다고 한다
가기 위한 길과
걷기 위한 길
가기 위한 길은 목표와 꿈을 가지고 가는 길이요
걷기 위한 길이란 즐기며 가는 길이라고 했다
가기 위한 길을 가려면
절차탁마의 수련과 쉬지 않는 연습을 해야한다
연습이란 머리로 익히는 것과
몸으로 익히는 것이 있다
즐기며 익히며 두 길을 다 가 보고픈 새아침
까치 한 마리 목련 가지로 날아든다

사랑입니다
70×70cm / 화선지에 수묵담채 / 2008

인연

일 겁이란 사억 삼천만년이며
팔 천겁을 지나야 부부로 만나고
구천 겁을 지나야 형제로 맺어지며
천겁을 지나야 부모자식으로 맺어진다고
불교에서는 말한다
흔히
옷깃만 스쳐도 인연이라는 이야기는
이미 전생에 한 겁을 지나온 것이라 했다

오늘도 만나게 될 소중한 나의 인연들
가득 담겨진 오늘분의 친절과
궁휼한 마음과 애뜻한 마음을
남김없이 다 쓰자
그리고
내일은 밤새 새로이 고여진
사랑과 친절과 감사로
또 살자

자 놀자
70×45cm / 화선지에 수묵담채

그대의 나

나 그대의 가슴에 숨 쉬리라
해가지고 달이지고 별들도 진 어두운 밤에도
반짝이는 빛으로 그대의 가슴에 나 숨 쉬리라

나 그대의 추억이 되리라
먼 훗날 기억의 저편 깨알같이 쓰여진 일기장 속에서
언제나 미소를 머금은 그대의 추억이 되리라

나 그대의 사랑이 되리라
그대가 외롭거나 슬프거나 고독할 때 포근하게 감싸안아 줄
영원히 그대의 사랑이 되리라

나 그대의 희망이 되리라
그대는 내안에 나는 그대 안에 교감하며 일치된 마음으로
기쁨을 주고 또한 받으며 내일의 희망이 되리라

추억
70×70cm / 화선지에 수묵담채 / 2008

작가의 길을 가는 사랑하는 딸들에게 보내는 편지

사랑하는 보민아 병술 년이 저 너머로 가버렸구나
이제 이천육 년은 다시 오지 않을 것을 우리는 미리 알고 있었지
밤을 하얗게 새워 작업을 하며 고뇌 하고
먹과 화판과 씨름하며 내면의 갈등들을 이끌어내 풀어낸
사색의 결과를 아니 자연을 패러디 해보려 무진 애를 써보았던 병술 년
너는 뉴페이스에 당당히 선정 되었고
그 결과로 너는 갤러리에 초대전을 열었었다
많은 호평과 한발 나아갔다는 칭찬을 받았지
이 모두가 열심히 시간을 아끼며 살아온 결과 아니겠니

사랑하는 보현아 오랜 진통 끝에 탄생한 단행본이 아주 묵직하니 곱구나
그 속에 담긴 스토리와 그림들이 아주 예쁘고 정갈하여
만화 애호가와 후학들의 사랑을 많이 받을 것만 같구나
그래서 이제 정해년에는 너희들에게 엄마가 바라는 바를 말해주고 싶구나
그림도 열심히 해야 하고 더 많은 작업량과 더 많은 고뇌와 고통이 너희들을 기다리고 있을
정해 년 물러설 수 없는 무한 경쟁의 시대를 살아가는 우리는
장르와 소재와 재료를 초월한 획기적 작업을 구사해보아야 하리라 본다

누가 먼저 찾아내고 누가 먼저 실험하느냐는
우리의 영원한 숙제이며 최선을 다해
피가 끓은 정열로 밀어붙여 다가서야만 하리라
그래도 웃어른 알아보고 선배를 알아보며
깍듯한 인사성을 보여야 하리 그리고 무엇보다
덕을 잃지 않아야 할 줄로 생각한다
덕이라고 하는 것은 별게 아니고
남을 배려하고 남을 용서하고 남을 사랑하고
나보다 상대방을 먼저 생각하고 내가 손해 보는 삶
그것이 덕이 아닌가 하는 생각이 든다
훌륭한 작품과 덕을 겸비한 작가 그것이
우리가 남겨야할 모습이란다
사랑하는 나의 딸들에게 분주 할 것 같은 정해년에
꼭 주문하고 싶다

花中君子
70×50cm / 화선지에 수묵담채 / 2007

그리움

당신에게서 전화가 온다 해도
받지 않으리라
다짐해 보고
당신이 만나자 해도
시간이 없다고 말하리라
결심 해 보고
장미꽃이라도 들고 오면 어쩌지
걱정 해 보다가
작은 공간을 채우는
음악의 볼륨을 줄인다
자꾸만 시선을 잡아끄는 핸드폰을 집어
배터리는 충분한가 확인한다

설마

이 푸른 달빛을 먹으며
잠 못 드는 이
설마 나뿐이랴

나이가 들면

어린 시절엔 나이가 들면 그리움은 없는 줄 알았다
세월을 더해 가면서 사랑 따윈 가슴에 살지 않는 줄 알았다
서리를 머리에 이면 가슴 저린 가슴앓이는 없는 줄 알았다
문득 문득 울컥해 오는 보고픔은 존재하지 않을 줄 알았다

즐거움이 발효되던 날
70×50cm / 화선지에 수묵담채

둘이서
44×38cm / 화선지에 수묵담채

누구의 책임일까

서예는 소리 없는 소리요
형태가 없는 형체인 것이다
붓은 정이요 먹은 흥취라
언어는 심성이요 서는 심화이니
우리 선조들의 곧은 정신이 가득 베인
차원 높은 예술로 승화되여 왔었다

좋은 문장과 여가의 취미로
선비의 마음과 정신을 차지했던 서예술은
컴퓨터에 밀려
현대인의 정서 부재를 확산하고 있다
누구의 책임일까

꽃 중의 꽃

사랑의 장미가 있고
순결의 상징인 백합이 있으며
싱그러운 프리지아가 있고
가녀린 수선화도 있지만
꽃 중에 꽃은
활짝 웃는 웃음꽃이 아닐까

해탈

소망을 가지고 태어나
꿈을 키우며 성숙하다가
온 정열을 불태우곤
때를 알아 미련 없이
떠날 줄 아는 너는
해탈

혼자는 외로워 둘이랍니다
44×35cm / 화선지에 수묵담채

거룩한 이름

홍콩 컨벤션 바젤아트페어는
끝이 보이지 않는 인파와
그림을 사려는 브이아이피들로 인산인해였다
역시 세계적 미술 축제를 실감케 해
입구에 들어서니 가부좌를 틀고 앉은 그림들은
살며시 미소를 흘리고 내리깐 속눈썹 사이로 시선을 잡아끈다

각국의 풍경들과
저마다의 특색들이 화면을 채우고
각자 다른 개성과 취향이 담긴
피와 땀 노력으로 창조해낸 그림들이다
소재도 재료도 기법도 다른 각각의 모습들
창작이란 다르기란 걸 실감케 한다
한 땀 한 땀 붙이고 찢고 그리고 조각하고
뿌리고 긋고 작가들의 열망과 정성과 새로움이 고스란히 담겼다

얼마나 많은 날들을 고민하고 고뇌했을까
머리와 가슴과 손과 심장이 하나로 묶여야만 이루어지는 아트
일정기간 기본기를 익혀야 도달하는 저 창작의 세계는
지금도 도달하고픈 꿈을 그리며
얼마나 많은 아티스트들이 날밤을 새울까
평생을 바쳐야 한다
시간을 바치고 열정을 바치고
또 학문과 철학이 굳건히 서야 하는 오묘한 아트의 세계

아마도 저 곳은 신의 영역일 것이다

신의 계시 신의 내림 신의 정신 신의 경지가 아닐까
그 곳이 허락되려면 "태양에게 내 플러그를 꽂는 것"이라 했다
노력의 받침과 그리고 열망과 정열이 있어야 한다
저 그림들은 작가의 이름 하나 새겨들고
그 이름을 후대에 남길 것이다

사랑
57×124cm / 화선지에 수묵담채 / 2022

아니 그것도 신의 영역이다
작가는 그저 그릴뿐

누구 이름이 남겨질지 어떤 작품이 남겨질지 아무도 모른다
사후의 평가도 모른다
값이 얼마가 매겨질지도 모른다
다만 최선을 다해 영혼을 불태울 뿐
다 태우고 다 소진하고
빈껍데기로 껍데기로 살다가 떠나는 것이다
그것이 작가란 이름의 삶이다
그 안에서 의미와 재미와 보람과 행복이 창출된다

아
거룩한 이름은 작가다

그리워라
42×43cm / 화선지에 수묵담채

가을 속에서
30×30cm / 화선지에 수묵담채

늦가을 하늘

삿대도 아니 달고
돛대도 없는 달덩이
무사히 건네주고
빙그레
미소 짓던 새벽하늘
이젠
줄지어 선 철새들을
나르는
분주한 가을 하늘

경포대 가을밤

하늘에 달
호수에 달
바다에 달
술잔에 달
그대 눈동자의 달을 합쳐
다섯 개의 달이 뜬다는 경포대
네 개의 달이
이마를 마주하고 정담을 나누지만
그리움만 남기고 멀어져 간
그대 눈동자
별처럼 아득하다

은밀히 생긴일

사랑한다고
좋아한다고
기어오르고
안겨보는 파도를

또다시
밀어내던
낙산사 바위섬

외로움과
고독은 싫다며

모두가 잠든 고요한 밤에
은밀히 잉태한
조가비를 키우는 바위들

내 꿈꿔
70×50cm / 화선지에 수묵담채

하늘의 소관

연필을 잡고 초상화를 그리고
붓을 잡고 서예를 하고 그림을 그리고
펜을 잡고 시를 쓴다
모든 일상이 시는 아니지만
시적인 요소를 내포하고 있다

즉
일상은 시다
그러나 은유와 반전과 메시지
그리고 과장과 재미가 담겨야 한다
그 요소들을 찾으려
시인들은 항상 귀를 열고 눈을 열고 감각을 열어 둔다
그래도 잡히지 않으면
어딘가를 기웃거리기도 한다
시적인 요소를 찾아서

세상은 온통 그림의 소재다
자연은 모두 그림의 대상이다
그러나 어떤 것을 그리고 안 그리고는
작가의 취향이기도 하지만 표현능력이다
같은 나무 같은 소재라도
표현 능력에 따라 그림이 되기도 하고
버려지기도 한다
열심히 붓을 들고 간절히 원해야 한다
즉 노력하고 간절히 구해야
하늘은 그를
허락할 것이다

생일 날

채플린은
으뜸가는 작품은 바로
다음 작품이라고 했다

다음은 내일 아닌가
내일은 희망이고
내일은 바램이고
내일은 다가올 오늘이다

내일은 다음 작품이
가쁜 숨을 몰아쉬며 태어날
생일날이기에……

도약

50×50cm / 화선지에 수묵담채 / 2007

나처럼
70×45cm / 화선지에 수묵담채 / 2007

봐 주세요

한국화를 공부하는 딸아이가
광주 비엔날레를 올해도 가 보자고 했다
요즈음 너무 바빠 일정을 내기가 힘드니
올해는 좀 안 가면 안될까
요즈음 비엔날레가
학교에서의 단체 관람만 무성하대요
소설은 소설가가 읽어야 하며
시는 시인들이 읽는 것처럼
서예는 서예가들이 보거든요
미술은 미술인이 봐주어야지요

연습

소리 없이 대지를
촉촉이 적시며 가을비는 내리고
슬픈 눈빛처럼
졸고 있는 가로등 이마 위로
모여드는 물방울들
조용하기만 한
나의 작은 화실에서
쉴 새 없는 붓 한 자루
잠시 내려놓고
유리창을 미끄럼 타며
낮은 곳으로 흐르는 빗줄기처럼
나를 낮추는
연습을 하여본다

그리움

마을까지 내려왔던
산 그림자도 가 버리고
강물에 담가 놓았던
달마저 꺼내 갔다
바다와 함께 놀던
바람도 돌아가고
울려 퍼지던
종소리도
고향으로 떠나갔는데
나의 가슴에 그리움만
모닥불을 피운다

노을

활활 타는
노을 속에서
불질러놓고 떠나간
당신을 생각했다

가을 유산
70×70cm / 화선지에 수묵담채

미련
60×50cm / 화선지에 수묵담채 / 2008

영원한 미로

제자는 스님에게
죽은 뒤 어떻게 되느냐고 물었다
내가 그걸 어떻게 아느냐고 스님은 반문한다
스님은 깨달음을 얻으셨지 않으냐고 항변한다
하지만 아직 죽지 않았잖아……

현재 사는 것을 보면 과거를 알 수 있고
현재 行하는 것을 보면 미래를 알 수 있다고 했다

죽은 뒤의 행로가 영원한 미로일까

진통

머리가 아프고
허리가 끊어질 것만 같다
배가 뒤틀리고
시야마저 흐려진다
관절은 저려오고
모공이 서늘하다
아마도 詩를 낳으려나 보다

시인의 뇌

시인 환자가
손상된 뇌를 교체하기 위해 가격을 알아보고 있었다
대학교수의 뇌는 10만 달러이며
엔지니어의 뇌는 20만 달러이고
고급관료의 뇌는 100만 달러입니다
놀라는 시인 환자에게 의사는
죽을 때까지 써본 적이 없는 고급 관료의 뇌는
신품에 가깝습니다

사랑

세익스피어는
사랑은
마음이나 머리보다
눈으로부터
태어나 길러진다고 했다
나의 눈에 씌워진
콩깍지
벗겨지지 않도록 조심해야지

결실
150×45cm / 화선지에 수묵담채 / 2009

땅끝마을을 돌아보고

눈앞을 어지럽히던 황사가
희뿌연 꼬리를 감추고
상큼한 산소가 기포를 발산하는 해남으로
버스 속 가득 만연한 즐거움을 밀고 간다
침묵하는 산들이 녹색의 실눈을 뜨고
만발한 벚꽃이 은은한 향기를 보내올 때
보랏빛 아침 햇살이 먼저와 미소 짓는다
마음을 열고 가슴을 열고 입술을 열어젖힌 한낮
노란 미소를 흩날리는 유채가 가는 허리를 흔들며 벌들을 유혹할 때
파란 잉크 빛 하늘엔 제트기가 하얀 라인을 그려놓고
뭉게뭉게 피어오른 흰 구름떼가 슬며시 뒤척인다

천리를 달려와 당도한 해남의 땅 끝 마을엔
비릿한 갯냄새가 연기처럼 피어나고
잔잔한 평화가 고요한 호흡을 한다
분주한 철새들이 새 노래로 우리를 반기 울 때
넓은 남해 바다를 포위한 부표들마저 잠시 멈추었다
출렁이는 바다를 데리고 온 해풍 한 줌 여민 옷깃 사이로 스며들고
꼬리를 흔들며 재롱떠는 모터보트가
풍선처럼 부푼 마음을 가득 싣고 맴돈다
정박 중인 여객선이 잠시 조는 사이
물비늘을 파닥이는 잔물결에 무릎을 담근
크고 작은 섬들이 사무친 외로움을 호소하고
모노레일 가쁜 숨이 턱 밑을 간질인다
둔탁한 가이드 목청이 키를 키울 때
펼쳐지는 남해 위로 쏟아지는 가시광선 햇살이 눈부시다

갈증을 달래는 처음처럼 한 모금은 수정처럼 투명하고
따라나선 생선회 한 토막이 유연한 혀끝에 묻어
슬며시 위를 향한 외길을 물 때
이십 프로 알코올은 혈관을 점령하고
안면 가득 유쾌한 담소가 식탁을 넘나든다
삼삼오오 둘러앉은 이야기가 만개한 꽃을 피워들고
食後景 명언이 다시금 새겨진다

울어야 시인이다

시인의 가슴에 옹기종기 모여 산다
기쁨이 살고
슬픔이 살며
고독이 살고
외로움도 살며
그리움이 함게 산다
그들과 호흡하며
간간이 먹이를 주고 옷을 입혀 동행한다

기쁨이 울고
슬픔이 울고
외로움이 울고
고독이 울면
시인도 따라 운다

울자 울어야 한다
눈물은 양심이고 깨끗한 정화수이며
영혼을 씻는 세척제이니
오늘도 울고
내일도 울자
울다 보면 웃을 날 있겠지

가을날의 오후
35×137cm / 화선지에 수묵담채

시운농장

외로움이 날을 세운
익산의 한적한 시운농장
일과를 마친 하루가
산과 하늘과 집마저 안고 어둠에 담겼다

밤은 별을 닦아 길을 내며
고요한 달빛을 나르고
굴뚝을 빠져나온 연기 그리움처럼 키를 키울 때
계곡물도 외롭다고 중얼거렸다

시린 서러움이 성숙한 수세미 곁으로 흘러 다니고
등불 같은 감들도 외로워 고개를 떨어뜨렸다
풀벌레도 외로워 밤새워 울고
이슬마저 소리 없이 눈물을 흘렸다
슬며시 옷깃을 스쳐가는 실바람 사이
가로등도 외로워 넌지시 날벌레를 부른다

적막이 차지한 이 밤
밤은 더욱 어둠에 담기고

이따금 개똥벌레 유영하는 뜨락에
토종닭도 산을 안고 깊은 잠에 빠졌다

일억 오천만 킬로를 숨 가쁘게 달려온 은하수 아래
잠 못든 코스모스가 허리를 뒤틀고
하루살이 마지막 군무가 아쉬움을 나른다
그립다는 말인가
외롭다는 말일까
은행나무가 열매를 던져 지구를 똑똑 노크하고
연못 속에 물고기들이 낙엽을 물고 갔다

그래
이 세상 외롭지 않은 것이 어디 있으랴
고독하지 않은 사람이 누가 있으랴
고독은 성장으로 가는 지름길
참고 견디고 안으며 세포가 분열하는 시운농장에
만연한 고독은 내일을 성숙으로 이끄는 등뼈인 것을……

홍시
58×46cm / 화선지에 수묵담채

눈물

슬픔이 깊어지면
눈물이 나는 줄은 알면서도

기쁠 때마저
눈물이 나는 줄은 몰랐습니다

감동이 밀려오면
눈물이 나는 줄도 몰랐지만

즐거움이 넘치면
눈물이 나는 줄은 더욱 몰랐습니다

미움이 사무칠 때
눈물이 나는 줄은 더 더욱 몰랐으며

그리움이 차고도 넘칠 때
눈물이 나는 줄은 이제야 알았습니다

좋은 말씀

길상사에서 법회를 마친 법정스님이
작은 바위에 앉아 잠시 쉴 때
뒤를 바짝 따라 나온 남자는
스님에게 책을 내밀며 좋은 말씀을 써 달라고 했다
펜을 받아든 스님은
"나는 누구인가"라고 써 주니
좋은 말씀도 더 써 달라고 했다
다시 받아든 스님은
잠시 망설이다가
"좋은 말씀"이라고 썼다
……

가을날
43×41cm / 화선지에 수묵담채

그리움

혼자 일 때만 찾아오고
눈 감으면 나타나고
잊으려 하는데 떠오른다

사랑

보고 싶다는것과
자꾸 떠올라 그립다는 것과
그리움으로 기다린다는 것은
오늘을 견디는 나의
버팀목

첫눈을 기다리며

회색빛 구름은
파란 하늘을 덮고
바람마저 한가로운 마지막 잎새 위로
첫눈이라도 내려줄 것만 같다
눈을 기다리는 마음은 비슷할지도 모른다
눈이올 때 즐거운 사람은 사랑을 하는 사람이고
눈이올 때 슬픈 사람은 사랑을 잃어버린 사람이다
눈이올 때 고독한 사람은 그리움이 가득한 사람이고
눈이올 때 외로운 사람은 추억을 그리는 사람이다
추억이란 외롭게도 하고 슬프게도 하며
추억은 입가에 미소를 올려놓기도 하지만
때로는 눈시울을 적시게도 한다
전깃줄에 도열한 참새들처럼
아련한 추억들이 수다스런 오후
피가로의 결혼 서곡은 삶의 여백을 채우고
모카 향 그윽한 커피 한 모금 미각을 자극할 때
나는 창가에서 첫 눈을 기다린다

겨울이야기
60×180cm / 화선지에 수묵담채

신륵사

깊어 가는 가을은 속눈썹을 치켜 뜨고
남한강의 고운 눈동자는 비늘을 털어 낸다
하품을 거듭하던 보트를 물고 간 갈대는
파도가 일렁이는 강가에 묶어두었다
인연의 끈을 놓고 엎드린 낙엽을
키 큰 바람 한줄기는 어디로 데려 갈까
오 백년 은행나무의 끈적한 미련과
속옷마저 벗어놓은 까치의 아파트엔
냉기 맴도는 고독이 남아 펄럭였다
주인 잃은 팔각정 퇴색한 단청 아래
신발 끈을 매는 계절의 냉기가 가쁜 숨을 몰아쉰다
강 건너 모래사장은 떨어진 별가루를 고르며
지난 여름 남겨진 추억의 부스러기를 바삐 채집할 때
눈부신 햇살은 시린 나의 두 눈을 감겨놓고
농익은 가을자락을 가슴속으로 밀어 넣었다
나옹선사 사리탑이 이끼를 벗고
허심의 메아리가 모두 차지한 산등성
관절을 접는 석등의 불꺼진 창가에 솔바람이 잠시 머문다
문화재 명판 위에 흘려놓은 낙서의 손
얻은 것은 무엇이며 잃은 것은 무엇일까
매달린 풍경이 제 가슴 두드릴 때
경내를 배회하는 구성진 독경소리가 목청을 높이지만
들고 온 貪 瞋 痴 버릴 곳은 어디일까

*貪(탐욕) 瞋(성냄) 痴(어리석음)

새치

아들아이가
왔다
아들이 현관을 들어서면
발끝부터 머리까지
한번에 스캔한 다음
찬찬히 세세히 관찰하게 된다
얼굴색은?
건강은?
살피며 올라가다가
유전일까
머리가 희끗희끗 새치가 보인다
내 머리에 새치가 생길때는
자연현상이라 가볍게 여겼는데
아들아이 머리의 새치
가슴이 싸하며 저려온다

결실
70×70cm / 화선지에 수묵담채

결실
62×50cm / 화선지에 수묵담채 / 2012

기도

허공에 던져두었던
그렁그렁한 두 눈을 끌어 당겨
입속으로 자꾸 되뇌이며
간절히 기원한다
잊게 하소서
제발
잊을 수 있게 하소서

요양원

구십오 세이시며
허리도 굽고 치매끼가 있으신
친정 어머니를 오랫동안 모셔오다가
요양원에 모신지 한 열흘
어머니를 찾아 뵈온 자리에
어머니는 앙상한 손으로 끌어 꼬옥 잡으며
"애야 나 느그 집에 가면 안 되겠냐"에
측은하고 미안하고 마음이 저려
그 자리에 돌이 되었었다며
간신히 입술을 달싹이던 모회원은
손등으로 쓰윽 촉촉한 눈가를 훔쳤다

나의 벗

나의 가장 가까운 벗은 나이며
나의 가장 먼 벗도 나라고 했다
나의 가장 좋은 벗도 나이며
나의 가장 나쁜 벗도 나라고 했다
나를 구할 사람도 나이며
나를 타락시킬 사람도 나라고 했다
오늘은 나를 만나 속 깊은 이야기를 나누어야겠다

친구들과
56×45cm / 화선지에 수묵담채

너와 나의 이야기
35×35cm / 화선지에 수묵담채

그날을 기약하며

어느 화가는
60년도에는 손으로 그림을 그렸고
70년도에는 머리로 그림을 그렸으며
80년도에는 가슴으로 그림을 그리려 애썼고
90년도에는 이 세 가지를 추슬러 함께
그림을 그릴 수 있는 안목이 생겼다고 했다

언제쯤일까
이 세 가지의 너울마저 훨훨 벗어 던질 날
그 날을 기약하며
나의 붓과 먹의 유희는
새벽으로 향했다

이별 그 후

보고 싶다가 미워졌다가
많이 생각나다가
환영처럼 떠 오른다
순간 가슴이 뭉쿨하고
다시 철렁하더니
가늘게 심장이 저려온다
세포가 전율하며 일어서고
허공에 던져둔 시선의 초점을 잃었다
목소리가 다시 들려 오고
세상은 온통 남겨 두고 간
당신의 미소다

가을 기도

저 강물처럼 포용하게 하소서
전부를 안고 모두를 감추며
많은 것을 수용하여 포용하게 하소서

저 강물처럼 겸손하게 하소서
낮은 곳으로만 따라흐름을 보며
낮아짐을 배우고 익혀 겸손하게 하소서

저 강물처럼 유연하게 하소서
빈곳을 먼저 채워두고
온유한 마음과 언어마저 유연하게 하소서

저 강물처럼 순결하게 하소서
수초를 키우고 물고기들 산란을 도우며
새 생명을 잉태시키듯 순결하게 하소서

저 강물처럼 침묵하게 하소서
소용돌이치며 흐르는 소란스런 계곡과 개울물보다
모두를 품어 안고 고요히 침묵하게 하소서

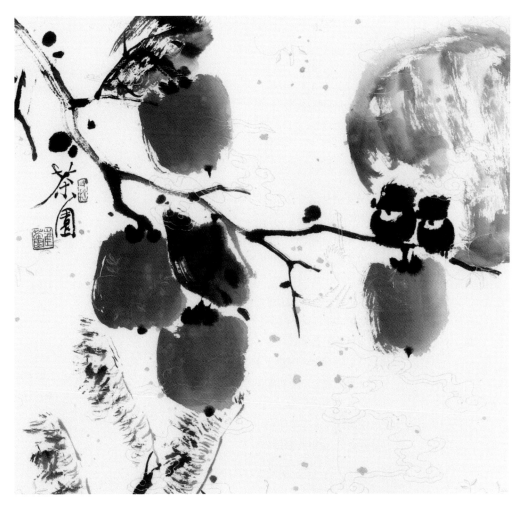

결실
40×35cm / 화선지에 수묵담채

가을 노래
50×50cm / 화선지에 수묵담채

열매

사주 관상 궁합을 잘 봐준다는
삐뚤삐뚤 마음대로 쓰인 글씨가
바람에 펄럭이는 인사동 사거리
가설극장처럼 둘러쳐진 비좁은 비닐 천막이
동그마니 서 있다
연인인듯한 두 사람이
손바닥만한 나무의자에
엉덩이를 붙이고
내일의 행복과 희망을 꿈꾼다
손금과 얼굴 생년월일을 오가며
둘만의 행운을 찾는 백발의 노인
반짝이는 눈동자사이로
주름진 입술이 분주하다

행운이란
쌓아놓은 덕의 열매라던데

가을밤은

친구야
어제밤 구암공원에 갔는데
들어주는 사람 없어도
풀벌레는 밤을 노래했고
가을 바람이 잎사귀를
살며시 흔들었으며
수다스럽던 참새들마저
침묵을 지켰지
때늦은 장미가 미소를 접었으며
가로등 눈동자가 어둠을 밀어낼 때
떠오르던 달덩이가
소나무 가지에 걸려
오도가도 못하기에
내가 꺼내 주며
나의 소망도 들어 줘야해 하고
소망을 빌었지
좋은 작품 탐나는 작품
세기에 남을 그림
국보로 남겨질 그림을
그리고 싶다고 했더니
욕심이 과하다며 마음을 비우라 하더군

그리움의 두레박
70×170cm / 화선지에 수묵담채

합장하듯

손자국과 물감의 흔적들과 몇 마디 낙서가 남겨진 나의 화실
벽면을 사포로 문지르고 긁어내고 털어 낸 다음
하얀 수성 페인트에 시너를 조금 희석하여 롤러를 이용해 칠을 하였다
서상의 담요를 걷어내 세탁하였으며 폐지와 폐품들을 묶어 내놓았다
새해 새날을 위하여 마음도 몸도 환경마저도 새로운 각오로 임하리 다짐하느라
고속도로를 메우며 많이들 떠나는 해맞이를 가지 못했다
만약 동해의 출렁이는 바다 틈새를 비집고 떠오르는 태양 앞에 서서 호흡을 가다듬는다면
강한 에너지의 가시광선 한 줄기를 입안 가득 채워 식도로 넘기며
나는 두 손을 합장하듯 모으고 기원하고 싶었다
나의 오랜 숙원인 숙제를 풀어 주소서
그림을 알게 하시고 시를 알려주소서
안개 속처럼 희미한 자연의 오묘함을 허락하시어
좀더 다가가서 사색할 수 있게 하소서
하늘을 보게 하시고 구름을 이해하게 하시며
풀 한 포기와 꽃 한 송이와 귀뚜라미의 숨겨진 언어를 들을 수 있는 귀와 가슴을 허락하소서
道를 추구하게 하소서 도가 내포한 진실을 이해하게 하시고
도를 화두로 삼아 조금이라도 근접할 수 있도록 도와주소서
덕을 알려주소서 덕이 가진 여러 얼굴들을 보여주시고
작은 가슴으로도 실천할 수 있는 여유를 허락하여서
유법의 껍질을 벗고 무법의 세계에서 서성일 수 있는 앎을 주시고
진정한 진실을 깨닫게 하여주소서

梅花莫嫌小花小風味
長作見竹外影時聞月
下香一百秋崔荼園

매화

70×137cm / 화선지에 수묵담채

石梅

70×137cm / 화선지에 수묵담채

봄의 전령
70×137cm / 화선지에 수묵담채

섬진강 매화마을

다섯 잎 보호 아래
고른 속눈썹 속으로
해맑은 눈동자와 교감하는 너와 나
홍매화 고운 자태에
흔들리는 취기를 느낄 때
무심한 섬진강은 파란 하늘만 응시하고
한 송이 매화꽃을 피우기 위해
하얀 낮달이 슬피 울었다

한강물은

봄바람은 모래를 동반하고
미세먼지와 황사와
쓰레기들을 몰고 다닌다
꽃잎은 낙엽이 되여 꽃비가 되고
세상을 어수선하게 하지만
한강물은 겸손히 그저 고요히 흐른다
아무 말도 하지 않고
무엇도 보지 않는다는 듯
아무것도 듣지 않은 듯
산 그림자 하나 담아 들고 그저 솔바람을 나른다

아는 척하지 말고
잘난 척하지 말고
그저 침묵하라는 것
나서지 말고
묻는 말과 꼭 필요한 말한 해야 하는 거라고
다짐하고 각오하라고
겸손한 마음 겸손한 자세는 언제나
바람직한 모습인 거라고
한강물은 몸소 실행하며 흐른다

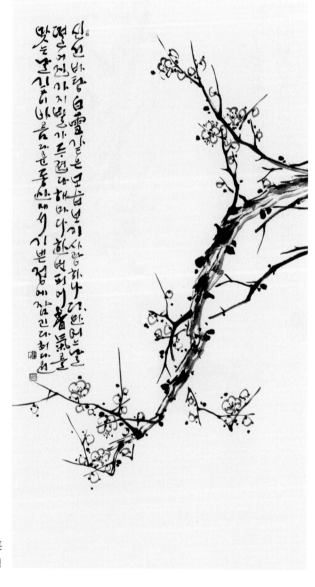

墨梅
70×137cm / 화선지에 먹

그저 열심히

종일토록
회원 전 체본을 했다
다 마치고 한 시간쯤 조각 시간이 남아
책을 뒤적여 오늘분의 독서를 하며 생각했다

읽을 것도 많고
그릴 것도 많고
생각할 것도 많은 세상
아름다운 눈으로 보면 모두 아름답고
고운 눈으로 보면 다 고운 세상
각자 다양한 삶과
다양한 방향이 있다
나름대로 자기길을 가는 사람들은
자신의 희망과 꿈과 소망을 밀고 간다
열심히 가다보면 도달하는
삶의 클라이맥스
열심히 그리고 꾸준히 밀고 가는 사람의
클라이맥스는 죽는 날이다
그날까지 밀 수 있는 힘을 길러 가야 한다
무엇이 기다릴지
어떤 것을 만날지 아무도 모른다

최선으로 밀고 열심히 나아갈 뿐

墨梅
70×137cm / 화선지에 먹

회원전

전시장에 회원들 작품들이 그득먹하다
다 애쓰고 힘쓴 일년의 농사다
자기 작품 앞에서 미소로 포즈를 취하며 기념 촬영을 하는 회원들이 귀엽다
아무리 작품이 많아도 자기 작품에 비할까
뿌듯한 마음 가득 풍요를 담아들고
내년엔 좀더 앞으로 나아가야지 새로이 다짐할 것이다
소재도 중요하고 기법도 중요하지만
발전된 운필 세련된 선질
최고의 획질이야말로
작품을 평가하는 척도이기 때문이다

일년을 세분화해 보면 변화하기에 충분한 시간이며
창조하기에 부족하지 않은 적절한 시간이다
좋은 작품을 많이 보고 많이 그려보고
사색을 통해 내재된 자신을 만나야 한다
극심한 고독 속에서 내려가고 또 내려가
내면 깊숙이 침투하여 자신과 마주하여 성찰해야 한다
자신을 자주 그리고 진심으로 만나야 하는 사람은
오로지 자신 뿐이기 때문이다

꽃잎에게 사과했다

우리집 뜨락에
진달래꽃들이 활짝 피었다
꽃가지를 손가락으로 살며시 잡아 들여다 보며
두고 온 고향으로 떠나가 본다
온 산이 분홍빛으로 물들고
어린 시절 진달래꽃잎으로
주린 배의 허기를 채우던 시절이 먼저 다가왔다
한 아름 따다가 화전을 부쳐 볼까 생각하는데
진달래꽃들은 어느새 눈치채고 파르르 떨고 있어
꽃잎에게 "미안해"하고 사과했다

그리움

창문을 닫아도
달빛은 새어들고

마음을 닫아도
사랑은 찾아온다

두 눈을 감아도
그려지는 당신 모습

그리움은 쌓여
산을 이룬다

紅梅
70×137cm / 화선지에 수묵담채

香氣
70×137cm / 화선지에 수묵담채

반역이다

어제는
이천 시립월전미술관
산수화전을 다녀왔다
가을은 너무나 익어 나뭇잎은 다 떨어지고
바람은 할일이 없다는 듯 입술을 꼭 다물고 고요했으며
호수에 담긴 물이 하늘을 안고
물비늘을 파닥였다
하늘은 파랗고 소슬바람이
나지막한 휘파람을 어디로 보낼까 망설이다
떨어진 낙엽을 이리저리 굴린다
무성하던 풀들이 다 누렇고
가지만 남은 앙상한 가지에 매달린 열매들의
눈동자가 발갛게 충혈되었다
가부좌를 틀고 벽 가득 걸린
그림이 보내온 텔레파시가 폐부 가득 긴 여운을 남긴다
새로움이라는 화두 아래 영혼을 부여잡고
개인마다 심혈을 다 해 창작한 붓질들이
오른쪽 뇌실 가득 채워져 두근거렸다
간절히 사모하고 매달리고
절규했을 영혼의 붓 맛들이 숨 쉰다
세상은 두 종류다
예술을 추구하며 작업하는 예술가와
그를 보고 즐기는 감상자들이 있다
우린 예술가다
세상을 맑게 그리고 밝게 정화해야 할 의무와
책무가 있다
영과 혼을 불태워야 보답할 수 있는 세상의 요구에
다 태우고 다 불살라도 남는 영혼이 있다면
그는 반역이다

선물

크리스마스라고
며늘아이와 아들아이가 우리 내외의 패딩을 사왔다
"어머니 아버지 입어보세요"

너무 감동해 입이 안 다물어지고
눈시울마저 시큰했다
고맙고
감사하고
미안한 마음이 가슴 가득 생성했다

오늘 강의 가는 길에
새 옷을 입었다
피부를 감싼 패딩의 온기는
거위의 깃털로 이루어져 매우 포근하고 따듯하여
감촉마저 보드랍지만
왠지 아들과 며느리의
기특한 마음이 전달되어와
더욱 포근하고 아늑했다

괜히 쓰다듬고 거울 앞에 서서 옆도 보고 뒤도 보고
만연한 미소를 달고 한껏 폼을 잡아 보다가
누구에겐가 자꾸 말하고도 싶어졌다

강의 다녀온 후
몇 개의 패딩이 옷장에 걸려 있어
앞뒤를 확 밀어붙이고 옷걸이에 정성스럽게 패딩을 걸었다
아들과 며느리를 대하듯……

暗香
70×137cm / 화선지에 수묵담채

이십년만의 동창회

우정의 대화가 발효되며
반짝이는 눈동자가 불꽃을 준비하고
긴 꼬리 사랑이 지느러미를 파닥일 것만 같다
아지랑이가 데려온 봄이 키를 키우며
그리움이 밀려와 입술을 적실 때
밝은 햇살 가시광선에 오색 빛깔을 칠해 뒀다고 했다
가지 끝에 보름달마저 탐스러울 거라며
별들의 눈동자가 더욱 반짝일지도 모른다고 했다
이십여 년 스쳐간 세월은 집안에 감금하고
어린 시절 추억만 한아름 들고 오라 했다
삶의 자락들은 훌훌 벗어놓고
타임머신 승차권만 꼭 가져오라 했다

紅梅
70×137cm / 화선지에 수묵담채

322

사랑은 바람처럼

바람처럼 왔다가 가는 것이 사랑이라 말하지 말자
사랑이 갈 때는 그리움만 남긴다고 말하지 말자
외로움과 고독은 사랑이 남긴 유산이라고 말하지 말자
천국과 지옥을 오갈 때
연속되는 갈등의 언저리를 사랑이라 말하지 말자
아무도 없는 호숫가에 나가
큰소리로 불러보는 그 이름 사랑이라 말하지 말자
다시는 생각 말자고 다짐하는걸 사랑이라 말하지 말자
사무친 그리움에 소름이 돋고
전율하는 가슴에 냉수를 부어대는 상황을
사랑이라 말하지 말자
촛불처럼 타올라 재만 남기고 가버린 당신을
사랑이라 말하지 말자
나의 시선이 머무는 곳마다 먼저와 미소짓는 그리움을
사랑이라 말하지 말자
추억이 서린 곳에 시선마저 내주지 않음을
사랑이라 말하지 말자
갈대밭에 서서 흔들리는 갈대를 당신을 닮았다며
원망하는 좁은 소견을 사랑이라 말하지 말자
아직도 전화벨이 울릴 때마다 가슴 졸임을
사랑이라 말하지 말자
당신 가슴에서 내가 잊혀짐이 두려운 것이 아니라
나의 가슴에서 당신이 잊힐까 봐
두렵다

香氣
29×137cm / 화선지에 수묵담채

사랑은 어디에 있을까

아티스트 백남준 씨는 부자유한 몸을 의지한 휠체어에서
기자와 인터뷰 중
지금 꼭하고 싶은 일이 무엇이냐고 물었을 때
주저 없이 연애라고 했다
세계적 예술인도 부자유한 육신에 머문 것도 사랑이다
사랑은 누구에게나 간절함이요
해결해야 할 숙제요
영원한 그리움이다
그것도 다 태워버리고 재만 남길지라도 지지분한 모닥불보다는
활활 타오르는 정열적인 사랑
붉은 피가 선혈처럼 흐를지라도 면도날처럼 예리한 사랑
피할 수도 부정할 수도 없는 운명 같은 사랑
가슴 속에 숨겨 두고 음미 할 보석 같은 영원한 사랑
무릎 꿇어도 좋을 그런 숭고한 사랑들
그러나 사랑은 불꽃이라서
얼마 후면 재만 남기고 사라진다
사랑의 유효기간은 너무나 짧기에
사랑을 잊지 못해 오래 고통스러워하는 모습마저
아름다워 보이는 것도 진실이 담겨 있을 때만 가능하다
진실한 사랑
아름다운 사랑
영원한 사랑
뼈 속에 묻어 둘 고귀한 가슴 저린 뭉클한 사랑
어디에 있을까

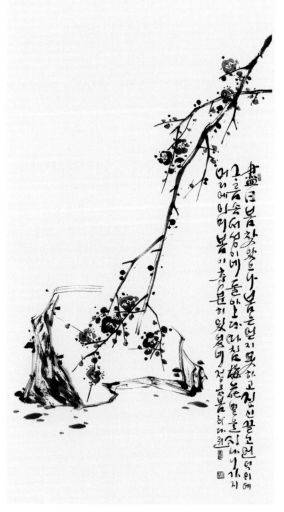

青梅
70×137cm / 화선지에 수묵담채

高士美人
68×70cm / 화선지에 수묵담채

허락하소서

두 눈이 있으므로 아름다움 보게 하시고
코가 있으므로 향기로움 스며들게 하시며
귀가 있으므로 고요한 음률 듣게 하소서
입이 있으므로 위로의 말 할 수 있게 하시며
손이 있으므로 나눔의 손길 되게 하시고
가슴이 있으므로 따스한 마음 품게 하여주소서
내일이 있으므로 희망을 같게 하시고
노력하므로 꿈을 꾸어 이루게 하시며
비워냄으로 채워지게 하시고
언제나 어디서나 역지사지의 마음
헤아림의 넓은 가슴을 허락하소서

우리는 모두 미쳤으니까

정예작가 총회를 위해
서울과 강릉 부산과 전주에서 그리고 김해와 울산에서
파도가 밀려와 부서지는 동해바다를 안고
강릉 바닷가 멍게회집에 서화가들이 머리를 맞대고 있다
서로의 인적사항이 식탁을 숨 가쁘게 넘나들다가
현재 서예계 흐름이 날개를 파닥이고
근황이 용트림 하며 내일의 전망이
도다리의 저며진 살점 사이로 슬그머니 숨어들다가
김빠진 소주의 알코올이 혈관을 점령하고 하품할 즈음
서법과 운필이 목청을 가다듬어 열변을 토하다가
공모전 출품의 해프닝이 혀 끝에 매달려 곡예를 하다가
영어와 컴퓨터에 밀린 서예술의 미래를 점치다가
가장 무서운 포도청 목구멍을 염려하다가
죄 없는 술잔만 움켜 쥐고 부서져라 학대할 즈음
어느덧 어두움이 밀려와 감추어진 바다는 파도 소리만 철썩이고
하늘에선 축복일까 환영일까 위로일까 함박눈이 펄펄
마주한 눈동자에 슬그머니 동병상련 결속들이 몸집을 키우다가
암울한 서예술의 미로뿐인 내일이 앞을 막아서지만
그래도 써야 하고
그래도 그릴 꺼라나
왜냐하면

우리는 모두 미쳤으니까

나의 벗들
70×140cm / 화선지에 수묵담채 / 2002

풀벌레와 편지
140×70cm / 화선지에 수묵담채 / 2005

파리들……

동창회를 위해
정겨운 얼굴들이
전국 각지에서 문경으로 모여들었다
분주한 손놀림의 식당 아주머니들
눈코 뜰 새 없이 바쁜 틈을 이용해
파리떼들이
가지런한 보쌈 위로 사뿐히 날아들 때
깜짝 놀란 D친구는
휘휘 팔을 저어
파리들을 쫓으며

아주머니
애들 목욕시켰지유

전화야

회색빛 구름이 하늘을 덮고
눈이라도 내려 줄 것 만 같은 오후의 창가
잔뜩 웅크린 전화로 옮겨간 시선만
창 밖과 전화기 사이를 숨 가쁘게 오고 간다
혹시 고장 일지도 몰라
발신음을 확인하곤 제자리에 내려놓은 수화기를
물끄러미 바라보다 모카골드 커피 한 잔으로 입속을 채운다
고요하기만 한 정적을 흔들던 전화벨
가슴 가득 채워주는 기쁨을 가지고 오던 전화
사랑을 내포한 채 우렁차게 불러주던 전화
온갖 희망과 소망과 꿈을 싣고 울어주던
너는 어느새 그리움의 끝을 알려주려 하는구나
지금은
간절한 그리움이 되어버린 너는
애틋한 마음을 삼켜 버리고
가져간 마음 돌려주지 않는구나
모두를 가슴에 묻어둔 채
허전한 마음자락을 이끌고 창가로 데려간 너는
원망과 도리질과 미련과 허탈을 움켜쥐고
묵묵히 침묵하는 너만을 쏘아 보다가
나는 창가에서 기다리는 첫 눈처럼
우렁차게 울어줄 전화를 기다린다
전화야

나의 벗
46×70cm / 화선지에 수묵담채

328

노을 속의 행진
40×32cm / 화선지에 수묵담채 / 2011

시인들

지금도 밤하늘 올려다보며 별 하나에 눈동자를 맞추겠지
지금도 꺾여버린 철지난 갈대를 한없이 바라보며 마음을 담아 보겠지
무심코 허공을 가로지른 철새를 따라가 자취를 훔치겠지
나처럼 밝은 달빛이 창문으로 스며들면 잠 못 들고 뒤척이겠지
가끔은 눈시울 속 퇴색한 추억 한 올 집어 올리며 먼 하늘 바라보겠지
소리 죽인 봄비 가닥을 헤아리며 가슴에도 비를 내려 보겠지
지금도 세포들을 일깨워 가늘게 전율해줄 시어를 찾아 헤메이며
미처 잉태 못 한 시 한 편 낳고 싶어 끙끙 앓겠지

우리들의 합창
부채 / 화선지에 수묵담채

무소유

무소유란 아무것도 갖지 않는 것이 아니다
불필요한 것을 버리고
최소한의 것만 소유한 것을 말한다

비움이란 소망을 갖지 않은 것이 아니다
끝도 없는 욕망을 잘라 버리고
희망을 안고 꿈만 이루고자 함을 말한다

잊는다는 것은 가슴 가득한 당신을 빼내는 것이 아니다
그리움 하나만 남겨두고
기다림의 고통에서 벗어나고자 함이다

차렷
35×20cm / 화선지에 수묵담채

참새들

오늘은 일요일
미명의 새벽이면
나의 뜨락에 참새들이 날아와
매화나무 가지사이에서
웃고 이야기하고 수다스런 참새들
나무 아래 작은 화분을 놓아 두고
좁쌀 한 주먹으로 허기를 달래주는데
오늘은 고요하고 조용하다
요즈음 우리나라가 너무 어수선하고
안정되질 않아
간절히 기도하러
다 교회갔나 보다

작가정신

서양화가였던 장욱진은
사람의 몸이란 이 세상에서 다 쓰고 가야한다
나는 내 몸과 마음을 죽을 때까지 그림을 그려
다 써버릴 작정이다
난 절대로 몸에 좋다는 일은 안 한다
평생 자기 몸을 돌보다 가는 사람은
아무 일도 못한다고 했다

죽으면 구름처럼 산화될 육신보다
남기고 갈 영혼의 흔적이
평생의 화두였던 작가정신

능소화 피던 날
68×20cm / 화선지에 수묵담채

아침고요식물원

서서히 익어 박하향 내음 물씬한 가을향기가
모락모락 피어나는 아침고요식물원
늘 푸른 소나무가 빼어난 곡선미를 한껏 자랑하고
고개 숙인 구절초 청초한 눈썹 사이마다 미소가 싱그럽다
바알간 열매들이 주렁주렁 매달렸고
서리 맞은 국화잎이 쓴 미소를 흩날릴 때
독야청청 잣나무가 겨울 채비 서두른다
슬머시 다가온 소슬바람 한 줄기 여기저기 기웃거리고
헛간의 농기구들 지루한 일상에 시름겨워 한숨 질 때
옹기종기 모여 앉은 장독들이 투명한 햇살을 담으며
초가의 뒷마루에 모락모락 피어나는 커피 향을 마신다
붉게 물든 잎들이 다투어 인연의 끈을 놓은 낙하를 서두르고
사루비아 미소 가득 보랏빛을 바른다
몇 마리 꿀벌들 분주한 날갯짓을 보니 저장량 부족한가 보다
곱디고운 단풍들 볼을 붉히며 수줍어 수줍어라
올려쌓은 돌멩이탑 묘기를 자랑하며
하나하나 담겨진 소원과 소망들 따라
행복과 행운들이 목을 느리고 두 손 모은
부귀의 바람들을 가슴으로 빌어본다
아름드리 은행나무 훌훌 벗는 웃가지들
지난여름 못다 이룬 호랑나비 떼 혼이련가

오리 진흙구이

노을이 잠긴 한강을
유유히 헤엄치며 노니는 오리 가족을
화폭 가득히 담았던 화요일 오후
몇몇의 회원들과 모여 회식을 했다
눈과 눈을 마주하고 담소를 즐기는
화기애애한 식탁엔
즐거웠던 하루가 먹물 같은 필름을 풀었다
익숙한 주인의 손에 들려나온 쟁반에
찹쌀 대추 밤 산초 골고루 뱃속 가득히 채우고
깊이 잠든 오리
진시 황릉의 병마총처럼 사후를 준비한
진흙 속에 잠들었던 오리

무슨 죄를 크게 지었다고
부관참시를 당하나

우리들의 노래
48×38cm / 화선지에 수묵담채 / 2007

사랑하는 딸들아

사랑하는 나의 딸들아
학문은 우물처럼 깊고
인품은 하늘처럼 높이며
마음은 모닥불처럼 따뜻하고
성품은 가을볕처럼 온화하도록 노력해라

말씨는 강물처럼 고요하고
행동은 이슬비처럼 침착하며
손길은 바다처럼 넉넉하고
눈빛은 별빛처럼 그윽하면 좋겠다

꿈은 산처럼 크게 갖고
시간은 황금처럼 아껴 쓰며
오늘도 마라토너처럼 한 걸음 한 걸음
조심스레 내디더라

인생이란
새순을 내는 봄이 있는가하면
땀 흘리는 여름을 보내야만
결실의 가을을 맞이하고
평안한 겨울을 누릴 수 있단다
무엇보다
물욕이나 명예욕의 끈질긴 유혹을 밀어내고
오직 하나 작품의 격을 높이자
사랑하는 딸들아

꽃들

이제 봄이다
강의 후
봄꽃을 사려고 화원 앞에 차를 세웠다
문을 밀고 들어 서니
훅 끼쳐오는 내음새
향기로 색으로 미소로 그리고 잘 다듬어진 자태로
온통 환심을 사려는 꽃나무들
저마다 잘 분칠한 매력을 발산하며
요염하게 서서 치마꼬리를 붙잡는다
무심코 지나치려하면
팔을 뻗어 슬그머니 나의 옷자락을 당긴다
아 삶이란 그런 거야
거름과 잘 희석한 흙에 뿌리내리고
수분과 양분과 햇살을 흡입하며
가족으로 사랑받고 눈길 받아
편안한 생을 추구하고픈 저들
저들은 환하게 웃고 있지만
내심
치열한 경쟁의 오늘인 것을

사랑은 어디에 있을까
40×45cm / 화선지에 수묵담채 / 2008

이별 후

잊을 수 있으리라 생각했다
견딜 수 있으리라 다짐했다
이 환영이 사라지기를 기도했다
가득한 그대가 빠져 나가기를 간절히 소망했다
그래야 내가 산다

사랑

인생은 온 생애에 점철된 사랑이며
사랑은 늘 간절한 그리움이다
그리움은 시리도록 저린 아픔이며
아픔은 전율케하는 심장의 고독인 것을
고독은 환상을 슬며시 데려오고
언제나 나를 맴도는 그리운 그림자인 것을

차라리

당신이 남겨 놓은 긴 그림자는
목젖을 가득 메운 후
등뼈를 타고 훑어내리며
늑골을 강타해 몇 대를 부러뜨리고
심장의 원활한 운동을 방해하며
간장의 살점을 후벼파듯 도려낸다
전신을 후들후들 떨게 하고
뒷골을 당겨 촛점을 흐리게 하더니
가느다란 전율마저 혈관을 따라 순회하기에
모공도 팽창하고 피부마저 경련을 일으켜
미워하기보다 그리워하기로 했다
기다리기보다 체념하기로 했다
원망하기보다 차라리
사랑하기로 했다

그리움
70×45cm / 화선지에 수묵담채 / 2007

함께 부르는 합창
69×27cm / 화선지에 수묵담채 / 2014

외로운 사람

전화 걸 곳이 없는 사람은 외롭다
전화 걸 곳이 많은 사람도 외롭다
많은 사람들에게 전화를 건 사람도 외롭다
누군가 지금 전화 해줬으면 좋겠다

상사화

보고싶다고 말하렵니다
그립다고 말하렵니다
언제나 보푸라기처럼 일어나는 추억을 되새기며
목마른 갈증을 털어 식도를 넘기고
행여나 기대로 하루를 연다고 말하렵니다
노랗게 물든 은행잎 우수수 떨구어내고
가을이 무르익어 낙엽이 흩날리면 더욱 선명한 모습
스산한 바람이 모서리를 돌아 폐부 가득 채우면
외로움은 한층 키를 키워 전율하게 한다고 말하렵니다
비라도 내리는 날은 한발 더 다가서는 모습
우리 만남은 내일로 향합니다

보름달

간절히 염원한다면
전화해 줄지도 몰라

절실히 그리워하면
우연히 만날지도 모를 일

외로움이 머문 창가에
남겨진 그림자만 선명한데

빈 하늘 보름달은
그저 그저 웃네

그날

홍콩 컨벤션센터에 갔다
바젤 아트 관람 중
너무나 섬세해서 악 하고
기발해서 어 하고
가격보고 윽 하고
부러워서 으 했다

달빛아래서
35×35cm / 화선지에 수묵담채

함께 사는 세상
70×40cm / 화선지에 수묵담채 / 2008

짝사랑2

덜어내고
잘라내고
비워봐도
다시 채워지는
당신의 미소

술

너와의 경주는 이제부터다
한 잔을 마시고 또 한 잔을 마신다
입속을 채워 흘러든 술은
식도를 거쳐 위를 향해 질주하고
나는 너를 모두 마셔 이기리라 다짐도 했건만
어느덧
너는 먼저 나를 차지하는구나
너의 까실까실한 성깔 앞에 머리를 조아리며
네가 부리는 대로
네가 조종하는 대로
어느덧 순종하는 순한 양이 되고
너를 부려
울분은 삭여 내고 욕심은 내어 몰려 했건만
키를 키운 그리움만 애처롭구나
완연한 너의 승리다

그림에게

모 갤러리에서
가난한 화가를 도와야 한다고
그림 한 점을 기증해 달라고했다
그려둔 그림들을 뒤적여
감상자의 눈에 들 만한 그림 한 점을 가려
에어 팩으로 단단히 포장했다
그리곤
그림을 두 손으로 꼬옥 잡고
기도하듯 중얼거렸다
그래 가거라
잘 가서
부디 좋은 주인 만나 사랑받고
좋은 일 많이 하거라

나처럼

회색빛 4월의 하늘
연하나 황사 바람에 춤을 춘다
당신이 움켜쥔
줄 하나에 매달린
나처럼

속삭임
44×34cm / 화선지에 수묵담채

모두 두고 가렴

올봄에

보도 옆에 쭈그려 앉아

펼친 신문지 위에

선인장 몇 포기를 놓아두고

행인들의 눈치를 살피는 할머니에게서

세 포기를 가려와 화분에 심어 두었다

생기를 안면 가득 채우고

새순을 내던 선인장은

나의 지나친 사랑 때문일까

흡수량에 지나치게 물을 주어 그만 주저앉고 말았다

애석하고 딱한 마음과 미안한 마음들이 가슴 가득 번져왔으나

소생의 기미가 전혀 보이지 않아

밀려난 화분은 베란다의 코너에 웅크리고 있었다

어제 새로이 선인장을 화원에서 사가지고 와

주저앉은 선인장을 뽑아내려할 때

날카로운 가시가 손가락을 사정없이 찌른다

그는 아직도 가시를 세우고 있다

다 두고 가야 하거늘

네가 가졌던 한은 모두 용서하고

예리한 가시는 모두 접어야 하거늘

아직도 네가 찌른 손가락 부위가 얼얼하다

나의 침상에

작열하던 태양이 마감하고 돌아간 뒤
나의 침상에 분주하던 하루가 눕는다
풀죽은 내 육신이 눕고
쌓여진 피로가 눕는다
빽빽하던 일정이 옆에 와 눕고
순회하던 백혈구가 눕고
또 적혈구가 따라 눕고
힘과 에너지였던 근육이 눕고
지친 두 다리가 눕더니
종일 끌고 다니던 시침과 분침이 눕고
긴장하던 골수들이 눕는다
두 눈이 눕고 두 귀가 눕고
두근거리며 근면하던 심장이 눕는다
어지럽던 뇌세포가 눕고
이 모두를 포근히 어둠이 덮는다

중용

뭐든지 반씩
당황하지 않고
느리지도 서두르지도 않고
술은 거나할 정도로 취하고
꽃도 반쯤 핀 것이 좋다
결코 빼어난 미모도 아니고
너무 젊은 것도 늙은 것도 아니며
돛은 반쯤 올린 배가 안전하고
재물은 너무 많으면 겁나고 너무 적으면 불편하다
춥지도 덥지도 않은 계절이 좋고
반은 하늘에 맡기고 반은 세속에 묻으며
남에게 엎어지지도 말고 처지지도 않는
중용이란
씹으면 씹을수록 맛이 난다

우리들 세상
70×70cm / 화선지에 수묵담채

相生
140×70cm / 화선지에 수묵담채 / 2006

통증

그리운 것은
생각한다는 것이고
생각한다는 것은
보고 싶다는 것이며
보고 싶은 마음은 그리움이고
그리움은 눈물입니다
눈물은 아픔이고
아픔은 슬픔일 수밖에요
자꾸만 떠올라
보고 싶은 당신은
아픔입니다

오늘

발묵하던 붓자루 벼루 위에 던져 놓고
화선지를 박박 구겨 구석으로 던진 후
소파에 벌렁 누워 보지만 그것도 잠시일 뿐
머리 위로 손을 뻗어 책을 뒤적뒤적 뒤적이다가
핸드폰을 열고 저장된 자료를 샅샅이 살핀 후
커피를 한 잔 마시며 초점 잃은 두 눈을 허공에 던졌다가
슬며시 끌고 와 물끄러미 서상을 응시한다

그놈에 그림이
안 풀려서

나는 왕이로소이다

70×140cm / 화선지에 수묵담채 / 2007

예술가의 자산

에술을 하려면
고향의 향수와
기억 저편 추억과
실연의 고독과
그리고 눈물의 빵은
예술가의 네 가지 자산이다

그곳이 산실이라나……

인연

종일 전각 하느라
스탠드 불빛 아래 집중하였더니
손도 아프고 눈도 아프다
나의 손이 이렇게 아픈데
돌은 얼마나 아플까
다섯 손가락으로 꼬옥 움켜잡고
돌의 가슴팍을 뾰족한 칼로
찍고 쪼아 내고 갈아 낼수록
우린 하나가 되어 교감한다
칼은 파르르 떨리고
돌은 가슴 조였다
긴장 속의 너와 나
우리 인연은 무엇이기에
평생 지워지지 않을
나의 이름 석 자
네 가슴에 꼭꼭 새기는가

山中王者莫如虎大吼 一聲百獸隱
壬寅秋松鶴麓堂主人 雀菜 [印] [印]

나는 왕이로소이다
70×205cm / 화선지에 수묵담채

추억이 생성하던 곳
140×140cm / 화선지에 수묵담채 / 2008

운명인 것을

해가 기울고 별이 차지한 하늘도 약속입니다
봄이 지나가고 가을이 다가온 것도 약속입니다
꽃이 피고 열매가 맺혀 익어감도 약속입니다
모든 것은 필연 속에서 약속으로 이루어지는데
우리가 서로 마주보며 미소를 나눔도 인연일진데
따로이 무슨 언약이나 약속이 필요하겠습니까
그대와 나에게 다가온 필연적 운명인 것을

각오

어제는 채웠어야 했고
오늘은 비워내야 하고
내일은 익어야 한다

거미

붓을 들고 공부하던 회원들이
모두 돌아간 화실
어디선가 손가락 마디만 한 거미 한마리가
화실 바닥을 슬금슬금 기어가고 있다
무슨 생각을 하는 걸까
경계를 하는 걸까
잠시 멈추었다 다시 간다
얼른 거미를 손가락으로 집어
화단에 놓아주려 하니
순간 두려움에 거미는 죽은 체하며
동그랗게 몸을 말고 있다
거미야
걱정말거라
햇볕도 있고 이슬도 있고 소슬바람도 있는 화단에
너를 보내 주어
더욱 아름다운 삶을 누리게 하련다
조금 후 화단을 다시보니
거미는 긴장을 풀고 어디론가 이미 사라졌다
안전한 곳에 이르러
벌렁거리는 가슴을 쓸어내렸으리라
텅 빈 화단에 시선을 고정한 안도의 눈길을 거두며
거미야 어디서든 잘 살아가거라
그의 안녕을 기원해 주었다

가을날의 오후
70×140cm / 화선지에 수묵담채 / 2007

심사장

글씨에 혼이 담기면
예술이라 했던가

열정과 혼이 담긴 훌륭한 작품과
어딘가 미흡하고 좀 부족한 작품들이
뽀얀 얼굴을 하고 윙크하는 심사장

저마다 개성을 지니고
가지런히 누워 눈썹을 까닥이는 작품들
간택의 손길을 애절히 기다리다가
그냥 지나치려는 치마꼬리를 당기기도 하고
힐끗 돌아본 눈가에 슬그머니 매달리기도 한다

심사숙고 끝에 선별된 작품들은 자리를 옮긴 다음
운필을 재고 장법을 재고 필력을 재고
오자 탈자를 재고 작품성의 격을 재고
마지막으로 내재된 혼의 무게를 재며
또 다시 치열한 경쟁은 시작된다

반쯤 열어둔 심사장 창문으로
화사하게 만개한 벚꽃
빙그레 미소지으며 넘겨다 보는 가지 사이에서
떼지은 참새들이 이 광경을
온동네에 생방송 중계했다

그대 그리운 날
35×72cm / 화선지에 수묵담채

가을사랑
70×35cm / 화선지에 수묵담채

편지

삼복더위에 모두가 산으로 혹은 바다로 떠나고 서울을 텅 비워 매미들의 절규만 나뭇잎을 흔든다. 파란 하늘마저 한강물에 가득 담가두고 더위를 식혀보는 한낮 작업실 정적을 흔들며 전화벨이 울렸다.

약 육칠년 전쯤일까 교도소의 재소자가 보낸 편지가 여러 우편물 속에 끼어 들어왔다 그 후 간간히 보내어진 편지는 각기 다른 사람들의 이름과 주소로 나의 책을 받고 싶고 나의 그림을 모체로 그림을 그리고 싶다고 했다. 달필도 있고 문장력이 심상찮은 편지도 있었지만 때로는 어설프지만 또박 또박 써 내려간 사연들로 뭉클함을 동반한 채 폐부로 스며들어 서둘러 출간된 시집과 도록을 각각 발송하였다.

책을 발간할 적마다 어김없이 보내주기를 희망하는 편지는 답지했고 오늘 낯익은 이름의 재소자는 모범수로 선정 되어 전화할 수 있는 배려를 받았다고 했다 약 팔 여년을 복역 중이며 이년 여 남았다고 했다 잠시 잘못 생각 했던 지난날의 과오를 뼈저리게 후회하고 마음을 다잡아 선하고 보람된 삶을 영위하고 싶다고 했다.

낮으로는 작업장에서 일을 하고 늦은 밤과 주말을 이용해 그림공부를 독학한다고 했다 전화선을 탄 목소리는 굵직한 저음으로 매우 또박또박했으며 단호한 각오의 기가 녹아 있는 듯 했고 가느다란 떨림이 유선을 타고 왔다 좋은 여건과 환경이 주어져도 시간을 흘려보내는 사람들이 부지기수인 때 주경야독은 많은 용기와 각오 속에서 자기와의 피나는 싸움을 전제한다. 시간을 아끼고 에너지로 양질의 線 하나에 온갖 정신을 모아 공부할 그의 앞날에 꿈과 소망을 꼭 이루시기를 기원한다는 말로 마무리 하였다.

그리운 당신
70×137cm / 화선지에 수묵담채 / 2009

나의 사랑을 위하여

기다림을 가르쳐주시고
그리움을 남겨주셨으며
아름다움을 감상할 수 있는
사랑이 솟아나게 해 주심을 감사합니다

베풀 수 있는 너그러움을 주시고
나눌 수 있는 따스한 마음을 주셨으며
잠시 물러 설 수 있는 용기를 주시고
양보할 수 있게 하여주심을 감사합니다

혹 마음 아팠을 때와
혹 억울했을 때
조금은 슬프게 했던 사람들을
잊을 수 있게 해 주셔서 감사합니다

많은 인연을 맺게 하시고
소중히 그리워하게 하셨으며
삶이란 비워냄과 용서함이고
다시 채워짐이라 터득할 수 있음을 감사합니다

나만의 공간에서
깊은 명상에 잠긴 채
무한한 여백 속의 사색으로 잠입하여
그림 그릴 수 있게 하여주심을 감사합니다

익어가는 가을 속에서
70×68cm / 화선지에 수묵담채

미쳐야 한다고

미쳐야,狂 해야만
미친다,及 한다고 했는데
미치고 싶다

書醉
畵醉
詩醉

오늘은 허리띠 풀고 취해 보련다
미치고 싶어서

빗방울처럼

가을비 내리는 오후
우수가 발효된 나의 화실
쉴 사이 없던 붓 한 자루
잠시 내려놓고
입안 가득 모카골드 향기로 채운다
외다리로 서서
졸고 있는 가로등 이마 위로
부풀리며 모여드는 빗방울들
낮은 곳으로만 흐르는 빗줄기처럼
나를 낮추는
연습을 하여본다

그리움
63×60cm / 화선지에 수묵담채

칠십부터

어제 문인화협회 모임에서
원로이신 M작가선생께
선생님의 서정적인 작품과
선생님의 이미지가 다르게 다가옵니다, 했다

"그래요
아직 기본을 익히는 중이라 그럴는지 모르겠네요
내 나이 이제 육십 일곱인데
칠십까지는 기본을 익혀 디딤돌을 마련하고
칠십부터 나의 자유로
그림을 그려 볼 생각입니다"

칠십부터……

作號

종일 회원들 작호를 했다
서예를 하면서 쓰여질 이름
이왕이면
陰과 陽을 가리고
五행의 火 水 木 金 土의 相生을 가리고
전체수의 數理를 가리고
본명과 겹치지 않도록 가리려니
이리 걸리고 저리 걸리고
다시 책을 앞으로 뒤로 뒤적이며 맞는 자를 찾아 본다
입속으로 불러 혀와 입술 움직임의 발음도 살피고
이름 앞에 두어 號와의 연결도 지어본다
부르기 좋고 발음도 수월한 이름으로
運좋고 命길고 유명도 따라와
붓을 잡고 즐기는 인생 후반전을
더욱 빛내줄 예명으로
심혈을 기울여 가려본다

현정이의 친구들

초등학교 선생님으로 정년퇴임한
현정이 친구는
홍성의 산중턱을 깎아내고
전원주택을 마련해 자연 속에 자연인이 되었다
현정이네 집에는 많은 것들이 모여 현정이와 산다

산새들 청량한 노래 소리
개구리 밤새워 구시렁거리는 소리
별들 깜빡이는 눈썹 소리
풀잎 영롱한 이슬 받는 소리
아카시아 꿀 향기 피어나는 소리
개망초 작은 입술 여는 소리
온갖 효소 숙성하며 익어가는 소리
상큼한 산소 이동하는 소리
호시탐탐 채혈을 노리는 모기 이 가는 소리
엄마 고양이 다섯 아가들 보듬는 소리
밤나무열매 내실 다져가는 소리
튼실할 능금 세포 분열하는 소리
장끼 산울림에 편승해 임 찾는 소리
먼 하늘가 조각구름 흘러가는 소리로

현정이네 집안 고독은 기를 못 펴고
일억 오천만 키로를 달려온 밝은 아침 햇살이
뜰 가득 보랏빛으로 발라져 온통 풍요롭고 시끄러웠다
하룻밤 만리장성까진 아니래도
하하 호호 천리장성 정도는 축성한 다섯 여인들
추억의 페이지에 깨알같이 곱게 새겨 두고
여유로운 시간이 찾아들면 커피 한 모금 물고
슬며시 꺼내 만지작만지작 거리겠지

그대 그리운 날
45×70cm / 화선지에 수묵담채

선술집에서

선술집 둥근 테이블을 가운데 두고
몇 사람 시인들이 둘러앉은 옆자리에
취기가 반쯤 오른 중년의 사내들은
잔을 들고
솔직히 말해서……
진실로 말하면 이라 한다
술은 거짓과 거리가 멀다는 말인가
진실은 술의 힘을 빌린단 말인가
술은 진실을 풀어 올리고
정직을 길어 올린다는 말인가
어쩌면 우리는 그 솔직함이 좋아서
흰 눈이 소록소록 내리는 날 밤이면
뒷골목 포장마차의 목로에 둘러 앉아
고기 굽는 희뿌연 연기를 어깨로 넘기며
잔을 부딪치며 술을 마시는지도 모른다
술은 지나가 버린 과거를 데려와 아프고 슬프게도 하고
행복한 미래를 가불도 하지만
누구나 술을 마시게 되면 곧잘 솔직해 진다
술은 퇴색한 그리움을 데려와 더욱 그립게 하고
한없이 약해진 가장들의 어깨에 힘을 실어
목청을 한 톤 높여 동공을 키우기도 한다
저 사내들 입술에서 가늘게 떨리는
솔직하다는 독백은
들키고 싶지 않은 가장의 어깨를
감춘 것인지도 모를 일이다

고독
70×100cm / 화선지에 수묵담채

당신과 나는

당신이 이름 모를 풀꽃이라면
나는 갈증을 적시는
한 방울 이슬이 되고 싶습니다

당신이 꽃을 찾아 나는 나비라면
나는 한 송이 장미로
곱게 피어나고 싶습니다

당신이 산비탈에 기대선 나무라면
나는 한 줄기 바람이 되어
푸르른 잎사귀를 감싸고 싶습니다

당신이 유유히 흐르는 강물이라면
나는 붉게 물든 노을이 되어
가슴속으로 스미고 싶습니다

당신이 침묵하는 웅장한 산이라면
나는 그 산허리에 머무는
한 조각 구름이고 싶습니다

당신이 고독하고 외로울 때
나는 그리움으로 입맞춤하는
저 하늘 별이 되어 위로하고 싶습니다

가을 속에서
70×140cm / 화선지에 수묵담채 / 2007

연인들이야기

하루에도 몇 번씩 전화를 하고 싶고
하루에도 몇 번씩 보고 싶으며
하루에도 몇 번씩 서로의 소재가 궁금하다
우리는 빛이 없어도 따스하며
우리는 어둠 속에서도 느낌으로 알 수 있는 연인
비가 오면 빗줄기 속에 먼저 떠오르고
바람 불면 바람 따라 다가온 모습을 그린다
늦은 저녁이면 더욱 선명한 그리움으로
슬며시 다가와 말을 걸기도 하고
남겨진 흔적의 꼬리를 무심코 따라나서기도 한다
고요가 깃을 친 한가로운 오후
찻잔 가득 어리는 웃음진 미소 곁으로
연인의 나지막한 속삭임은
나른해진 육신을 일으켜 세우곤 한다
이슬보다 영롱하고
바람보다 보드라우며
햇살보다 따스하고
별빛보다 아름다운
그대는 나의 연인
은하수처럼 영원하고
강물보다 고요하며
산처럼 그윽하다
그대여
바다보다 깊은 정으로
우주처럼 넓은 마음으로
철쭉보다 강렬한 사랑으로
포용하고 감싸고 교감하길 기원하는 우리는
연인

영원한 사랑
70×140cm / 화선지에 수묵담채 / 2008

그림속에서

클래식이 잔잔히 흐르는 나의 화실 앞에
붉은 벽돌을 가지런히 쌓아
시멘트로 고정한 다음
자갈과 모래를 넣고
흙을 담아둔 후
상토인 거름을 삼 대 일로 희석해
기름진 옥토로 만들어
채송화 맨드라미 토란과 거베라
페튜니아 베고니아와 마거랫트 등등을 심었다
키 작은 채송화가 가장 먼저 노란 꽃송이에 미소를 담아낸
어제
나폴 나폴 노랑나비가 어디선가 날아들더니
보슬비가 내리는
오늘은
아기 참새 두 마리가 화실 앞을 서성인다
고갯짓도 분주하고
팔짝팔짝 뜀뛰기도 하며
촉촉한 눈동자가 이슬처럼 반짝이고
작은 입술을 빠져나온 그들의 대화가 꽃을 피웠다
너희들이 올 줄을 미리 알았다면
성찬은 못될지라도 좁쌀 한줌 마련해 둘 것을

이제
작고 귀여운
참새는
나의 그림 속에 다정하게 앉아
윤기 흐르는 깃털 곁으로 별빛이 서린다

달밤
70×140cm / 화선지에 수묵담채 / 2007

겨울 밤
70×140cm / 화선지에 수묵담채 / 2007

사랑이랍니다

때로
고요할 때 떠오르는 이
있다면 그건 추억이지요

가끔
사색의 뜨락을 찾아주는 이
있다면 우정이라 하고 싶구요

울컥
그리워지는 이
있다면 영원한 그리움이지요

가슴에서
떠나지 않는 이
오래도록 간직 할 수 있다면 축복이구요

보고파서 외로워서
눈물이 맺히고 가슴 한 쪽이 저려온다면
사랑이랍니다

이별 인사
140×70cm / 회선지에 수묵담채 / 2008

뒷 모습

앞모습은 화장이나 화술로
치장되고 가려질수도 있으나
뒷모습은 진실하다고 했다
현재의 모습보다는
남기고 갈 뒷모습은 영원한 화두이다

정치인은 업적을 남기고
학자는 연구 실적을 남기며
예술가는 작품을 남긴다

업적이나 연구 실적과 좋은 작품도 중요하지만
무엇보다 그가 지닌 인품이 아닐까
양보의 겸양과
포용의 넓은 가슴과
위안과 위로의 따스한 마음을 나누는 인품을
화두로 지녀
남겨질 뒷모습은 참된 진실이고 싶다

철원 비무장지대
280×140cm / 화선지에 수묵담채 / 2006

生

나는
붓을 만나고
붓은 먹을 만나고
먹은 종이를 만나고
붓은 꼿꼿이 서야 한다

꿈을 세우고
의지를 세우고
허리를 세우고
뜻을 또한 세워야 한다

이 세상은 모두
세워야 살고
서야만 잉태한 후
잉태 기간을 거쳐
산고의 고통으로 낳아야 큰다

사랑

성현은
마음을 넓게 쓰라 했는데
그대 한 사람 들여 놓으니
가득차네 !

나의 친구

보고 있으면 기분이 좋아지는 친구가 있습니다
이야기를 나누고 눈을 마주치면 더욱 빠져드는 친구가 있습니다
지난날의 언저리를 손가락으로 더듬으며
자랑스레 늘어 놓아도 친근감이 발산되고
새롭게 남겨진 뜨거웠던 첫사랑 이야기와 이루지 못 한 꿈들을
그렁그렁한 눈으로 이야기할 때
저린 마음이 안타까운 친구가 있습니다
하얀 눈이 소복소복 내려 포근히 쌓여가던 오후
구수한 모카골드 향처럼 먼저 생각나는 친구가 있습니다
영하의 추위가 옷깃 사이로 스미고
펄럭이는 나목의 몇 개 남은 잎들 사이로
겹쳐 떠오른 친구가 있습니다
나의 친구는 매우 단정하고 깔끔하며
불의를 보면 분연히 일어설 줄 알고
남을 먼저 배려하고 양보하며
긍휼의 마음들이 넓은 가슴 가득하여
어느 곳에든 넉넉한 손길을 지녔습니다
이글거리지만 고요한 눈빛을 지닌 친구는 최상의 매너로
준수한 안면 가득 미소를 띠며
덕으로의 온화한 음성을 지녔습니다
나의 친구는 멋을 아는 멋쟁이입니다

그대는
70×70cm / 화선지에 수묵담채 / 2007

사미자 차

인사동 소금인형이라는 전통 찻집
동료들과 야외테이블에 앉자
마담인 듯 한 여인이 나왔다
가장 싼 차가 뭐요
싼 차보다 오미자차는 어때요
오미자차는 오천 원이며 다섯 가지 맛이 있고 몸에도 좋단다

입술에 침을 튀기며
집필이 어떻고
운필이 어떻고
열띤 논쟁을 하던 시절은 어디 가고

이젠 앉으면 화제가
건강이 어떻고
몸에 좋은 음식이 뭐고
운동은 어떻게 해야 한다의
화제로 슬며시 건너간다

서예가들이 무슨 돈이 있다고
그렇게 비싼 차를 마십니까
조금 깎아주세요
사미자로 주시고 사천 원씩 합시다

행복
40×57cm / 화선지에 수묵담채

비행
137×70cm / 화선지에 수묵담채

실망이예요

그림 공부를 하는 회원
김여사님은 85세이시다
젊은 시절 전문의였고
외국어도 능통한 인텔리다

"선생님
지난주에
백내장 수술과 시력 교정술을 받고 보니
내 얼굴에 왠 주름이 이렇게 많을까요

아유 실망이예요"
……

그놈에 그림

문인화협회지 출간을 위해
위원들이 둘러앉아 편집 회의가 열렸다
말문을 열 때도 그림 이야기
내용도 그림 이야기
식사의 반찬도 그림 이야기
반주도 그림 이야기
내내 그림을 절이고 깎고 다듬고
끓이고 익히고
잘근잘근 씹고 먹고 마시다가
툭툭 털고 일어서려는데
껍질에 붙은 살점들이 슬그머니 딸려 왔다

술

책 속에 머물던 그리움이
술잔으로 옮겨왔다
당신을 지우려
모두 마셨더니
나의 안에서 차라리
가부좌를 틀고 있다

행복

며칠 전
건강이 안 좋아 병원 신세를 지었다
나에게 그림 공부를 하는 학생들이
음료수와 꽃을 들고 병문안을 와 있었다
옆 침대의 환자가 나를 향해
아줌마는 꽃을 받아 좋겠다고 했다
아줌마 아니예요
우리 선생님이예요
발효된 행복이 식도를 넘어간다

눈 내리던 날
70×70cm / 화선지에 수묵담채 / 2007

달빛 속에서
60×30cm / 화선지에 수묵담채 / 2003

나의 강의실

오늘도
시와 그림을 가르치는
나의 강의실엔
웃음이 살고
나눔이 살고
포용이 살고
유머가 살고
우정이 살고
양보가 살고
정진과 꿈이 살고
소망과 사랑이 살고
희망과 행복이 산다
어울려 사는 세상
더불어 사는 삶
아름다운 말과 고운 언어가
함께 사는 나의 강의실
하하 호호 나누는 소통과 양보가 산다

그대 찾아 떠나는 날
70×137cm / 화선지에 수묵담채 / 2011

아버지한테

서예인들이 모여 회식을 했다
전시와 작업을 이야기하다가
식당 벽에 걸린 애완견 사진을 보며
칠십이 넘은 노 서예가는
평균 수명을 다했던 반려견의 마지막을 회상했다
이가 빠지고 눈이 희미해졌으며
귀도 어두워지고 냄새도 못 맡더라고
먹이도 먹지 못하고
다리에 힘이 없어 서지를 못하더라고
죽을 쑤어 손으로 입을 벌려 먹여 주었고
숨을 잘 쉬지 못 하고 몰아 쉴 때
끌어안고 그의 임종을 지켰다고 했다
잠시 고개를 떨어뜨렸다가
다시 좌중을 향해
그런데
우리 아버지한테 그렇게 못했어! 라고 말하곤
슬그머니 손등으로 눈가를 훔쳤다

고향이야기

도깨비가 놀던 자리
양옥집이 들어서고
호랑이가 가족을 챙기던 깊은 산속엔
벚꽃들이 만발했으며
오형제 산적들이 길손을 기다리던 고갯마루엔
토종닭이란 간판이 선명하였다
옹기종기 모여 앉아있던
초가의 오두막들은 축사가 되었고
아스팔트로 단장한 쭉 뻗은 도로가 마을로 들어갔다
모습을 바꾼 고향은 풍요를 이야기하지만
나의 뇌실 가득한 그리운 벗들만 아직도 소녀들……
도깨비도 호랑이도
어린 시절 동무들은
모두
어디에서 살고 있을까

사랑하는 그대
70×70cm / 화선지에 수묵담채 / 2008

당신에게
50×50cm / 화선지에 수묵담채

그리움

길가
조그만 웅덩이 하나
천둥을 동반했던 빗물 고여 거울처럼 맑다
햇님이 다녀가고
어젯밤 달님이 다녀가더니
오늘 아침
그대의 환한 미소가 웅덩이에 갇혀 있다

사랑

밉다고 했다가
이젠 잊을 거라고 했다가
다시는 기다리지도
그리워하지 않으리라 다짐했는데
간장 아래에서 슬며시 올라온다
그 사람이 남긴 향기가

보릿고개

김포공항 옆 가로수 아래
관상용으로 누가 심어 놓았을까
누렇게 익어
수확의 시기를 넘긴 보리들이 출렁인다

바람보다 먼저 눕고
바람보다 먼저 일어서더니
바람 따라 흔들리며
삶이란 함께 흔들리며 사는 거라나

더러는 부러지고
더러는 쓰러졌지만
아직 낱알이 붙은 이삭 틈새에
초근목피로 연명하며
주린 배를 움켜쥐었다던
어머니 세대의 보릿고개가
아지랑이처럼 오락가락 피어난다

잘살아 보자고 어금니를 꽉 깨물며 외치던
새마을 운동과
4H 클럽 구호는
아득한 옛날 전설이 되고
넘쳐나는 먹을거리 홍수 속에서
가물가물 아련한 필름을 푼다

갈대밭에서
70×137cm / 화선지에 수묵담채

우리는
70×68cm / 화선지에 수묵담채

뇌실을 검색한다

내가 준 것은 모래에 새기고
내가 받은 것은 돌에 새기라고 했다

42년 전 진 빚을
가슴에 안고 살아온 노인의
때늦은 상환은
각박하고 험난한 오늘의 현실에서
미담으로 기사화 되었다
적지 않은 세월 응어리로 남아
통증을 동반했을 종양 같은 빚

베개 위에 하루를 눕히고 필름을 푸는 이 시간
미세한 더듬이는 나의 뇌실을 검색한다
돌에 새겨야 할 사연 누락을 찾아……

누구십니까

길을 걷던
조각가 미켈란젤로는
버려진 돌 하나를 주워다 놓고
날마다 들여다 보며
그 안에 계신 분은 누구십니까
누구신지 알아야 꺼내드리지요 라고 했다

하얀 화선지 펼쳐 놓고
두 손을 모아 주문을 외워본다
누구십니까

사랑은

그리우면 우울해지고
보고 싶으면 슬퍼졌으며
만나고 싶을 때는 외로워지더라
마주하고 싶을 때 더욱 쓸쓸해지고
한동안 소식이 없으면 화가 난다

잠시 치밀어 오르던 화는
무슨 일일까 걱정이 되고 염려가 되고
안녕을 빌어보는 마음이
가슴 속에서 생성하여 심장을 전율케하곤
눈시울이 젖어 오더라

보고 있어도 그립고
함께 있어도 아쉬움이 남겨지며
눈을 마주해도 안타깝기만 하더라
그대는 나이며 나는 그대이고
내안에 담겨있는 그대 안에 살고 싶어라

어머니

어머니라는 말 속에는
따스한 온기의 포근함과
언제나 다정스런 눈빛과
최선을 다한 희생과
잘되거라 두 손 모은 눈물과
목메이게 보고픈 그리움이 숨쉰다

우리들이 부르는 노래
70×45cm / 화선지에 수묵담채 / 2007

고등어

고등어 열 마리 오천 원
메가폰 속에서 동네가 시끄럽다
비닐봉지에 주섬주섬 담아준 것을
냉동실에 던져 놓은 게 지난 달
고등어 조림을 하려고
묵은지 밑동만 자른 다음
참기름과 간장 고춧가루를 넣어 조물조물 버무려
푹 끓이며 고등어를 꺼내 보니
그들은 서로 몸을 의지한 채 하나가 되어 있었다
떼어 놓으려고 아무리 어르고 달래도
더욱 단단히 서로를 포용하고 있다
손에 손을 잡고 가슴을 밀착하고
냉동실에서 얼마나 추웠으면
서로의 체온을 나누고 있었을까

그대 그리운 날
50×50cm / 화선지에 수묵담채 / 2008

함께 부르는 노래
44×70cm / 화선지에 수묵담채 / 2012

우리 사랑

우연일까
인연일까
운명일까
숙명일까
자꾸만 떠오른다

어쩌라고

미워한다고 했다가
용서한다고 했다가
차라리
그립다고 했더니
밤마다 찾아온다

어쩌라고

그리움
70×70cm / 화선지에 수묵담채 / 2009

출산 예정

삼복 더위에
한 사발의 땀을 흘리며
그리고 또 그리며
생각해 본다
아마도 저 속엔
피 몇 종지와
뼈 몇 조각과
살 몇 킬로그램이 담겼을 거야
이달 말 출산 할
나의 책 속에

말

하루가 다 가기도 전에
날이 저물기도 전에
아침의 시간들이 다가왔다
길을 내던 아침 언저리에서
함부로 입술을 빠져나간
말 말 말들이
예리한 가시로 목젖에 걸려
찌르고 있다

미치고 싶다

그대에게 가는 길은 매우 험하고 구불거립니다
모서리를 조심하고 또 조심하지 않으면
어느 곳에 숨어 있을지도 모를 크레바스가
삼켜 버릴 수 있기 때문에 두려움이 앞섭니다

그대에게 가는 길은 가시밭길입니다
살갗을 찌르고 옷깃을 잡아 당기며
엉겅퀴가 곳곳에 붙어 달려들기고 하며
서로 엉킨 줄기들이 가로놓여 헤집고 또 헤집어
발을 들여 놓아야만 합니다

그대에게 가는 길은 고통입니다
누구도 간 적이 없는 새로이 새 길을 내야 하기에
흙을 고르며 가지를 자르고 적당한 거름과 수분을
공급해 주어야 하며
불필요한 돌멩이를 모두 주워내야 합니다

그대에게 가는 길은 늘 외롭습니다
언제나 혼자인 듯
고독을 멍에로 등짐을 져 자문자답으로 답을 구하고
동이의 먹물을 벗삼으며 한 치 반의 모필과 씨름해야 하고
온전히 두 무릎을 꿇어야 하며 늘 사모해야 하고
자만해서도 안 되고 교만해서도 안 되고 자족은 더욱 안 되며
겸손의 가슴을 늘 생활화해야 합니다

가만히 귀 기울이면 심장의 녹아내리는 소리가 들려오고
경련을 일으키는 간장의 트림이 느껴옵니다
끊임없는 구애의 손짓과 눈빛을 보내야 한다는 것으로
나의 길을 오늘도 가려하고 또 가는 이 길을 가야만 합니다

나는 미치고 싶기 때문입니다

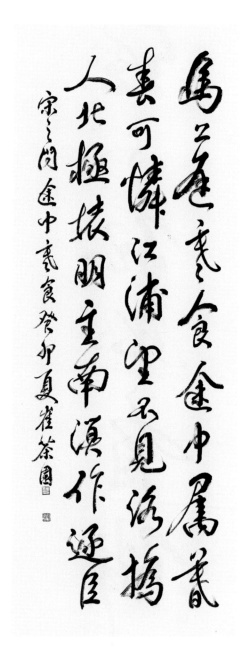

途中
54×137cm / 화선지에 먹

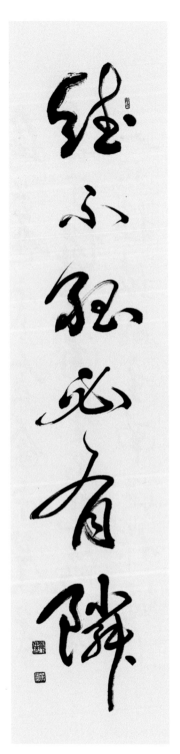

德不孤必有隣
23×103cm / 화선지에 먹

사랑을 해본 사람은 안다

사랑을 해본 사람은 안다
얼마나 달콤한 건지를

사랑에 빠져본 사람은 안다
심해처럼 알 수 없는 깊이가
존재한다는 것을

사랑에 맞아본 사람은 안다
얼마나 매서운 손끝을 가졌는지를

사랑을 보내본 사람은 안다
많은 비구름을 몰래 숨겨두고
시도 때도 없이 적셔대는지를

사랑을 지켜본 사람은 안다
틈새를 노려 어느새 빠져 나갈 것 만 같아
잠시도 손가락을 펼 수가 없다는 것을

사랑을 건너본 사람은 안다
살며시 결빙해 깨어질듯
조심하지 않으면 매우 위험하다는 것을

사랑에 눈먼 사람은 안다
한쪽 눈을 지그시 감아두고
대충은 귓속에 담아두지 말며
서로의 아름다움만 보아야 한다는 것을

雲谷先生詩
35×137cm / 화선지에 먹

친구 이야기

함께 나누었던 필름들을 생각만 해도
기분이 상쾌하고
만나면 더욱 좋으며
바라볼수록 미소가 번져 정겨운
그런 친구가 있습니다

장미처럼 정열적인 사랑보다는
모닥불 같은 은은함이 더욱 좋고
용광로처럼 이글거림보다는
물속에 담가 둔 가로등 불빛처럼 상대를
더욱 돋보이게 하는 배려가 더욱 깊은 친구가 있습니다

긴팔 큰 포옹으로 언제나 감싸주고
큰 가슴 넓은 마음으로
늘 품어 안아 용해될 것 만 같은
그런 친구가 있습니다

혹은 외롭거나 혹은 쓸쓸할 때
즐겁거나 슬픔에 잠길 때라도 함께 나누고
위로와 사랑으로 마음을 다해 달래주며
이해의 폭을 넓혀 모두를 수용할 것 만 같은
그런 친구가 있습니다

세월이 쌓여 추억의 무게가 부피를 더해가고
많은 이야기가 필름을 간직할 즈음에도
변하지 않는 우정과 아낌의 사랑과
무한한 이해 속 배려의 폭과
무엇이든 감싸 안을 깊이가 보이지 않는 마음 씀이
기포처럼 생성할 것만 같은 친구가 있습니다

배우고 싶다

붓을 장악하고
먹을 장악하고
종이를 장악해야
좋은 글씨와 그림을
그릴 수가 있을 것이다

욕심을 거두고
성냄을 거두고
비방을 거두어야
仁한 마음을 지닌 德인에
가까워 질 것 같다

인내를 배우고
나눔을 배우고
사랑을 배워
따듯한 마음을 소유한 선인이 되어
평안을 얻고 싶다

가을

가을은
방금 붓질을 끝낸
덜 마른
한 폭의 수채화다

가을은
숙련된 수채화가
얼마나 많은 세월을
연습했을까

고뇌도 아픔도 고통도
다 비우고 버리고
홀홀 벗어놓고 떠나가는 그대는
얼마나 많은 세월
수행했을까

내 마음이 미소짓는 날
30×30cm / 화선지에 먹

편지

만개한 장미가
흐드러진 계절
그리운 사람에게 편지를 쓴다
당신이 보고 싶어서
죽을 것만 같다고 쓰려다가
당신 모습이 어른거려
아무것도 손에 잡히지 않는다고 쓰다가
당신이 전부를 차지해
답답하다고 쓰려다가 그만 두고
당신이 그저 보고 싶다고
생각이 많이 나고
자꾸만 환영에 시달린다고만 쓰고
사랑해요 라고만 쓰려고 한다
그대 향한 마음 어찌 다 말로 할까
종일토록 서성이는 당신을
어찌 다 표현될까만
그저 그립다고
보고 싶다고만 쓰고
사랑한다고만 써야겠다

행초서
70×205cm / 화선지에 먹

노인과 어른

의학이 발달하고 가정 경제가 향상되면서
노인 문제가 사회 문제로 대두되어 다가온 고령화 시대
모두는 세월이 흐르면 세월 따라 늙어가게 마련이다
나이가 들면 늙은이가 있고 노인이 있으며 어른이 있다
무언가가 가득 채워져 모범이 되는 어른이 있을 것이다
세월 따라 자연스레 늙어갈 때
몸과 마음이 병행하여 늙어가야 한다
사람이 나이를 먹어감은 온후하고 겸손하고 양보하는
후덕함으로 익어가야 한다
이해 못할 일이 있어도 이해력이 향상되어
더욱 품어 안을 포용력이 넓어지고
부족하지만 서로 나누는 덕을 이룸일 것이다
후덕한 청년도 없지는 않으나 이 말은 어딘가 좀 어색하다
후덕함은 세월의 길이와 정비례하기 때문이다
늙은이와 노인이 많은 사회는 허약하지만
어른이 많은 사회는 더없이 강하다
어른이 체험한 경륜과 지혜는 핵무기보다 더 강한 까닭이다
우리 사회에 어른이 없다고 한탄하기 보다
우리 자신부터 어른으로 거듭나야겠다
노인보다 어른으로 성숙 되어지고
숙성된 후덕함을 지니기를 소망해 본다

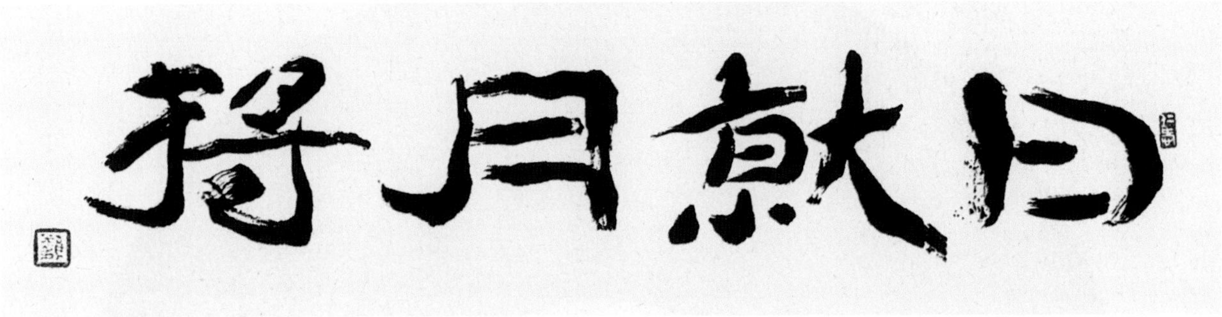

日就月將
69×19cm / 화선지에 먹

醉하는거라네

노작가는
미 발표작이 천여 점이 된다고 했다
전시를 하셔야지요
서예는 봬 주는 게 아니고
醉하는거라네

토란과 서예

원로 작가 탐방 중
K작가는 고향 예산의 밭떼기에
주말농부로 토란을 심어
가을이면 알토란을 거둔다고 했다
노 서화가는
힘들게 뭐 하러 토란을 심느냐고 했다

듣고 있던 C작가
선생님은 그 힘든 서화를 왜 하십니까

판본체
색지에 금분

눈물로 쓴 시

밤은 별들을 불러오고
고운 달빛이 다 차지했다
밤은 시인들을 불면케 했으며
외로이 선 가로등의 관절을 어루만진다
밤은 배회하던 바람을 잠시 달래놓고
나뭇가지에 몇 개 남은 잎새마저 잠재웠다
밤은 찹쌀떡 장수의 목청을 허공에 흩어놓았고
카바이트 불빛 앞으로 소주잔을 모았다
밤은 이글거리던 태양을 쉬게 했으며
퇴색해버린 추억을 데려와 풀어 놓았다
밤은 외로운 산 그림자를 가져가고
쫓기던 노루를 무사히 귀가 시켰다
밤은 근면하던 초침을 나태하게 했으며
망망대해를 바라보며 졸고 있던 등대를 깨웠다
밤은 또 하나의 손가락을 접게 하고
부치지 못할 편지를 쓰게 한다
밤은 무심히 떠나 가버린 사랑을 불러와선
눈물로 써 내려갈 시를 낳고 있다
그립다

한글(판본체)
색지에 은분

가불

가을 햇살이 눈 속으로 기어드는 어느 날
우리 화실에서 문인화를 공부하는
학생의 어머니가 방문하였다
선생님 우리 아이에게 소질이 있습니까
하면 될까요!
가능성이 있습니까?
그럼요!
그 아이는 성실하며
색에 대한 감각이 있고
해내고야 말겠다는 욕심이 있으며
이루고 싶은 꿈이 있습니다

지성을 가불하고
품위를 가불하며
명예를 가불하고
성공을 가불해보는
어머니의 가슴에 생성한
환한 미소가 싱그럽다

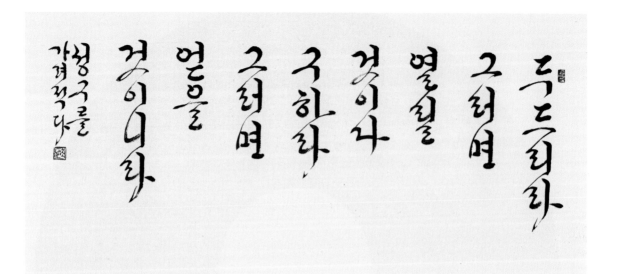

성경구
84×35cm / 화선지에 먹

잘 사는 길

시 강의 마치고
점심 식사를 위해
감자탕을 앞에 두고 둘러 앉았다
우거지와 뼈 사이에 남겨진 살을 발라 허기진 위를 채우며
자연스레 옮겨간 화제는
현 정치를 논하다가
북한 핵을 염려하다가
부활절을 보낸 종교 언저리를 거닐다가
며칠 후 다가올 석가탄신일의 극락과 천당을 오고 가다가
잘 사는 길과 잘 죽는 도를 파고 들다가
친구 간 의리를 진단하다가
카페로 옮겨 라떼를 앞에 놓고
사람이 갖추어야 할 예를 헤아리다가
창을 통해 스며 들어온 햇살을 따라 가
유난히 파란 하늘에 마음을 빼앗기다가
현재 자신의 인생과 삶을 응시하다가
가장 잘 사는 길은
손해보고 밑지고 양보하며 사는 길이란 결론을 내리고
서로 마주보고 고개를 끄덕였다

사랑하는 건

그리운 건 습관일지 모른다
기다리는 건 버릇인지도 알 수 없다
당신을 사랑하는 건
운명을 가장한 숙명일지도……

당신의 눈빛

봄비가 씻어낸
맑은 하늘
새벽 별 하나가
당신을 닮았다

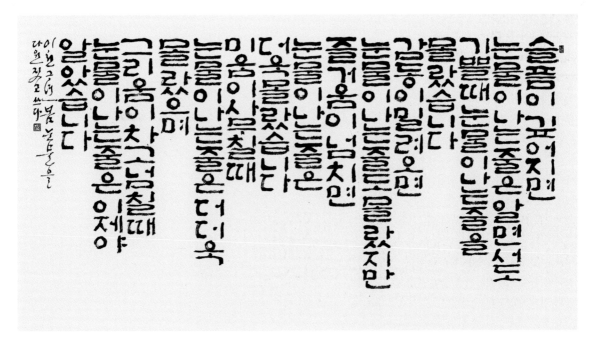

그리움
135×70cm / 화선지에 먹

자녀에게 주는 당부의 글
205×70cm / 화선지에 먹

운필과 중용

붓을 운용하여 글씨를 쓸 때
붓의 관을 다섯 손가락으로 잡고 써야 한다
筆(필)은 대나무(竹)를 (붓(聿)) 다섯 손가락으로 잡는다는 뜻이다

붓털의 毫(호)를 삼등분으로 나누어
붓의 끝부분인 三분의 一을 다시 三등분하여
맨 아랫 부분인 筆峰(필봉)은 骨(골)을 만들어 주고
바로 위 부분은 筋(근)을 형성하며
그 위 부분은 肉(육)을 만들어 주기에
筋(근)과 肉(육)의 사이에선 자연스레 血(혈)이 형성된다
붓의 나머지 삼분의 二 인 위 부분은 먹을 담았다가
보내주는 저수 역활을 하여 筆劃(필획)이 형성됨에
무리가 없도록 먹물을 흘려준다

필획의 끝 부분인 필봉이 획의 가운데를 지나가야 하는데
이것을 中峰(중봉)이라 한다
중봉으로 쓰여진 글씨는 힘이 있고 氣(기)가 느껴지며
골과 근과 혈과 육이 적절히 있어
비로소 活(활) 살아 있는 획이라 할 수 있으나
필획이 한쪽으로 치우치면 골이 한쪽으로 몰리고
근도 혈도 형성되지 못하기에
붓을 세우지 못하면 偏峰(편봉)이라 하고
죽어 있는 필획이라 한다

나의 마음 가장자리에
텃밭 하나 만들고 싶다
돌멩이는 가려내고
흙덩이는 부셔 옥토롯
만들고 싶다
가시낡와 잡초을 가려내고
해충은 모두 잡아죽고 싶다
적당히 습기를 주어
무공해 채소도 가꾸고
아름다운 꽃을 심어
가슴가득 향기로 채우고 싶다

나의 소망

나의 소망
100×70cm / 화선지에 먹

가장 살아 있고 힘 있는 필은 錐劃沙(추획사) 나
屋淚痕(옥루흔)으로 써야 한다
추획사란 송곳으로 모래 위를 힘차게 가름을 일킨는 말이고
옥루흔이란 담벼락을 타고 흐르는 빗물의 흔적을 말한다
담벼락을 타고 흐르는 빗물은
중앙으로만 따라 흐르는 성질이 있어 중봉과 비견되기 때문이다

中峰(중봉)으로 써야 힘 있고 살아있는 필획을 얻듯
우리가 살아 가면서 추구해야 할 中庸(중용)
어느 쪽으로도 치우침이 없는 중심의 마음이 아닐까
어느 자리에 있든 쌓아 올린 명성에
그 사람을 망침은 편견과 오만이라 했다
욕심과 물욕과 명예에 치우침이 없이
중용의 마음과 분별력으로 날마다 비우고 살아가야 하지 않을까
놓고 비우고 베풀고 나누고 난 후에 저절로 쌓이는 것은
인격과 품위 그것은 인품일 것이다

결실
70×69cm / 화선지에 수묵담채 / 2022

스님

스님의 하루는 분주하단다
여전엔 목탁만 두드려도 문제없었는데
높아진 신도들의 수준으로
공부와 씨름하고
책과 씨름하고
포교와 씨름하고
고독과 씨름하고
화두와 씨름하고
틈틈히 목탁과도 씨름하고

그 미세한 틈새에 사군자를 공부하고 싶어
같이 간다고 다 데리고 갈 거라고 힘주어 말하곤
잘 사는 건 한가함이 아니라
숨 쉬는 거라고
유난히 반짝이는 눈동자에 박힌
동공을 키우는 비구니
명산스님의 손에
붓이 들려 있다

심사

어제는 모 공모전 심사를 했다
강당 가득 펼쳐진 작품들
다 땀과 소망과 꿈을 안고
한 획 두 획을 긋고
미래의 희망과 프로로의 한줄기 가닥을 잡고 써 내려간
붓을 운용한 그림과 글씨들
"신은 자연을 창조하고 인간은 예술을 창조한다"고 했다

다 한 땀 한 땀 수고한 작임에 틀림없다
그러나
공모전 심사란
바르게 가는지와 어긋나지 않는지를 가름하기도 하고
혹은 격려의 힘을 보태주기도 한다

혹 떨어져 선에 들지 못한 작품의 주인들은
낙심하지 말기를 기원한다
힘이 되기도 하고 낙심 되기도 하는 공모전이지만
어쩌랴 세상이란 모두 경쟁이고
경쟁 속에서 성장하며 묵묵히 가야 하는 것이
이 세상 이치인 것을

소년들이여
170×70cm / 화선지에 먹

교양

45×45cm / 화선지에 먹

그림은

시기를 얻는 것이
용기를 얻는 것만 못하고
용기를 얻는 것이
뜻을 얻는 것만 못하며
장소와 시간이 좋은 것이
필기구가 좋은 것만 못하다면
필기구가 좋아도
마음으로 그린 것만 못 할 것이다
마음을 정결하게 하고
덕을 쌓아야
좋은 그림을 그릴 것만 같다

오늘

다시 돌아온 아침
오늘은
무엇이 들어 있을까

나의 그림들

서재를 정리하려니
온통 그림이다
뒤도 앞도 책장 위에도
내게서 태어나고
정성 들여 키워온 저 아가들이
서재에서 지그시 눈을 감고 침묵하고 있다
저들이 무언으로 보내오는 간절한 언어는
어서 주인을 만나고 싶다일 것이다
숨 쉬고 미소 지으며 고운 눈빛과 애정 속에
사랑받으며 늘 함께 할
새 주인을 만나고 싶다고……

거미는 어쩌라고

꽃과 나무를 심어 키우는
우리 집 화단에
편백 몇 그루 심어두었더니
몰래 숨어사는 작은 거미가
파란 잎 사이사이마다
밤사이 미세한 거미줄을 촘촘하게 쳐 놓았다
편백나무가 수갑을 채운 듯 불편 할 것만 같아
재빨리 거미줄을 손가락으로 걷어내니
그림 그리는 큰딸아이가 깜짝 놀라며
엄마
거미는 어쩌라고 집을 부수어요

청송
205×70cm / 화선지에 수묵담채 / 2022

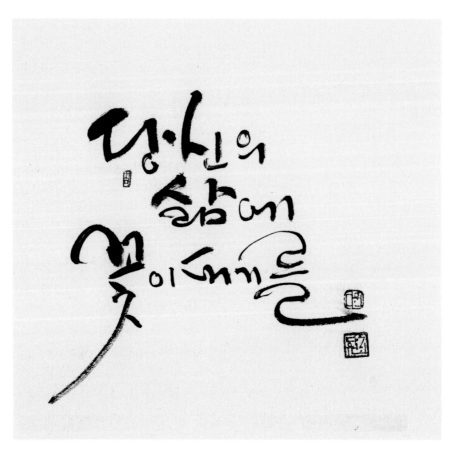

꽃이 피기를
30×30cm / 화선지에 먹

겨울 나무들

하루 한끼 식사로
눕지 않고 잠자며
얼음 속 냉수마찰을 하는 수행자처럼

옷을 벗는 저 나무들
참선에 들려나

어머니

너무나 보고 싶어
날마다 그렸더니

어제 밤 꿈속에
찾아오신 어머니

서둘러
떠나신 자리에
찔래꽃 향기만 남겨졌습니다

소주

저 맑은 액체 사이
저 투명한 옥구슬 담긴
얌전하고 조신한 잔 속에
그 험악한 짐승이 살고 있다니

명훈

겸손한 것은 이런 거라고
낮아지는 것은 바로 이런 거라고
한 평생 살아 보니 알겠더라고
잘난 척 가진 척 아는 척 하지 말고
땅처럼 낮추고 겸손하라고
그저 아래로 낮춘자는 인품이 주어진다고
기역자로 허리 굽은 할머니가
땅 가득 명훈을 적고 있다

우리들 세상
79×67cm / 화선지에 수묵담채 / 2021

보름달

유난히
눈을 크게 뜨고
내려다보는
정월 대보름달
수많은 사람들의
간절한 기도를
모두
메모해 두려나 보다

그 사람은

행복하게 했다가
슬프게 했다가
불안하게 했다가
궁금하게 했다가
외롭게 했다가
하루를 상큼하게 했다가
하루를 지루하게 했다가
기다림에 지쳐 원망하게도 했다

이런 날이
내일 또 라니……

그 해 겨울
74×69cm / 화선지에 수묵담채 / 2021

청송
136×103cm / 화선지에 수묵담채 / 2022

오늘

내일이 있기에 살고
내일을 믿고
내일은 나아지겠지
내일은 좋아질거야에
슬며시
끌려가는 오늘

어머니 미소

작년 이맘때
산소에 올라
어머니를 뵙고 내려오는 길가에서
비탈에 기대선 진달래 한 포기를 만났다
두 손으로 잡고 온 힘으로 당겼지만
머리를 흔들고 손사래치며 강하게 버텼다
어르고 달래 기어이 데려온 진달래를
나의 뜨락 한켠에 고이 심어 두었는데
봄이 오자 가장 먼저
연분홍 꽃을 피웠다

어머니 미소처럼

그리움이 펄럭이는 가을
63×112cm / 화선지에 수묵담채 / 2022

환생

천림스님은 나에게
전생이 예술가였을지도 모른다고
아마도 전생에서 이어 온 듯하다며
좋은 일 선한 일 많이 하면
예술가로 다시 환생 할 수 있을거라고
그저 자비롭게 사랑하고
많이 베풀며
다 비우고
훌훌 벗으라 하네

돌

오후 내내 돌을 움켜 쥐고
전각을 파는데
자기 살을 보호하려는 보호본능과
생채기를 내지 않겠다는 결심과
칼날을 피해보겠다는 방어의 수단으로
칼을 쥔 나의 손가락에 물집을 만들었다

꽃처럼 아름다운 세상
27×30cm / 화선지에 수묵담채

얘기 좀 해 볼께

울창한 삼림을 병풍처럼 둘러치고
괴산 시내를 굽어보는 산허리엔
산소들이 무수히 분열하고
수줍은 개망초의 도열이 우리를 반긴다
가쁜 숨을 몰아쉬며 급경사를 오르는 길가
산딸기가 바알갛게 익어가고 머루순 다래순이 키를 다투고 있다
그리움 하나로 전국에서 달려와
제비집처럼 매달린 여우숲펜션에 모인 벗들
폐부에서 길어올린 오랜만의 해후를 마음껏 풀어 놓고
구수한 입담으로 하하 호호 웃음꽃을 피우는데
눈치없는 모기들도 덩달아 주위를 맴돈다
주관자인 만샘에게 여친들은
"모기들 땜에 어떡해"하며 노출된 팔을 감싼다
난처한듯한 만샘은 허리춤에 두 손을 올리며
"모기들까지 내가 우야노"하며 고개를 가로 저었다
나는 어깨를 반쯤 돌려 살며시 귀띔했다
"우리 오기 전에 교육을 시켰어야지"
만샘은 입가에 벙그린 미소를 달고

"이따 쟤들하고 얘기좀 해 볼께"

잊어야합니다

그윽이 바라보던 눈빛을 잊어야 합니다
따스하던 손안의 체온을 떨쳐내고
온화하던 미소를 지우렵니다
부치지 못한 편지 쓰기를 멈추고
일없이 서성이던 길목에서 돌아가
이젠 우연 혹은 우연을 가장한 해후의 소망을 놓으렵니다

첫 손님

지구에서
일억 오천만 킬로미터의
거리에 있으며
걸어서 사 천년을 와야만 하는
먼 곳을 달려온
한줄기 가을 햇살
방금 붓질을 끝낸
나의 그림을 관람하는
첫 손님

설송
70×205cm / 화선지에 수묵담채 / 2021

시간

오늘도
일찍 일어난 시간이
나를
종일
끌고 다닌다

어딜 줄일까

행서를 쓰다
무심코 거울을 보니
눈 한 쪽이 버얼겋게 충혈되어
안과를 찾았다
현미경으로 세밀히 관찰한 의사선생님은
피곤하여 혈관이 터졌다고 한다
일단은 큰병이 아니니
감사의 기도를 입속으로 되뇌고는
"어떻게 줄여
어딜 줄여
그저 즐겁고 행복한 걸"
화실에 도착하여
쓰다만 행서를 마저 썼다

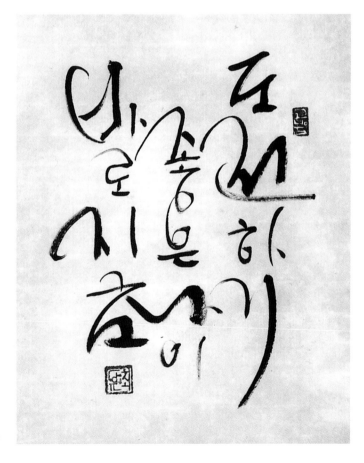

도전하기 좋은 나이
22×27cm / 화선지에 먹

진정한 대가

중국화가인 서비홍은 손꼽히는 대가이다
일찍이 부친의 유언으로

"사람은 궁하여도 뜻은 궁하면 안 된다"는

유지를 받았고
여학교 선생이신 장조분에게서

"사람은 오만(傲慢)해서는 안되지만
오골(傲骨)은 지니고 있어야 한다"는

두 말씀을 평생의 화두로 잡고
오늘날 많은 예술 작품을 남겼다
진정한 대가는 훈련을 통해 나오지 않고
수양을 통해 탄생한다고 했다
정신성이 담겨진 전통은 창조하는 것이다
오만은 버리고 오골만을 지녀
나의 가슴 가득 겸손으로 채우고 싶다

설송
70×205cm / 화선지에 수묵담채 / 2021

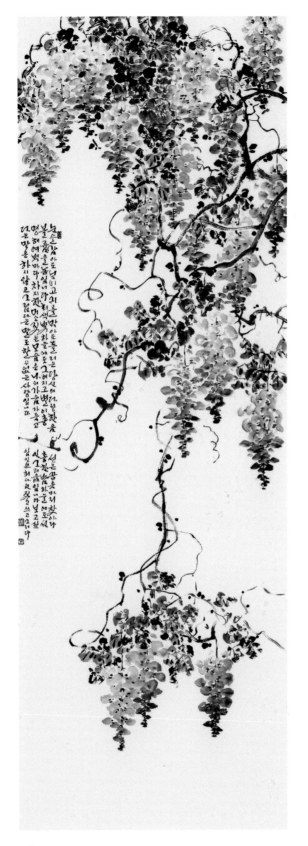

환상

선한 사람들만 살고 있고
고운 사람들만 남겨졌으며
예쁜 마음의 사람들만 사는 곳
의리와 신의를 생명처럼 여기는
사람들이 모여 아름답게 사는 곳
믿고 의지하고 서로 사랑하며 사는 곳
악인이 발 붙이지 못하는 곳
거짓된 말과 행동들이 통용되지 않는 곳
이 세상이 그런 곳이면 좋겠다

나는 그곳에서 살고 싶다

오징어

내가 누군가를 원망하면
누군가도 나를 원망하고
내가 누군가를 미워하면
누군가도 나를 미워하며
내가 누군가를 사랑의 마음으로 대하면
많은 사람들에게 사랑을 받는다고 했다
맥반석에서 구워져
입속을 가득 채우고
잘근잘근 씹히는 오징어의 살점
지금쯤
누군가 나를 꼭꼭 씹을지도 모를 일이다

사랑
70×205cm / 화선지에 수묵담채 / 2022

용기
18×24cm / 화선지에 먹

기원

서재 정리에 나섰다
한 권씩 뒤적이며 집어 들고
남겨질 책과 버려질 책을 선별했다
다 같이 나의 손때가 묻고 관심과 사랑 속에
지식을 공급하던 책들을 밖으로 내 놓았다
이젠 관심 밖으로 밀려나
리어카에 실려 고물상으로 향할 것이다
이제 책으로선 생명을 마감하고
내세를 기약하며 새로운 탄생을 준비할 것이다
부디 저 아이들이 새로운 생명을 부여받고
다음 생에도 책으로 이어져 고귀한 지식을 가득 담고
사랑과 관심 속에 다시 태어나 사랑받기를 기원해 본다

그리움
70×68cm
화선지에 수묵담채
2022

오늘도

오늘도 수다스런 참새의 모닝콜로 일찍 일어나
컴퓨터를 열고 대화를 한다
보내온 편지에 답장을 쓰고
올라온 글들을 읽어 가며 미소 짓는
행복한 하루의 시작 속에서
조그만 거실을 채운 향기를 찾아
무성한 난 잎 사이를 헤적거리고 있다
오묘한 난 향이 폐부 사이로
가슴 가득 감전 되어 젖어든다
분주한 일상을 핑계로 돌보지 못해
늘 미안한 마음이었는데
어느새 꽃을 피우고 나의 전부를 차지하고 있다
나의 시가 누구의 가슴에 이처럼 젖어들기를 소망해보고
나의 그림이 누군가의 가슴에 남겨지기를 기원해본다
격을 갖춘 고고함으로
소리 없이 향을 피워내는 난처럼

샘물처럼 고여 드는 그리움

잔뜩 찌푸린 회색빛 하늘을
작은 새 한마리 가로지릅니다
빠르게 스쳐갔어도
새 한 마리가 남긴
청량한 노래 소리는 허공에 남아
날쌘 모습과 더불어 잔영으로 떠오름처럼
오늘 당신 모습만 어른거립니다
당신의 음성만 귓가에 맴돕니다
곁에 머문 듯
함께 있는 듯
푸근하게 느껴오고
따스하게 전달 되어옵니다
당신을 그리며 당신을 떠 올리며
미소를 짓게 하고 샘물처럼 고여 드는 그리움은
당신이 남겨둔 잔영 때문입니다

태국 관광기

태풍이 없고 지진이 없고 해일이 없는 나라
부지런함이 없고 근면함이 없고 꿈이 없는 나라
조잡한 태국 공항을 지루하게 통과하고
후덥지근한 열기를 가슴으로 호흡했다
싱그러운 야자수 관능이 거리를 가득 메우고
한가로운 명박도로 만발한 꽃들이 활짝 웃는다
雨期철 먹구름이 서쪽 하늘에 줄지어 섰고
반쪽 내민 태양마저 온기를 빼앗기고 서산으로 향했다
준수한 황제 내외는 곳곳마다 폼을 잡고
끝없는 미소를 쉴 새 없이 보내오지만
아무런 감흥도 일지 않는 우리는 타국민

여장 남자인 게이들의 천국이라는 가이드의 설명을
귀 밖으로 내어 몬 우리의 선입견 속에서
그들만의 쇼를 관람한다
관능의 몸짓도 최선 다한 율동도
가슴으로 스미지 못하고 쇼 장인 극장 안 만을 외로이 배회할 때
왠지 씁쓸한 뒷맛이 여운으로 자꾸 따라 왔다

해변에 위치하고 우뚝선 사십 이층 호텔은
여명을 등에 지고 굳게 딛고선 관절에 힘을 모아 주며
구십 퍼센트 관광국의 위용을 한껏 자랑할 때
카펫 곳곳에서 풍겨나는 높은 온도 습기의 퀴퀴함은
잠시의 불쾌함으로 이어지기도 했었지만
잘 가꾸어진 열대 꽃들이 하늘거리며 미소로 위로한다

태평양만 바닷가 모터보트에 가는 선으로 연결된 낙하산
보조대를 장착하고 낙하산에 올라본다
한 마리 새가 되어 볼까
한 마리 나비가 되어 볼까
자유롭게 날아보는 갈매기가 되어 볼까
하늘을 나르며 내려다 본 바다
넘실대는 파도 위에서 잠시의 자유를 누리며
落想의 여유를 가슴에 담아보았다

따가운 햇살이 무차별 공격하는
태국의 작은 도시 파타야
코발트빛 하늘에 흰 구름이 유유히 흐르고
잔잔하게 넘실대던 바다가 뱃전에 기대어 섰다
굉음의 아우성을 목청껏 질러대며
파도를 넘고 넘는 모터보트가 당도한 곳은
고요한 휴식을 취하던 산호섬
몰려드는 관광객을 피해 산호는 모두 어디로 갔을까
검다 못해 반짝 반짝 빛나는
허름한 기념품을 받쳐 든 그을린 피부의 원주민
천원 오천 원
싸다 이뻐요
구릿빛 이 사이로 억지 미소가 새어 나오고
찌든 삶의 역경이 그네를 탄다
엄마와 아들이라는 가족관계를 들먹이며
주름진 오늘을 엮어가는 모자
기나긴 삶의 여정은 수평선만큼이나 아득하기만 한데
모든 것은 업이며 전생의 대물림이라나
부지런히 지어낼 덕으로 내세의 행복을 꿈꾸는 모자
그들의 내일을 묵언으로 빌어본다

죽은 듯이 누워있는 악어 떼
꼬리를 잡고 흔들어도 기척이 없네
조련사의 손끝에 큰 입을 열어 두고
고정한 동자 가득 무엇을 생각할까

형과 아우 부모와 그리운 벗들은 어디가고
멍한 눈동자만 응시하는가
밀림의 왕 호랑이는 고향을 잊고 본능을 잊고 생리를 잊고
불길이 타오르는 링도 넘고 징검다리도 건너고 구르기도 한다
한 점 고깃점에 자존심을 내어 주고
한 점 살코기에 미래를 접었다
남겨야 할 얼룩무늬 가죽은 생기를 잃고
그들의 왕성하던 혈기는 모두 어디로 보냈을까

꿈도 희망도 접은 지 오랜 지금
땅을 치고 포효할 그들의 조상이여

야자수 사이로 흔들리던 보랏빛 햇살이
에메랄드 사원 지붕 위에 살포시 내려앉으면
기나긴 기다림의 여정을 풀고 별들은 하나둘씩
실눈을 뜬다
은하수만큼이나 수많은 별들이 모습을 드러내면
그윽한 부처님의 자비가 지상으로 하강하고
바램의 소망들이 몸집을 키우는 사원 가득
향내는 바람 따라 곳곳을 순회한다
모아든 갖가지 소망들이 잠시 잠깐 흔들리고
밀려다닌 인파 가득 감탄사가 입술을 빠져나오면
에메랄드 광채는 몸집을 키운다
조각조각 이어붙인 금 조각 사이 에메랄드 눈동자가 심호흡을 하면
견고한 장인의 손길은 지워지지 않을 낙관 같은 지문을 남기겠지

메콩강 유역을 슬며시 미끄러지는 선상에
세계에서 모여든 관광객들 사이로
색소폰 리듬이 흥겨운 선율 가락을 타고
노사연의 만남과 나훈아의 사랑을 선물하는 태국 가수
탁월한 가창력으로 목젖을 세우고
오십 프로 알코올이 우리들의 혈관을 차지할 때
흥에 겨운 일행들의 가슴 사이를 긴 꼬리 행복이
지느러미를 파닥이며 유영한다
밤 하늘에 수놓아진 에메랄드 사원은
오색조명을 한껏 받으며 옥수수 모양 모자 모양
종 모양 지붕으로
위용을 뽐내고
침이 마르도록 자랑하는 그들의 문화 유적 부러운 마음이
가슴 가장자리를 잠시 차지했다

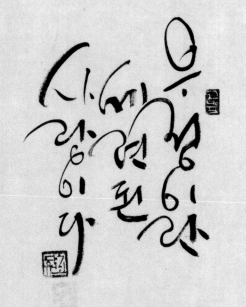

우정이란
30×30cm / 화선지에 먹

부귀도

38×34cm / 화선지에 수묵담채 / 2022

등꽃 아래서

50×40cm / 화선지에 수묵담채 / 2008

사랑

34×34cm / 화선지에 수묵담채 / 2022

부귀도

34×28cm / 화선지에 수묵담채 / 2022

품격

37×65cm / 화선지에 먹

가을 아침

푸른 녹음마저 떠나 보낼듯이
목청을 돋우던 매미들이 밀려난 개화산에는
밤새워 각혈하던 풀벌레의 쉰 목이 호흡을 정비 한다
나무 가지 끝에 성급한 가을 한 줌이 흰 구름을 부르고
맑고 고운 산새들의 노래가 산소를 가른다
포동포동 살찐 까치의 뜀뛰기는 어설프고
수다스런 아기 참새들 서투른 날개 짓은 발길을 붙잡는다
숲속을 가르는 노스님의 구슬픈 독경소리
메아리 메아리로 다가와
물안개 가득한 여백을 채운다

잘라내지 못한 끝없는 욕심으로 늙어가고
순간의 분함을 참지 못한 성냄으로 병들며
흐려진 혜안의 어리석음으로 죽어간다고
이 세 가지를 없애면 도에 이른다며
숲을 헤치고 온 법어구 한 구절이
전해 주고 멀어진다

맘대루 해유

시를 공부하는 나의 회원 결혼식이
무창포 리조트에서 있어
여러 회원들과 함께 축하하고
우린 개화예술(시비)공원으로 갔다
바알갛게 물든 단풍잎과 만연한 가을 결실을 둘러보고
달빛 아래 파도 소리를 듣고 걸으며 유쾌하게 보냈다

다음날
사과들이 발그레한 과수원을 가로질러 도착한 추사고택엔
이미 계절은 익어가고 있었다
박물관을 샅샅이 뒤적여
수려한 명작들로 안복을 누리고
이론과 실기를 가슴에 깊이 새긴 다음
수덕사로 향해 갔지만 눈치 없는 가을비가 퍼붓고 있어
경내에는 들어가지 못했다

비가 와서인지 매우 한산한 식당가지만
벽면을 가득 채운 한정식 사진들과
맛 자랑에 나왔다는 홍보 문구가 도배되어
좋은 식당을 고르기가 만만치 않았다

분위기를 파악하려고 살며시 앞집 문을 밀고
우리는 아홉 명인데 잘 해 주실래요했다
카운터를 지키던 무뚝뚝한 주인남자는 힐끗 쳐다보며

맘대루 해유
근디 마슨 걱정 말어유
!!!

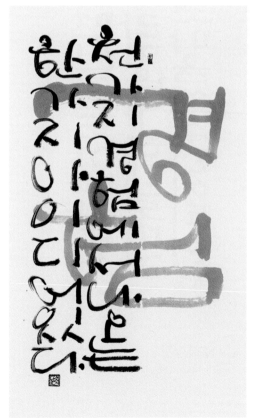

경험
36×65cm / 화선지에 먹

마음의 주인
35×140cm / 화선지에 먹

나의 소원

아들이 결혼 후 처음 집을 사서 며칠 후면 이사 온다
엄마 옆으로 부모 옆으로 온다
아들이 산 아파트는
어제보다 그제보다
건물도 이쁘고 주변도 이쁘고
들어가는 입구 현관도 이쁘다
아들이 이사오면 내 주변이 가득 찬 듯하고
왠지 풍요로울 것만 같다
그저 아들이라는 단어만 떠 올려도 눈시울이 젖는다
아들은 잘 있는가
아들이 편안한가
아들이 행복한가가
늘 뇌리에서 온몸을 사로 잡는다
아들의 표정을 살피게 되고
아들의 몸 상태를 살피게 된다
나의 아들 나의 딸
나의 분신
아니 또 하나의 나
아들과 딸아이들이 행복했으면 좋겠다
건강하길 기원하고
만사형통하길 기원하고
모두 새롭고 걱정 없기를 기원한다
편안하고 평안하고 행복하거라
엄마의 소원이다

410

어머니

구십이던 노모는
지그시 눈을 감고 살며시 입술을 닫고 반듯하게 누워계시다
나프탈렌 냄새가 진동하는 탈지면에 알코올 듬뿍 묻혀
얼굴 구석구석 세수하고 몸을 씻고 손을 씻고 발을 씻어 낸다
기억을 닦아내고 추억을 지우고 상처를 지우며 미련도 지워낸다

새로 지은 삼베옷으로 겹겹이 갈아 입고
요단강 건너 줄 사공에게 건넬 뱃삯으로 주머니 가득 채워두었다
꽃모양으로 접은 리본을 달고 한껏 멋을 부리신 어머니
먼저 가신 아버님을 만나 뵈올 것이다

이제 질긴 인연을 태우고
이 세상 고독과 괴로움을 태우고
아쉬움과 아들에 대한 사랑을 태우고
쉼 없던 잔 말씀을 태우고 삶에 집착을 태운다

파란불은 소등되고 길게 벨이 울렸을 때
레일을 타고 나오신 어머니는
새 하늘 새 땅으로 옮겨가시고
그 자리엔 몇 송이 꽃잎이 하늘거렸다

기도
35×140cm / 화선지에 먹

먼 길 문턱에서

일산암센터에 문병 갔다
모 서예가가 말기 암으로
칼을 대자 암 세포가 온몸에 확 퍼져 다 차지해 버렸다고 했다
진통제를 투여해 통증만을 완화시키는 중
정신이 혼미해 찾아간 지인들을 알아 보지 못했다

붓 한 자루 손안에 움켜쥐고
열심히 쓰고 그리고 시를 지으며
창작을 게을리 하지 않은 칠십여년의 세월이
저만치 모서리를 돌아 간다
간신히 눈썹을 비집고는 누구냐고 여기가 어디냐고
이승과 저승을 숨가쁘게 왕래하고 있다
손바닥의 앞면과 뒷면처럼 생과 사의 거리를 재고
살아온 인생을 되새김질 하고 있을때
링거의 관을 타고 수액은 근면하게 혈관을 순회하고
영롱한 진통제 방울들이 찌릿거리는 고통을 어루만지고 있다

사랑하는 가족들과 작별을 연습하고 쌓여갈 그리움을 정리하고 있다
이별을 예비하며 기나긴 여행 떠날 채비를 하고 있다
두 눈을 감았다가 떴다가 손을 잡았다가 놓았다가
촛점 잃은 눈동자를 허공에 던졌다가 모았다가
아마도 추억의 언저리를 더듬으며
첫 입학 첫 졸업 첫 사랑을 꺼내 만지작거리는 중일 것이다
슬며시 붙인 눈썹 달싹이며 오물거리는 입술은
누군가와 달콤함을 나누던 시간을 추억하고 있을 것이다

누구나 가는 길 가야 하는 길이지만
힘들고 가기 싫고 무섭고 안타까워 가녀린 지푸라기를 잡고 있다
그러나 피할 수 없는 길
앞서거니 뒤서거니 가야 하는
그 길

사랑
35×137cm / 화선지에 수묵담채 / 2022

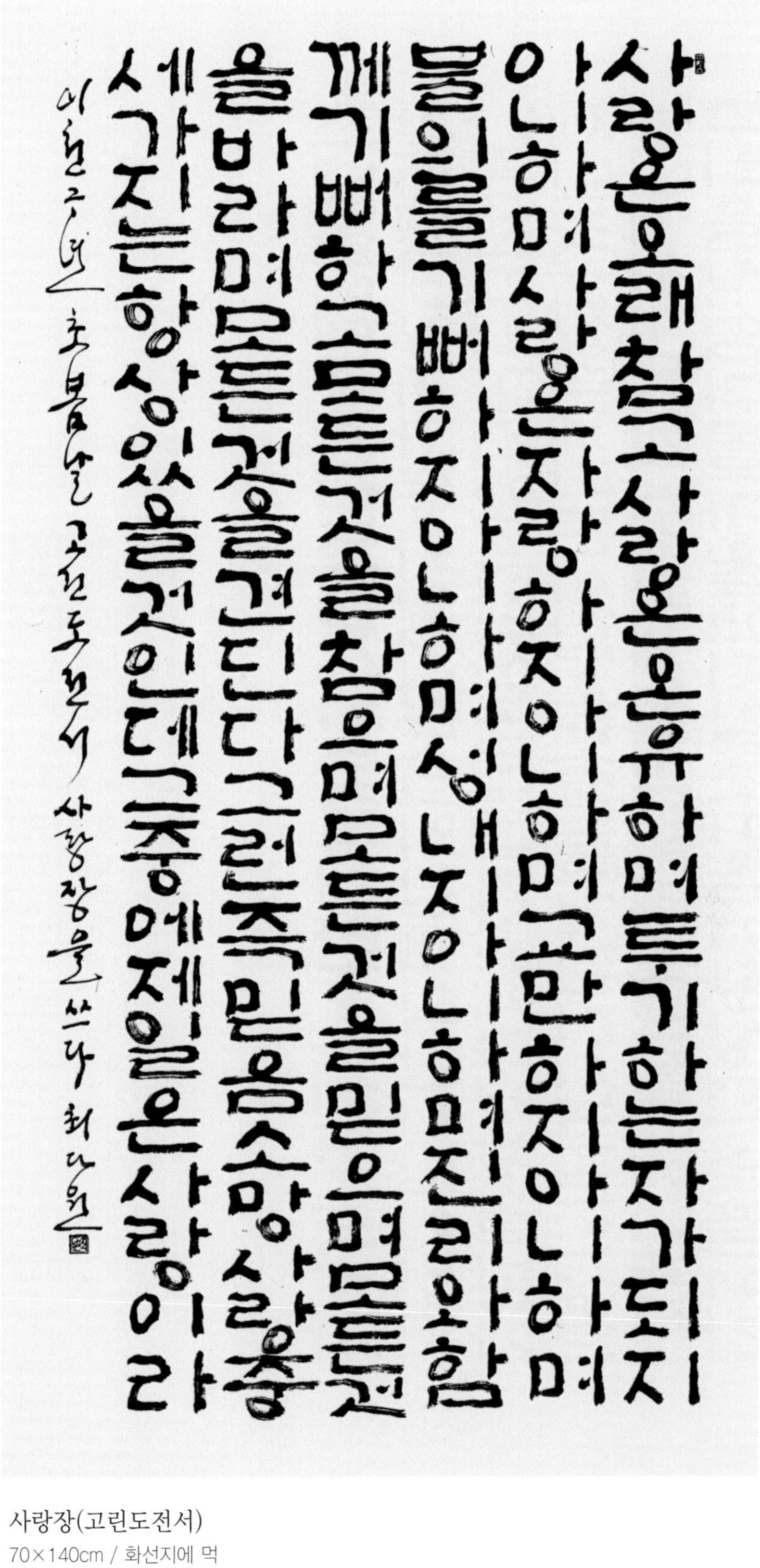

사랑은오래참으며사랑은온유하며투기하는자가되지
아니하며사랑은자랑하지아니하며
교만하지아니하며
불의를기뻐하지아니하며진리와함께
기뻐하고모든것을참으며모든것을믿으며
모든것을견디느니라믿음소망사랑
이세가지는항상있을것인데그중에제일은사랑이라

이천구년 초봄살 고린도전서 사랑장을 쓰다 최다원

사랑장(고린도전서)

70×140cm / 화선지에 먹

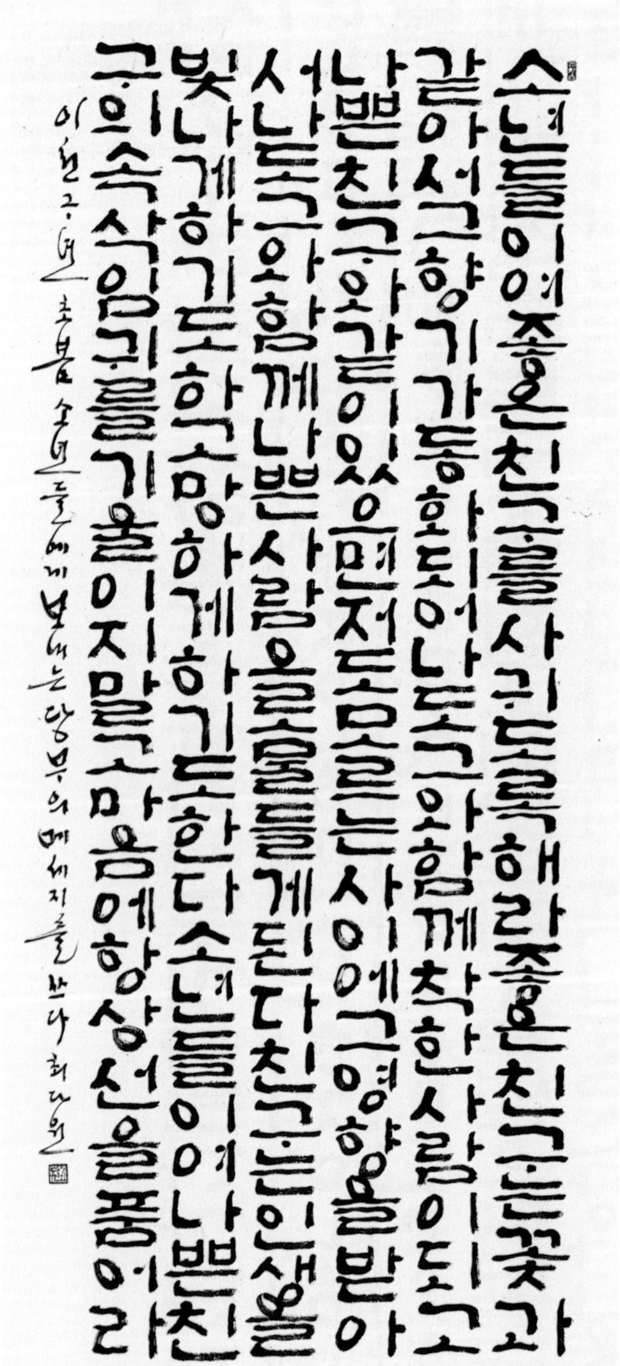

소년들에게 보내는 메세지
70×170cm / 화선지에 먹

팔자려니

열심히 하던 작업과
꽉 짜여진 강의 표와
얽히고 설킨 일상의 틈을 비집고
해외로 나온 베트남에서
첫 대면한 가이드는
한 손에 마이크를 쥐고 좌중을 향해
이제 여러분들은 하실 일이 있습니다
쫑긋 귀를 세우고
모두들 신경과 시선을 모아 건네는데
혹여 마음에 안 들거나
여행이 기대에 미흡하거나
기분 상하는 일이 발생하면
그러려니
팔자려니 하세요

행진
70×70cm / 화선지에 수묵담채 / 2019

말

서둘러 외출 준비를 하고
인사동 전시장 이곳 저곳을 둘러
허전한 가슴 모서리를 구석구석 채운 뒤
동료들이 모여 있는 모임 장소로 이동했다

그동안의 안부를 묻고
다정한 눈빛의 미소를 주고받으며
함께 식사를 하고
정답게 담소도 나누었다

싱그럽던 가을 햇살이
낙조를 드리울 때

한강을 붉게 물들인 노을속에서
가슴에 잠시 서성이던
그리움 한 조각을 달랜 뒤

잠자리에 편안히 누워
오늘 하루를 풀어보니
나의 입술을 함부로 빠져나간 여러
말
말들이
종아리 거머쥐고 매질을 한다

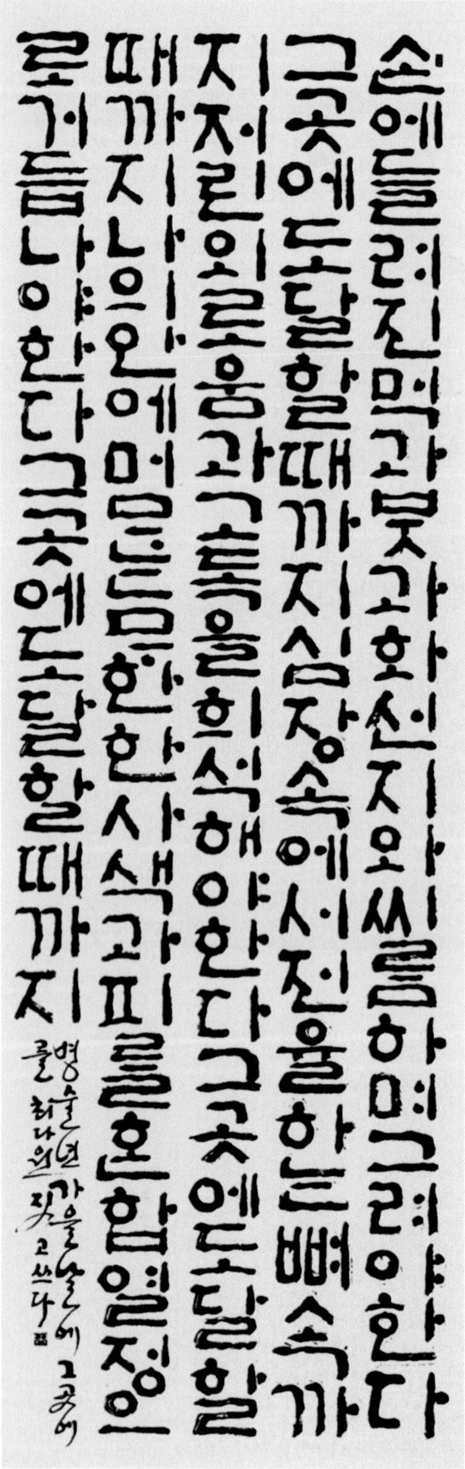

그곳에 도달할 때까지
50×135cm / 화선지에 먹

그곳에 도달할 때까지

손에 들려진
먹과 붓과 화선지와 씨름하며
그려야 한다
그곳에 도달할 때까지

심장 속에서 전율하는
뼈 속까지 저린 외로움과 고독을
희석해야 한다
그곳에 도달할 때까지

나의 안에 머무는
무한한 사색과 피를 혼합 열정으로
거듭나야 한다
그곳에 도달할 때까지

들녘
70×70cm / 화선지에 수묵담채 / 2016

술

술 속엔 술만 있는 것이 아니다
그 속엔 친구가 있고
이야기가 들어 있으며
안주와 여유와 분위기가 있다

술 속엔 술만 있는 것이 아니다
그 속엔 웃음이 있고
긍정이 있으며
소통이 있고 이해와 화해가 있다

술 속엔 술만 있는 것이 아니다
시가 숨어 있고 달이 동동 담겨 있으며
에너지가 넘쳐 흐르고
내일의 희망이 나폴나폴 나폴댄다

삼삼오오 이마를 맞댄 둥근 테이블마다
웃음꽃 이야기꽃들이
활짝 피어난 저녁 사랑을 담아
그대에게 권할 술 한 잔이 그립다

나의 서화

그대에게 가는 길은 매우 험하고 구불거립니다
모서리를 조심하고 또 조심하지 않으면
숨어 있을지도 모를 크레바스가
삼켜 버릴 수 있기 때문에 두려움이 앞섭니다

그대에게 가는 길은 가시밭길입니다
살갗을 찌르고 옷깃을 잡아당기며
엉겅퀴가 곳곳에 붙어 달려들기도 하고
서로 엉킨 줄기들이 가로놓여 헤집고 또 헤쳐
발을 들여 놓아야만 합니다

그대에게 가는 길은 고통입니다
누구도 간 적이 없는 새로이 새길을 창조해야 하기에
흙을 고르고 가지를 잘라내고 적당한 거름과 수분을
공급해 주어야 하며
불필요한 돌맹이는 모두 주워내야 합니다

그대에게 가는 길은 늘 외롭습니다
언제나 혼자인 듯
고독의 멍에로 자문자답하여 답을 구하고
동이의 먹물을 벗 삼으며 한 치 반의 모필과 씨름해야 하고
온전히 두 무릎을 꿇어야 하며 늘 사모해야 하고
자만해서도 안 되고 교만해서도 안 되고 자족은 더욱 안 되며
겸손의 가슴을 늘 생활화해야 합니다

그대에게 가는 길에
가만히 귀 기울이면 심장이 녹아내리는 소리가 들려오고
경련을 일으키는 간장의 전율이 느껴옵니다
끊임없는 구애의 손짓과 눈빛을 보내야 한다는 것으로
그대를 향하여 나의 길을 오늘도 가고 내일도 가고 또 갑니다

나는 미치고(及) 싶기 때문입니다

팔월령
70×205cm / 화선지에 먹

가을은 깊어가고
68×55cm / 화선지에 수묵담채 / 2022

소망

꽃들은
언제 보아도 웃고
누가 보아도 웃고
항상 미소와 향기만
보내온다
나도
그런 사람이고 싶다

내가 듣고 싶은 말

얼굴보다 미소가 아름다운 사람
소유보다 손길이 더 풍요로운 사람
시보다 마음이 더 따스한 사람
그림보다 인품이 더 좋은 사람

佳色含霜向日開
餘香冉冉震莓苔
獨憐節操非凡動
曾向陶君逕東來
壬寅夏崔茶園

국화
35×137cm / 화선지에 수묵담채 / 2022

수행이란

주변 정리도 하고
마음도 비우며 수행하기 위해
템플 스테이로 산사에 들었다
고요한 어조로 좌중을 향해
스님은
수행이란 생각도
무엇을 얻을까도
무엇을 버릴까도
왜 왔는지도
무엇을 가져갈까마저 잊으라고
그냥
무상 무념의 세계로 진입하라고
아무것도 바라지
말라 한다

복

지옥에서 나오라고
구원 받으라고
어서 회개 하고
복 받으라고
검은 바바리코트의 중년여인은
목청을 돋운다
누구도 듣지 않고
아무도 관심을 주지 않는
텅 빈 지하철 안을 순회하는 복

시인

모 서예가 분과
차 한 잔을 나누고 있었다
"다원 시는 언제 쓰나"라고 물었다

사진작가들이 사물을 찾아 카메라의 렌즈를 항상 열고 있듯
시인은 감성의 렌즈를 열고 있습니다
세상의 모든 것들이 시가 될 수는 없으나
시적인 요소는 모든 만물에 내재되어 있어
한 알의 밀알처럼 시상을 찾아 잉태하려 합니다
잉태한 주제는 잉태 기간 즉 발효의 시간을 거쳐
산고 즉 해산의 고통을 겪은 뒤
다듬고 보듬어 숙성시켜 내놓는 과정입니다
그래서 시는 쓴다는 것보다는 낳는 것입니다
시인은 고통을 찾아 나선 고독이며
시인은 외로움일지도 모릅니다

풀(김재진)
95×70cm / 화선지에 먹

연습

우연 혹은 우연처럼
당신을 다시 만날 수 있다면
놀라지도 멈추지도 않은 채
하얀 미소를 그에게 보내리라
다 타버린 마음을 심장 깊숙이 꼭꼭 찔러 넣어두고
손을 내밀어 의연히 악수를 청하리라
목소리가 조금도 떨리지 않기를 기대하면서
나의 눈동자 초점을 고정하여
그의 눈동자에 맞추어 보리라
서로 마주한 눈동자에선 눈물이 글썽이지 말아주기를 기원하면서
역류할지도 모를 혈관에게
가던 길을 열심히 가달라고 당부하리라
보고 싶었다는 말은 하지 말아야지
그리웠다는 말도 말아야한다
자꾸만 생각이 났었다는 말은 하면 더욱 안 되고
별들이 깨어 있는 동안 별들을 헤아리며
밤을 하얗게 밝힌다는 말은 더욱 하지 말아야한다
어떻게 지내느냐고 능청스럽게 묻고
나는 별일 없이 잘 지낸다고 말 해야지
초침은 여전히 똑딱 똑딱 일 것이고
몇 개 달린 나뭇잎은 가지 끝에서 흔들릴 것이며
창밖엔 찬바람이 거리를 배회하겠지
눈치 채지 못한 행인들은 우리 옆을 지나쳐 갈 것이고
가로등은 더욱 촉수를 높이겠지

오늘도 나는 연습을 한다

알 수 없으니……

불다 마는 것이
바람이란다

살다 마는 것이
인생이란다

타다 마는 것이
사랑이라면

쓰다 마는 것이
시이며

그리다 마는 것이
그림일지도 모른다

그놈에 도

연휴의 시간이
재깍재깍 가고 있다
여느 때와 다름없지만
연휴라 하면 왠지 한가롭다
코로나로 요즈음은 출강이 없어
마음으로부터 한가로우니 더욱 체감한다
어느 철학자는 시간은 외적 작용이요
또 다른 철학자는 내적 작용이라 했다
모든 게 마음으로 시작됨을 뜻할 것이다
모처럼 붓을 들어 소나무를 그리고
배경으로 산중턱의 깎아지른 절벽에
까치집처럼 앉은 도솔암을 그려봤다
어설프다
그동안 코로나란 핑계로 쉬어서 그럴 것이다
다시 그리고 또 그려야 한다
그림은 道라고 했다
아니 자연도 道요
하늘도 道며
땅도 道다
이 세상 道아닌 것이 어디 있을까
마음도 길도 인생도 이별도
모두 道인 것을……

농가월령가 시월령
70×205cm / 화선지에 먹

423

겨울날
75×60cm / 화선지에 수묵담채 / 2021

어깨	나는 도이고 싶다

어깨

오늘 아침부터
어깨가 쑤시고 아프다
단단한 근육이 뭉쳐
잔뜩 골이 난 나의 어깨
무엇 때문에 틀어졌을까
며칠간 초상화를 그렸더니
일을 많이 시켜서
파업한다는 말 일까
일하기 싫다는 말인가
화를 풀어줘야 한다
살살 어루만지며 달래준다
뾰족한 침으로

나는 도이고 싶다

하늘은 호수가 되고
호수는 별이 되고
별은 사랑이 되고
사랑은 이슬이 되며
이슬은 꽃이 되고
꽃은 미소가 되고
미소는 향기가 되며
향기는 구름이 되고
구름은 하늘이 되고
하늘은 도가 되어
나는 도이고 싶다

사랑과 이별

이별이란 어휘를 남기고 싸늘하게 떠나가면
사랑의 끝인 줄 알았습니다
모두를 가지고 가버리면 이별인 줄 알았습니다
새록새록 새살처럼 돋아나는 기억들만 여백을 채워
눈을 감아도 눈을 떠도 사라지지 않을 줄 몰랐습니다
시선이 머무는 곳곳마다 미소를 띠고
정지된 시간이 존재할 줄은 몰랐습니다
더욱 선명해지는 아름다웠던 이야기가
잡초처럼 무성할 줄 몰랐습니다
밀려오고 밀려오는 기억들이 그림자처럼 매달려
함께 할 줄도 몰랐습니다
남겨진 것은 이별이 아니라 사랑임을
이제야 알았습니다

낙엽

그토록 사랑하던
인연의 끈을 놓고
바싹 마른 몸 가득
슬픔을 돌돌 말아
하늘하늘 떨어지네

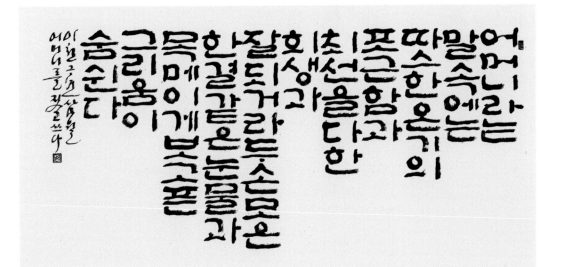

어머니
105×55cm / 화선지에 먹

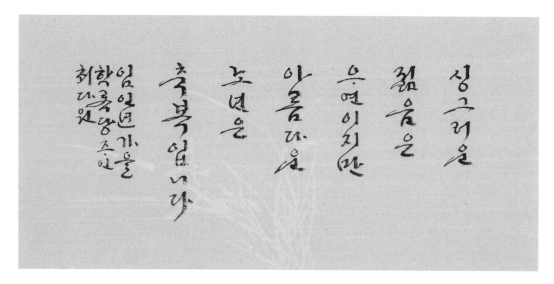

노년이란

30×14cm / 화선지에 먹

성경구

80×30cm / 화선지에 먹

덕담

서예 공부를 하는 총각 회원에게
정해년에는
"좋은 아가씨 꼭 만나 결혼해"라고
덕담을 하였더니
선생님 날씬한 아가씨 있으면 소개해 주세요, 했다
글쎄……
날씬한 아가씨보다
덕 있는 아가씨를 한번 가려볼께

선과 서예

작가에게 소망이란
좋은 작품을 창출하는 일이다
좋은 작품을 위해선 禪에 임해야한다
禪은 집착을 버리고 나를 비워내는 과정이며
비움 속에 나를 채우는 과정이기도 하다
無가 有가 되어서는 안되겠지만
無에 집착한다거나
有에 사로잡혀서도 안 되는 것이
禪과 서예가 다르지 않다

지극함 곧 생각과 생각 자체가
그 세계에 존재해야 한다
모든 사물에게 시작과 끝이 없는 것처럼
서예도 시련과 뼈를 깎는 고통이 뒤따르는
지속성의 예술이라 했다
禪에 들기도 어렵고
오랜 습의 고통과 시련의 서예도 어렵다

반야심경
80×70cm / 화선지에 먹 / 2020

웃음(데일 카네기)
57×36cm / 화선지에 먹

그대에게 가기 전

그대에게 가기 전 주섬주섬 챙긴다
그대에게 줄 따스한 마음과
연습해둔 포근한 미소와
가늘게 전율하는 심장과
꼬옥 맞잡을 손길과
고이고이 접어 두었던 그리움과
포근히 피어나 몸집을 키우는 사랑을 챙기고
거울 앞에 서서 눈을 맞춘 다음
옷자락에 매달린 먼지를 털어 내고
손가락 빗으로 머리칼을 정리한 후
발걸음도 가볍게 집을 나선다

사랑하는 자녀들아
학문은 우물 처럼 깊고
인품은 하늘처럼 높이며
마음은 모닥불처럼 따듯하고
성품은 사을 별처럼
온화하여라
맘씨는 강물처럼 고요하고
행동은 이슬비처럼 침착하며
손길은 바다처럼 넓... 하오
눈빛은 별빛처럼
그윽하면 더욱 좋겠다
꿈은 산처럼 크게 갖고
시간은 황금처럼 아껴쓰며
오늘도 만나도 너처럼
한걸음 한걸음
조심스레 내 걸어라
인생이란
새순을 내는 봄이 있는가 하면
땅을 지는 여름을 보내야만
결실의 가을을 맞이하고
평안한 겨울을 누릴수 있단다
끝엇보다
서로 양보하고 이해하며 사랑을
아름답게 행복하게 하여라
임실료 학록당 운산 채건묘 짓고 쓰다

사랑하는 자녀들아
83×21cm / 화선지에 먹 / 2022

시.시.시……

시 강의 시간에
"선생님 질문있습니다
시는 왜 쓰며
누구를 위해 쓰니까"라고 했다

글쎄요 !

神에 말을 받아적는 사람 그 사람이 詩人이라는데
神에 말은 보통 사람은 들을 수 없어
보이지 않는 것을 보아야 하고
들리지 않는 것을 들어야 하며
모래알에서 우주를 보고
찰나에서 영원을 볼 수 있는 눈
그 예리한 눈과 밝은 귀로서
지성과 감성을 함축해 낸 것이 시이니

詩는 자신과 독자를 위한 메시지 일지도 모릅니다
쓰지 않고는 못 배길 상황에서
목젖을 치밀고 올라오는 詩語를
받아적어야 한다고 합니다
체험과 경험을 토대로 파생된 진실을
섬세한 필치로 캐치해내야겠지요

독자와 나를 위해

시! 시! 시!

섣불리 접근해서 이룰 수 있는 분야가
어디 있을까만
예술은 자기에게
온전히 무릎 꿇지 않으면
절대로 모습을 보이지 않는다고 했다

릴케는 시를 쓰지 않으면
살아 있는 이유를 찾을 수 없다고 절규하기도 했으며
시는 고통의 기쁨이라고도 한다
간장을 녹여 쓰는 시인들의 과제이며 염원인
남기고 싶은 좋은 시란

읽을 때 정신이 번쩍 들게 하는 시
읽은 뒤에 곱씹게 하는 시
경험이나 체험이 바탕이 되는 시
성찰이 녹아 있는 시
속이 알차게 꽉 찬 시
여운이 남아 여백을 메우는 시
울림이 있는 시

돈도 되지 않고 쌀도 되지 않지만
이런 시 하나의 끈을 꽉 잡아 목숨을 걸고
모두가 잠든 새벽 두시 반
나 홀로 깨어
눈알 빨개지고 있다

429

최다원 Choi DaWon (畵人, 詩人, 書藝人) (충남 아산産)

호 – 다원(茶園), 매선(梅善)
당호 – 매선재(梅善齋) 학록당(鶴麓堂)

한국서예협회초대작가 / 한국문인화협회 초대작가 / 현대
서예협회초대작가 / 한국서예술협회 초대작가 / 한국서예
협회서울지회초대작가 / 한국문인협회 회원 / 숭실대학교
교육대학원. 동방대학원대학교외래교수 역임 / 강서구예술
인상 수상 /모범교육자상수상(강서교육청)

■ 현재
- 한국명사의 취미 100인집 선정수록 (2001, 2004, 2007)
- 한국서예협회 초대작가
- 한국 문인화협회 초대작가
- 한국서예협회 서울지부 초대작가
- 현대서예 문인화협회 초대작가
- 한국서예술인 협회 초대작가
- 한국현대서예협회 초대작가
- 한국문인협회 회원
- 한국현대시인협회 회원
- 강서문인협회 회원
- 한국서예협회 회원
- 한국문인화협회 회원
- 한국서예정예작가협회 회원
- 일월서단 회원

■ 학력
- 온양여자중고등학교
- 홍익대학교 미술교육원 수료 (1997)
- 일본서도전문학교 서도연수과정 세미나 참가 (1988)
- 성균관대학교 유학대학원 동양문화고급과정 서예학전공
  (1999–)
- 중국 호북미술대학 중국화계 연수과정 세미나 참가 (2001)
- 중국 호남사범대학교 중국화계 연수과정 세미나 참가
  (2004)

- 성공회대학 인문학 수료 (2010)
- 중앙대학교 행정대학원 최고지도자과정 수료 (2010)
- 연세대학교 리더스과정 수료 (2016)
- 송은(松隱) 심우식(沈禹植) 선생 사사
- 창현(創玄) 박종회(朴鍾會) 선생 사사
- 시인(詩人) 김경린(金璟麟) 선생 사사
- 충청남도 아산시 송악면 강장리 출생

■ 개인전
- 초대전 – 하와이 이민 100주년행사의 부대행사 (2002. 11)
- 개인전 – 예술의 전당서예박물관 (2003. 7)
- 초대전 – 정글북 아트갤러리 (2004. 1)
- 개인전 – 지상전 (2004. 8)
- 초대전 – 하와이 NBC홀 (2004. 12)
- 개인전 – 선면전 Cyber Exhibition (2005. 8)
- 개인전 – 갤러리 서 (강서문화원내) (2006. 9)
- 개인전 – 가훈 및 명언 명구전 (지상전) (2007. 3)
- 개인전 – 백악미술관 (2008. 7)
- 진묵회 – 12人 초대부스전 (한국미술관, 2009. 7)
- 개인전 – 갤러리 서 (강서문화원) (2010. 2)
- 개인전 – 갤러리 서 (강서문화원) (2012. 12)
- 초대전 – 중국 보영통미술관 부스전 (중국 하문시 소재
  2015. 6)
- 초대전 – 당진 문화재단 (다원갤러리) (2022. 10)
- 개인전 – 백악미술관 (2024. 6)

■ 저서
〈교재 편〉
- 문인화 식물편교본 〈그릴 준비 I〉 (2008년 7월)
- 문인화 동물편교본 〈그릴 준비 II〉 (2008년 7월)
- 한글서예 교본 〈최다원의 한글 판본체〉 (2009년 7월)

- 한글작품용 .문인화 화재용 2200수 수록 〈명언집〉
  (2010년 4월)
- 사군자교본 난초편 〈그림준비 3〉 (2012년 12월)
- 사군자교본 대나무편〈그림준비 4〉 (2013년 12월)
- 연필초상화편 〈그림준비 5〉 (2014년 9월)
- 사군자교본 국화편〈그림준비 6〉 (2016년 6월)
- 캘리그라피 교본 (2017년 1월)

〈시화집 편〉
- 시화집 1집 〈나에게 남겨진 사랑〉 (1999년 8월)
- 시화집 2집 〈사랑은 바람처럼〉 (2002년 5월)
- 시화집 3집 〈이삭처럼 남겨진 흔적〉 (2003년 7월)
- 시화집 4집 〈다 타버린 인연의 재〉 (2004년 8월)
- 시화집 5집 〈그곳에 도달할 때 까지〉 (2006년 9월)
- 시화집 6집 〈사랑을 해 본 사람은 안다〉 (2008년 7월)
- 시화집 7집 〈당신은 알지 못합니다〉 (2010년 3월)
- 시화집 8집 〈운명인 것을〉 (2012년 12월)
- 시화집 9집 〈또 속은들 어떠리〉 (2015년 6월)
- 시화집 10집 〈시속에 그림속에〉 (2022년 10월)
- 시서화 최다원 전집
- 금성출판사 중1 도덕교과서 108쪽 (사랑이란) 최다원 시 상재

■ 수상
- 강서구 예술인 본상 수상 (2015.10월)
- 강서문학상 _ 시 부문 수상, 서울 (2008년)
- 허균, 허난설헌 문화예술상 본상 _ 수묵화 부문, 서울
- 모범교육자상 수상, 강서교육청, 서울 (1998년)
- 지도공로상, 학원총연합회, 서울
- 한국서예협회 10회 입선, 서울
- 동아미술제 2회 입선, 서울

- 한국서예협회 서울지부 입.특선 다수 및 우수상, 서울
- 한국서예협회 충남지부 입.특선 다수, 충남
- 한국서예술인협회 입.특선 다수, 서울
- 현대서예문인화협회 입.특선 다수, 서울
- 한국문인화협회 입.특선 다수, 서울
- 월간서예 입.특선 다수, 서울
- 문예한국 "바이러스와 세탁" 등 3편 신인상 수상
  (99.등단) 詩人

■ 휘호
- 정읍시민헌장탑

■ 작품 소장처
- 워싱턴 한국대사관
- 하와이 한국영사관
- 은평구립도서관
- 정글북서점
- 서울강서신문
- 영등포교도소
- 하와이 마약환자갱생원 건립 기금마련 (40점 찬조)
- 수원 역사박물관
- (주)소프트포럼
- 이외 다수 작 개인 소장

■ 후학 지도 _ 〈한국화, 서예, 현대시, 초상화〉
- 매선서화실(서울)

- H.P : 010-3705-8300
- E-mail : maesun1@hanmail.net
- dawon5.tistory.com (최다원)

최 다 원
詩·書·畵 全集

인쇄일	2024년 6월 15일
발행일	2024년 6월 19일

저 자   **최 다 원**
HP 010-3705-8300

발행처   **서예문인화**
서울시 종로구 인사동길12 대일빌딩 310호
TEL.02-738-9880

촬 영   이화스튜디오

정 가   50,000원

후 원   서문화자단